The Evil of Salwood

Ann-Kristin Gelder, Jahrgang 1981, ist Deutsch- und Musiklehrerin und lebt mit ihrem Mann, zwei Katern, drei Kindern und zwölf Musikinstrumenten an der Weinstraße. Wenn sie nicht gerade an einem neuen Roman schreibt, geht sie geocachen oder steht mit Band oder Chor auf der Bühne.

Mehr über unsere Bücher, Autor*innen und Illustrator*innen auf: www.thienemann.de

Gelder, Ann-Kristin:
The Evil of Salwood
ISBN 978 3 522 20276 3

Einbandgestaltung: Zero Werbeagentur
Innenausstattung und Karte: Timo Kümmel
Innentypografie: Kadja Gericke unter Verwendung von Bildern von tjhunt/istockphoto.com
Reproduktion: DIGIZWO Kessler + Kienzle GbR, Stuttgart
Druck und Bindung: CPI Books GmbH, Leck

MIX
Papier aus verantwortungsvollen Quellen
FSC
www.fsc.org
FSC® C083411

ANN-KRISTIN GELDER

THE EVIL OF SALWOOD

THIENEMANN

Für Mila – die Chai zu meinem Zimt.

Zweihundert Jahre zuvor

Zuerst war es nur ein kaum merklicher Hauch, eine würzig-herbe Note. Trotzdem hielten die Bergarbeiter in ihrem Tun inne, hoben die Köpfe und schnupperten beunruhigt. Obwohl sie einen langen Tag hinter sich hatten, gaben sie nicht der Verlockung nach, es als Einbildung abzutun. Ihnen allen war bewusst, dass ständige Aufmerksamkeit und frühzeitiges Erkennen von Gefahren bei ihrer Tätigkeit lebensnotwendig waren.

Der Geruch wurde stärker, beißender, bahnte sich einen Weg durch die engen Stollen der Mine, machte die ohnehin schon schwere Luft noch dicker. Ein Hitzestoß fegte jeden Zweifel beiseite. Funken glommen. Rußpartikel stoben durch den Tunnel wie dunkler Schnee.

»Feuer!«

Der gellende Schrei holte auch den Letzten von ihnen aus seiner Erschöpfung. Die Schicht war fast zu Ende, die Eisen sorgfältig in den dafür vorgesehenen Körben und Tonnen verstaut. Nur eine Stunde später und die Mine wäre menschenleer gewesen.

Der Vorarbeiter sprang auf und hastete durch den Hauptstollen, um den Brandherd zu finden und die Bedrohung einzuschätzen, die anderen blieben in mühevoller Geduld zurück, ihre Bergtaschen fest umschlossen. Finger strichen über das abgegriffene Leder, spielten mit den abgenutzten Schnallen.

Ruhig atmen, Sauerstoff sparen. Panik nutzte nichts, besonders nicht unter Tage. Sie befanden sich nicht zum ersten Mal in einer heiklen Lage.

Endlich kehrte der Vorarbeiter zurück in das drückende Schweigen. Er zögerte, als er die Hoffnung in den Gesichtern seiner Brüder sah, und er hasste es, sie zu zerstören. »Feuer im Minenschacht. Der Ausgang ist abgeschnitten.«

Ein kollektives Innehalten, als könnte die absolute Reglosigkeit das nahende Unglück abwenden. Ein Augenblick der Stille, der viel zu kurz und ewig andauerte. Sogar der Berg selbst schien zu verharren.

Knirschend brach ein Teil des Gangs ein, unfähig, der Gewalt der Felsmassen länger zu widerstehen. Eine Geröllawine ging nieder, zerriss das bange Warten. Die Zeit lief weiter. Der Schein der Grubenlampen malte zuckende Bilder an die Wände des Stollens und tiefe Schatten auf die Züge der Bergleute. Blicke wurden ausgetauscht, jeder suchte in den Augen des anderen nach Beruhigung, Trost, einem Hoffnungsschimmer, irgendetwas, doch alles, was sie fanden, war Angst. Todesangst.

Ein Ruf wurde laut. Ein Schrei aus vielen Kehlen.

»Nach draußen! Wir müssen nach draußen!«

Die Minenarbeiter umfassten ihre Taschen, griffen nach Meißel, Hacken, Keilen, als könnten diese Schutz vor den Flammen bieten, die sich unaufhaltsam näherten, sich knisternd durch die Holzpfeiler fraßen. Der Brandgeruch wurde stärker, während giftige Gase die Atemluft durchdrangen.

Wie ein Mann schob sich die Gruppe voran, so gedrängt und so schnell wie es in der Enge des Ganges möglich war. Ihr Weg endete viel zu früh, denn aus dem Schacht quollen dichte Schwaden, hinter denen das bedrohliche Rot offener Flammen loderte. Die Ersten begannen zu husten, als zäher Qualm in ihre Lungen drang. Der Weg nach draußen war zu weit. Selbst wenn sie es durch die bösen Wetter und den Rauch schaffen würden, wären sie dem Feuer ausgeliefert. Gefangen. Eingeschlossen in der Hitze. Kein Ausweg.

Zitternd zogen sich die Männer in den winzigen Hauptraum zurück, der nur geringfügig breiter war als der Stollen. Schweiß stand ihnen auf der Stirn, durch Hitze und Angst gleichermaßen. Es wurde nicht mehr gesprochen, jeder konzentrierte sich auf sich selbst und den nächsten Atemzug.

Ein Grollen lief durch den Berg, und die Minenarbeiter rückten näher zusammen, als könne sie die Gegenwart der anderen schützen vor dem, was auf sie zukam. Dicht aneinandergedrängt starrten sie mit tränenden Augen in den tödlichen Rauch. Der Vorarbeiter richtete sich ein wenig auf und versuchte, sich auf seine Aufgaben zu besinnen. Hier unten war er verantwortlich für das Wohlergehen seiner Männer. Er sah sie mit verzweifeltem Optimismus an, jeden Einzelnen von ihnen, und er zählte. Einmal. Zweimal. Wieder wurde das Gestein ringsum in seinen Grundfesten erschüttert. Lose Brocken fielen herab, Kaskaden von Steinen lösten sich. Die Erde erbebte. Dreimal. Einer fehlte.

»Elijah.«

Der Name, zuerst von einem, dann von vielen ausgesprochen, setzte sich als tonloses Wispern über die Lippen der Bergleute fort. Elijah fehlte. Wo befand er sich in dieser Stunde der Not? In ihrer letzten Stunde?

Ein erneutes Krachen beendete die Gedanken an den treulosen Mann. Gebete wurden laut. Die Heilige Dreifaltigkeit, der Teufel, die Schutzheiligen wurden angerufen. Im Moment des nahenden Todes war man nicht wählerisch.

Die Welt zitterte. Es würde nicht der Rauch sein, der ihre Lungen vergiftete, und ebenso wenig würden sie vom Feuer aufgefressen. Der Berg selbst würde sie verschlingen. Ein einsames, schwarzes Grab.

Sie spürten das Ende, bevor sie es sahen. Ein weiteres Krachen. Knirschen. Bersten. Ohrenbetäubender Lärm. Der tonnenschwere Fels brach. Sie hielten sich an den

Händen und schlossen die Augen. Sie dachten an das Gefühl des Frühlingswinds auf ihrer Haut, während um sie her die Hölle ihre Pforten öffnete. Sie dachten an den Geruch feuchter Blätter im Herbst, während der letzte Pfeiler brach. Sie dachten an den Geschmack frisch gebackenen Sonntagskuchens, während der Himmel einstürzte. Sie dachten an die Farbenpracht eines Sonnenuntergangs, während sie von Gesteinsmassen begraben wurden. Sie dachten an ihre Familien, von denen sie sich am Morgen verabschiedet hatten, ohne zu wissen, dass sie nie zurückkehren würden.

Und dann dachten sie nicht mehr.

1 – FAYE

Die Präsenz der Geister

Es war stockfinster. Die Sonne war längst untergegangen, und das Licht des Mondes kämpfte aussichtslos gegen die dichte Nebeldecke an, die Salwood von allen Seiten umgab. Ich schlang das grob gewebte Tuch enger um meine Schultern, doch es nutzte wenig gegen die klamme Kälte, die sich allmählich einen Weg in mein Inneres bahnte. Die düstere Vorahnung beim Gedanken an unser Vorhaben begleitete mich schon die ganze Woche und wurde mit jedem Tag stärker. Jetzt, da die Mutprobe unmittelbar bevorstand, hatte auch meine Unruhe ihren Höhepunkt erreicht. Ich wusste, dass es klüger wäre, im Bett zu bleiben, das kleine Häuschen, in dem ich mit meinen Eltern wohnte, nicht zu verlassen. Trotzdem hatte ich es getan, war still und leise über den Flur die hölzerne Stiege hinabgeschlichen, vorbei an der offenen Feuerstelle, wo einige Holzscheite vor sich hin glommen – ein roter Schein, der in wenigen Stunden komplett vergangen sein würde. Um Rohstoffe zu sparen, waren die Kerzen schon vor Stunden gelöscht worden, sodass tiefste Dunkelheit über dem gesamten Dorf lag. Obwohl Salwood nur rund zweihundert Einwohner hatte, fehlte es uns an nichts. Der Boden war fruchtbar, die wenigen Felder ertragreich, und der Wiesenbach, der irgendwo in den nordöstlichen Bergen entsprang, versorgte uns mit Wasser. Was jedoch bei Tag freundlich und einladend wirkte, erschien nun fast feindselig. Der Wind hatte aufgefrischt und sorgte dafür, dass der feine Nieselregen in jede Pore drang und die Luft feucht und schwer machte. Es war die passende Nacht für ein derartiges Vorhaben.

Ich bewegte mich im Schutz der Mauern, verschmolz mit den Schatten. Um ein Zusammentreffen mit etwaigen nächtlichen Spaziergängern zu vermeiden, verzichtete ich auf die Abkürzung über den Dorfplatz, der durch einen hüfthohen Steinwall von den umliegenden Häusern abgetrennt war. Ganz sicher wollte ich es nicht riskieren, mich für mein Tun vor meinem Vater rechtfertigen zu müssen. Aus Gewohnheit warf ich über die Schulter einen Blick zurück. Der Umriss der Kapelle, das höchste Gebäude Salwoods, war kaum auszumachen, doch in der Spitze des Turms flackerte das ewige Licht, ein spärlicher Glanz in einem Meer aus Schwärze. Mein Vater war als Reverend dafür zuständig, dass es nie erlosch, und zumindest heute Nacht war ich froh darüber, es zur Orientierung zu haben.

Als ich das Dorf hinter mir gelassen hatte und auf die angrenzende Weide hinaustrat, atmete ich auf. Zwar war ich davon ausgegangen, unbehelligt zu bleiben, nichtsdestotrotz war ich angespannt. Nächtliche Ausflüge waren absolut untersagt, wobei die von uns geplante Unternehmung auch tagsüber für heftigen Ärger sorgen würde. Ohne den Schutz der Häuser stach der Wind noch mehr und riss an meinem Leinenkleid, das zwar lange Ärmel hatte und mir bis zu den Knöcheln reichte, jedoch Regen und Nässe wenig entgegensetzen konnte. Ich legte den Kopf in den Nacken und blickte in den Himmel. Hinter dem allgegenwärtigen Nebelschleier konnte ich verschwommen einige Sterne erkennen. Der Umriss des Mondes verlieh der Welt einen unheimlichen, fast kränklichen Schein, der mir jedoch lieber war als die komplette Finsternis einer Neumondnacht.

Entfernt hörte ich das gleichmäßige Murmeln des Wiesenbaches. Obwohl ich das Dorf regelmäßig zum Kräuter- oder Beerensammeln verließ, hatte ich Mühe, mich zu orientieren, und prüfte immer wieder anhand des ewigen Lichts meine Richtung.

Nachdem ich das Feld überquert hatte, trat ich zwischen die Bäume des Westwalds, durch den die Grenze verlief, hielt mich jedoch abseits des Trampelpfades, der von den Salzträgern benutzt wurde. Zögerlich ging ich weiter, tastete mich vorsichtig Schritt für Schritt voran. Zwischen den Stämmen war die Dunkelheit noch erdrückender, weshalb ich mir vorsichtshalber einen Arm vor das Gesicht hielt, um nicht von tief hängenden Ästen erwischt zu werden. Alte Zweige knackten unter meinen Füßen, und es roch nach feuchtem Laub und Moos. Als ich die ersten fahl glühenden Schwaden entdeckte, die zwischen den Bäumen umherwaberten, blieb ich abrupt stehen. Obwohl der Nebel Salwood komplett umschloss, war im Innern des Kreises wenig davon zu bemerken. Nur bei starkem Wind wehten zerrissene Fetzen über die umliegenden Weiden. Dass sich nun die ausgefransten Finger nach mir ausstreckten, zeigte deutlich, dass ich kurz davor war, die sichere Zone zu verlassen.

Nach einem etwa zehnminütigen Marsch veränderte sich der Waldboden, wurde steiniger und weniger weich. Das musste die kleine Lichtung sein, von der Vince gesprochen hatte. Im Gegensatz zu mir war er den Weg tagsüber abgelaufen, weshalb er sicherlich nicht so verloren durch die Gegend stolperte, wie es bei mir der Fall war.

Erst jetzt fiel mir auf, dass nach und nach alle Geräusche verstummt waren. Keine nachtaktiven Vögel. Kein Rascheln kleiner Tiere im Gebüsch. Keine Äste, die im Wind leise knarzten. Nicht einmal das Plätschern des Wassers war noch zu hören. Es war still, als würde der Dunst jeden Laut ersticken. Ich befand mich zu nah an der Grenze. Viel zu nah.

Das unangenehme Prickeln in meinem Nacken wurde zu ausgewachsener Beklommenheit, und ich widerstand dem Impuls, mich umzudrehen und loszurennen, bis ich mich wieder in der Sicherheit des Dorfes befand.

»Faye!«

Obwohl ich an unserem verabredeten Treffpunkt war, erschreckte mich die plötzliche Ansprache. Vier Gestalten lösten sich aus der Dunkelheit, zwei von ihnen mit jeweils einer Öllaterne, deren schwächliches Licht sie mit der Handfläche abschirmten.

»Schön, dass du gekommen bist«, begrüßte mich Amber, und ihrer Stimme war die Überraschung deutlich anzuhören. Sie hatte mich zwar zu der nächtlichen Unternehmung eingeladen, schien aber nicht erwartet zu haben, mich tatsächlich anzutreffen. Ich unterdrückte ein Seufzen. Manchmal war es schwierig, nicht dazuzugehören.

»Du bist allein, oder?«, vergewisserte sich Vince und reckte sich, um über meine Schulter zu spähen, als würde er damit rechnen, dass sich die Umrisse meines Vaters plötzlich aus dem Schatten schälen würden.

»Natürlich.«

»Ich hätte nicht damit gerechnet, dass du dich traust.« Vince stieß mich leicht mit dem Ellbogen an, und ich verzog die Lippen zu einem pflichtschuldigen Lächeln. Natürlich hatte er nicht damit gerechnet, schließlich war das gesamte Vorhaben der heutigen Nacht sinnlos und extrem gefährlich. Aber das schien die anderen lediglich anzustacheln.

Vince wirkte voller fiebriger Energie, die sogar im gelblichen Schein der Öllampe deutlich erkennbar war, und auch in Rowans dunklen Augen lag ein aufgeregtes

Glitzern. Seine Freundin Hana stand neben ihm, und ihre schlecht verborgene Nervosität ließ mich vermuten, dass sie nur mitgekommen war, um ihn zu beeindrucken.

»Du hast keine Lampe. Nicht einmal einen Feuerstein.« Vince schaffte es, seine Aussage wie einen Vorwurf klingen zu lassen. »Oder?«

»Kein Problem«, mischte sich Rowan ein, »wir bleiben sowieso eng beieinander.«

»Es war zu riskant«, verteidigte ich mich trotzdem. Anders als die Häuser der anderen, lag unseres direkt neben der Kapelle und somit im Zentrum des Dorfes. »Ganz davon abgesehen bewahrt Vater die Feuersteine in seinem Nachttisch auf.«

»Tja«, sagte Vince lässig und strich über seine leicht ausgebeulte Hosentasche, in der sich offensichtlich ein Feuerstein befand. Obwohl mich seine herablassende Art störte, war ich froh, dass er daran gedacht hatte. Es war unwahrscheinlich, dass beide Lampen zugleich erloschen, aber nicht unmöglich. Wer wusste schon, was im Nebel lauerte? Keiner von uns hatte jemals den Salzkreis verlassen, und es war vollkommen verrückt, es ausgerechnet mitten in der Nacht zu tun.

»Wir sind komplett«, unterbrach Vince meine Gedanken, hob seine Öllampe ein wenig höher und leuchtete jedem Einzelnen von uns ins Gesicht. »Lasst uns den Plan noch mal durchsprechen. Wir gehen bis zur Salzlinie und stellen uns in einer Reihe auf. Wenn ich die Laterne hebe, ist es das Zeichen dafür, die Grenze zu übertreten. Wir gehen genau fünfzig Schritte, wobei jeder auf den Boden vor sich achtet. Der Talisman muss dort irgendwo sein, denn unser Startpunkt liegt genau an der Stelle, an der Isaac aus der verbotenen Zone gekommen ist. Dann zählen wir langsam bis zwanzig, drehen uns um und kehren zur Grenze zurück. Zur Sicherheit sehen wir nicht in den Nebel und versuchen, möglichst lautlos zu sein.«

Ich unterdrückte ein hysterisches Auflachen. Das war der Plan, um sich in ein Gebiet zu wagen, vor dem uns die Erwachsenen seit unserer Geburt warnten? Den Talisman suchen, schweigen und auf den Boden starren?

»Vielleicht sollten wir das Ganze noch mal überdenken«, meldete sich zum ersten Mal Hana zu Wort. In ihren Augen glänzte die Panik, und sie klammerte sich an Rowans Arm.

»Das fällt dir jetzt ein?« Amber schnaubte abschätzig. »Gott, Hana, es ist so unwahrscheinlich, dass sich ausgerechnet an dem Punkt, an dem wir den Nebel betreten, Geister befinden. Das Areal ist riesig. Sie werden gar nicht bemerken, dass wir da sind. Außerdem hat dich niemand gezwungen, mitzukommen.«

Hanas Blick zuckte für den Bruchteil einer Sekunde zu Rowan und verriet, dass ihre Anwesenheit nur bedingt freiwillig war. Himmel, alles an dieser Aktion war so vollkommen falsch. Bloß weil sich der Nebel scheinbar ins Unendliche fortsetzte, gab es keine Gewähr, dass uns die Geister nicht finden würden. Es war gefährlich. Mehr als gefährlich.

Kurz zog ich in Erwägung, meine Zweifel zu formulieren und einen Versuch zu starten, die anderen von dieser wahnwitzigen Unternehmung abzuhalten, bevor es zu spät war. Dann wäre ich der Feigling, an dem alles scheiterte – wenn man überhaupt auf mich hören würde. Sollte ich jetzt einen Rückzieher machen, würde man mir es ewig vorwerfen. Die heutige Nacht war meine Chance zu beweisen, dass ich mehr war als nur die Tochter des Reverends, die scheinbar keinen eigenen Willen hatte und alles tat, was ihre Eltern ihr auftrugen. Mühsam zwang ich einen entschlossenen Ausdruck auf mein Gesicht und hoffte, dass man mir meine Skepsis nicht ansehen würde.

»Wir ziehen das gemeinsam durch. Und wenn wir mit Isaacs Talisman zurückkehren, wird man uns feiern und darüber hinwegsehen, wie gefährlich die Aktion war«, sagte Rowan schließlich in die drückende Stille und legte seinen Arm um Hana, die sich eng an ihn schmiegte und nickte. Gerade erschien sie mir deutlich stärker als ich selbst, denn im Gegensatz zu mir hatte sie sich immerhin getraut, ihre Bedenken vorzubringen.

»Wie machen wir das mit dem Licht?«, fragte Amber. »Zwei Lampen für fünf Personen …«

»Wir können alle Laternen löschen«, schlug Rowan vor, »umso schneller gewöhnen sich unsere Augen an die Dämmerung. Komplett dunkel ist es im Nebel sowieso nicht.«

Hana gab ein ersticktes Geräusch von sich, das irgendwo zwischen einem Ächzen und einem Schluchzen lag.

»Nein«, widersprach Vince. »Warum sollten wir auf etwas Nützliches verzichten, nur weil ihr euch nicht entsprechend vorbereitet habt?«

»Nicht jeder kann sich einfach so bedienen«, murmelte ich fast unhörbar.

»Wir Laternenträger können jeweils außen laufen«, überlegte Amber. »Dann wissen wir, wie weit wir auseinander sind.«

»Gute Idee.«

Ich konnte Vince' Zuversicht nicht teilen. Mit jeder Minute, die verging, wurde ich mir des Risikos bewusster.

Irgendwo in der Nähe brach ein Ast, und alle fuhren zusammen. Ausnahmslos *alle.* Anscheinend waren weder Vince noch Amber so gelassen, wie sie es vorgaben.

»Dann los«, sagte Vince locker, als wolle er beweisen, wie unbeeindruckt er von der bedrohlichen Atmosphäre war.

Gemeinsam setzten wir uns in Bewegung, eng zusammen, obwohl sich die Grenze noch einige Meter entfernt befand – zumindest nahm ich das an. Es war enorm schwierig, sich in der Finsternis zu orientieren, und ich konnte nur hoffen, dass es Vince leichter fiel.

»Nicht mehr weit«, verkündete er kurz darauf. »Der Nebel wird dichter.«

Ich hob die Hand und bewegte sie durch einen der

Tentakel. Sie glitt widerstandslos hindurch, und die feuchte Kälte legte sich wie ein Film auf meine Haut. Die Vorstellung, in Kürze vollständig davon eingeschlossen zu sein, ließ unterschwellige Übelkeit in mir aufsteigen.

»Weshalb glüht der Nebel?« Hanas Flüstern verlor sich fast in der Nacht.

»Weil er vollständig von der Präsenz der Geister erfüllt ist, auch wenn diese nicht in der Nähe sind«, antwortete eine tiefe Stimme, die dafür sorgte, dass ich heftig zusammenzuckte. »Und deshalb ist es eine Scheißidee, sich hineinzuwagen.«

Ruckartig drehten wir uns alle in die Richtung des Sprechers, der in den Radius der Öllampen trat. Rowan stieß einen unterdrückten Fluch aus, während ich die Lippen zusammenpresste und mich um eine ruhige Atmung bemühte. Mein Herz klopfte plötzlich so laut, dass ich Sorge hatte, die anderen könnten es in der Stille des Waldes hören.

»Ezra.« Vince spuckte den Namen aus, als wolle er einen widerwärtigen Geschmack loswerden. »Was willst du hier?«

»Euch bewahren vor der größten Dummheit eures Lebens, das übrigens nicht mehr lange andauern wird, wenn ihr diesen Mist tatsächlich durchzieht.«

Ezra klang beeindruckend gelassen dafür, dass er gerade allein und ohne Licht – soweit ich das erkennen konnte – durch die Nacht marschiert war. Obwohl ich wenig von ihm sehen konnte, wusste ich genau, was die

Schatten vor mir verbargen. Durchdringende schiefergraue Augen wie der Wiesensee an einem stürmischen Tag. Dunkelbraunes Haar, das einige helle Strähnen aufwies und das wirkte, als sei es noch nie mit einer Bürste in Berührung gekommen. Volle, geschwungene Lippen und eine gerade Nase. Ein spöttischer Zug um die Mundwinkel, als wüsste er etwas, das allen anderen verborgen blieb. Zumindest im Moment schien das zuzutreffen. Noch dazu war er groß, deutlich größer als ich, und ziemlich muskulös dafür, dass er Tag für Tag mit seinem Großvater die Chroniken übertrug.

»Ihr seid entweder dämlich oder lebensmüde. Wahrscheinlich beides.«

Leider war er nicht besonders nett. Alles andere als nett, wenn man es genau nahm.

»Misch dich nicht ein.« Vince gab sich größte Mühe, einen schroffen Ton anzuschlagen, doch es klang eher flehend. Obwohl Ezra nur wenig älter war als er selbst, hatte er innerhalb von Sekunden die Führung übernommen.

»Vergesst den Mist. Niemand wird davon beeindruckt sein, wenn ihr euch in Besitz nehmen oder sogar umbringen lasst.« Er warf Amber einen kurzen Blick zu. »Auch Graham Hunt nicht.«

Sie reagierte mit einem erstickten Ächzen auf den unverhofften Angriff. »Graham hat damit nichts zu tun.«

Ich war mir sicher, dass ihr Gesicht um einige Nuancen dunkler geworden war, doch Ezra lachte nur. Es schien, als würde ihm nichts von dem entgehen, was im Dorf geschah – inklusive Ambers Schwärmerei für Graham Hunt.

»Im Ernst, Leute.« Er trat einen Schritt vor und musterte jeden Einzelnen von uns. »Tut das nicht. Wenn ihr eure Tapferkeit unter Beweis stellen wollt, dann klaut ein paar Laibe Brot vom alten Jefferson oder klettert zur Geisterstunde auf den Turm der Kapelle. Aber bleibt weg von der Grenze. Es hat einen Grund, dass nur die ausgebildeten Salzträger nach draußen gehen, und selbst für diese bleibt ein großes Restrisiko. Fragt Isaac, sofern er irgendwann wieder sprechen kann. Es ist gefährlich.«

»Das ist uns klar«, erwiderte Rowan, der sich allmählich von Ezras überraschendem Auftauchen zu erholen schien. »Wir kennen die Risiken.«

»Tatsächlich«, versetzte Ezra kühl, und ich trat unruhig von einem Fuß auf den anderen. Es wäre besser, die Aktion abzublasen.

»Kannst du jetzt endlich abhauen und aufhören, den Moralapostel zu geben?« Vince schien nicht bereit zu sein, Ezra kampflos das Feld zu überlassen. »Wir entscheiden, ob wir das Risiko eingehen. Es ist unsere Sache. Nicht deine. Du wirst uns nicht aufhalten können. Renn zu deinem Großvater zurück und beschmutz dir weiter die Finger mit Graphit. Sonst interessierst du dich auch nicht dafür, was wir tun.«

Seinen Worten folgte Schweigen. Ezra wandte sich ab, und kurzzeitig war ich sicher, dass er Vince' *Vorschlag* nachkommen würde. Dann hörte ich, wie er einmal tief durchatmete.

»Wie wollt ihr vorgehen?«

Mit wenigen Sätzen fasste Rowan unseren *Plan* zusammen, der mir mit jeder Sekunde lächerlicher erschien.

»Das kann nicht euer Ernst sein.« Ezra klang so fassungslos, dass mein Unbehagen von beißender Verlegenheit durchzogen wurde. »Ihr wollt einfach so in den Nebel hineinrennen? Die Präsenzen werden euch früher oder später entdecken und sofort umhüllen. Sie sind überall, durchdringen alles. Ihr werdet die Orientierung verlieren, blind im Nebel herumirren, bis sie einen Weg in euch gefunden haben und euch aushöhlen. Einen nach dem anderen.«

Ich zog beklommen die Schultern hoch. Wir alle kannten die Geschichten, und dass Ezra so ernsthaft darüber sprach, verstärkte die davon ausgehende Bedrohung um ein Vielfaches.

Ein leises Rascheln war zu hören, dann hielt er uns ein Garnknäuel entgegen. »Das knotet ihr um einen Baum in Grenznähe«, erklärte er. »Damit ist sichergestellt, dass ihr den Rückweg findet.«

»Gute Idee«, warf Amber ein, die sich wieder gefangen hatte. »Du hilfst uns?«

»Anscheinend ist es unmöglich, euch davon abzubringen, also versuche ich, euren Hals zu retten. Salz habt ihr dabei?«

Verlegene Stille trat ein.

Ezra stieß ein frustriertes Stöhnen aus. »Sagt mal, seid ihr eigentlich total bescheuert? Hat auch nur einer von euch einen Blick in die Chroniken geworfen? Könnt ihr überhaupt lesen?«

Gut, die Frage war berechtigt, denn tatsächlich konnte nur ein Bruchteil der Bewohner Salwoods flüssig lesen und schreiben. Weshalb auch? Ein Buch befriedigte lediglich den Geist, nicht den Magen, und anders als ich hatten die anderen keinen Vater, der Wert auf das geschriebene Wort legte und von ihnen dasselbe erwartete.

Da wir ihm erneut eine Antwort schuldig blieben, sprach er weiter. »Die Laternen könnt ihr zurücklassen; sie nutzen sowieso nichts. Der Nebel frisst sowohl Licht als auch Geräusche. Besser, wir haben die Hände frei.«

»Wir?«, wiederholte Rowan, während Amber verärgert den Kopf schüttelte.

»Ich stelle meine Lampe sicher nicht ab, nur weil der Spinner es sagt.«

»Wir gehen paarweise hintereinander«, fuhr Ezra fort, als hätte er die beiden gar nicht gehört, »und fassen uns an den Händen. Wenn jeder mit einem anderen verbunden ist, schmälert das die Gefahr, jemanden zu verlieren. Außerdem bieten wir so weniger Angriffsfläche.«

»Wäre es einzeln nicht besser? Ein Pulk zieht mehr Aufmerksamkeit auf sich.«

»Nicht bei eurer mangelnden Vorbereitung«, widersprach Ezra. »Ein Salztalisman für jeden Einzelnen wäre das Mindeste. Mein eigener wird uns nicht ausreichend schützen. Verschiebt den Blödsinn. Macht es von mir aus nach der Salzwende am Wochenende. Dann habt ihr wenigstens eine ordentliche Menge Salz im Körper. Oder ihr versucht euch irgendwoher einen Talisman zu beschaffen, damit ihr zumindest eine Chance habt. Wobei ich nicht glaube, dass man ausgerechnet euch einen anvertraut.«

»Du willst es nur aufschieben, damit du uns in der Zwischenzeit verraten kannst.« Vince lachte höhnisch. »Ganz bestimmt nicht. Außerdem hat dann sicher schon ein anderer Isaacs Talisman gefunden.«

»Isaacs Talisman.« Ezra seufzte resigniert, machte aber keine Anstalten, zu verschwinden. Anscheinend würde er uns tatsächlich begleiten. »Darum geht es also.«

»Gut erkannt, du Fuchs. Und jetzt los. Wir gehen zu der Stelle, an der Isaac den Nebel verlassen hat.« Der zackige Tonfall, den Vince anschlug, täuschte nicht über seine offensichtliche Unsicherheit hinweg. Ezras unmissverständliche Warnungen hatten ihn beunruhigt, selbst wenn er es niemals zugeben würde.

Er setzte sich in Bewegung, und wir folgten ihm zögerlich. Auch bei den anderen schienen Ezras Worte nicht auf taube Ohren gestoßen zu sein, trotzdem wollte sich keiner die Blöße geben, die Unternehmung infrage zu stellen.

Zögerlich tasteten wir uns durch die Dunkelheit, gegen die der klägliche Schein unserer Laternen vergeblich ankämpfte und die sich mit jedem Schritt zu verdichten schien.

Je weiter wir uns der Grenze näherten, desto stärker wurde der Nebel und damit auch das fluoreszierende Leuchten um uns herum.

»Die Linie befindet sich wenige Meter vor uns«, durchbrach Ezra die bleierne Stille. Obwohl ich keine Ahnung hatte, woher er das wusste, glaubte ich ihm. Stumm warteten wir ab, während er gemeinsam mit Vince einen Baum auswählte, um dessen Stamm er das Garn wand.

»Paarweise an den Händen fassen«, instruierte uns Ezra, und sofort fanden sich Rowan und Hana. Amber zögerte nicht lange, reichte Rowan ihre Laterne und griff nach Vince' Hand, sodass ich – wie meistens – übrig blieb.

»Okay«, sagte Ezra bloß, trat neben mich und verschränkte unsere Finger miteinander. Sein Griff war fest, beruhigend, seine Haut war trocken und warm. Trotz der Panik, die in mir tobte, gab es einen Teil von mir, der die Berührung genoss. Nicht in meinen kühnsten Träumen hätte ich mir ausgemalt, ihm jemals so nahe zu kommen.

»Egal, was geschieht«, schärfte er uns ein. »Wir müssen zusammenbleiben. Gemeinsam besteht zumindest eine Chance, dem Ansturm der Geister zu widerstehen. Einzeln …«

»Mach schon«, unterbrach ihn Vince. »Gib mir das Garnende.«

Ich spürte, wie Ezra für einen Sekundenbruchteil zögerte, bevor er Vince das Knäuel aushändigte.

»Ja. Ist klar«, winkte dieser ab, während er sich bemühte, Garn und Laternengriff so zu halten, dass er keines von beiden fallen ließ. »Nicht loslassen, sonst sind wir verloren inmitten einer rachsüchtigen Geistermeute.«

»Du hältst das immer noch für einen großen Witz, du Arschloch«, fuhr ihn Ezra aufgebracht an.

»Keiner zwingt dich, unseren Babysitter zu spielen, du eingebildeter Bastard.«

Ohne darüber nachzudenken, strich ich besänftigend mit dem Daumen über Ezras Handrücken.

Er atmete hörbar aus, dann straffte er die Schultern. »Letzte Chance. Die Grenze ist direkt vor uns. Lasst uns umkehren. Noch können wir zurück.« Seine Stimme klang nun so eindringlich, dass sich auf meinen Armen eine Gänsehaut bildete. Unwillkürlich umfasste ich seine Hand etwas fester. »Ihr müsst niemandem etwas beweisen, am allerwenigsten mir.«

Vince schnaubte verächtlich. »Klingt fast, als hättest du Angst.«

»Habe ich«, entgegnete Ezra fest. »Und die solltet ihr auch haben.«

2 – FAYE

Ein stummer Schrei

Langsam, fast zögerlich bewegten wir uns in den wabernden Dunst hinein, der mit jedem Schritt dichter wurde. Wir übertraten die Salzlinie, und der Nebel umschloss uns von allen Seiten, ließ meine Wahrnehmung schrumpfen. Ob es den anderen auch so ging? Das Rascheln des Laubs. Die kleinen Zweige, die unter unseren Füßen brachen. Das Geräusch unseres Atems. Alles war gedämpft, als läge eine schwere Decke über meinen Sinnen.

»Ezra«, sagte ich in die Stille. Seine Haut war warm, sein Griff gab Sicherheit. Die Verbindung zu ihm schien das einzig Reale zu sein in einer Welt, die nur noch aus Schweigen bestand. Es war nicht komplett finster, aber das dumpfe Glühen um uns herum war schlimmer als Dunkelheit. Testweise streckte ich den Arm aus und stellte fest, dass ich meine Fingerspitzen nur verschwommen sehen konnte.

Der Nebel frisst sowohl Licht als auch Geräusche.

Ich versuchte es erneut. »Ezra.«

Lediglich ein tonloser Hauch kam über meine Lippen.

Er hatte uns gewarnt, wusste genau, was geschehen würde. Wieso kannte er sich hier draußen aus? War es für ihn nicht das erste Mal, dass er den Kreis verließ? Er war kein Salzträger. Welchen Grund sollte er sonst gehabt haben?

Mit brennenden Augen starrte ich in den mich umgebenden Nebel. Nein, es war nicht nur Nebel. Es war viel mehr als das. Es war der dumpfe Schleier irgendwo zwischen Leben und Tod, erstickend und allgegenwärtig. Ich fühlte mich, als würde ich schweben und gleichzeitig fallen. Schwerelos. Zeitlos. Verloren.

Der Schein von Vince' und Rowans Laternen verströmte warmes Licht, das jedoch nicht gegen die trüben Schwaden ankam.

Das Einzige, was blieb, war Ezras Hand, die ich so fest umklammert hielt, dass es ihm vermutlich wehtat.

Ihr werdet die Orientierung verlieren, blind im Nebel herumirren, bis sie einen Weg in euch gefunden haben und euch aushöhlen. Einen nach dem anderen.

Jeglicher Zweifel an den Geschichten erlosch. Ich konnte spüren, wie die Seelen über mich und um mich herum glitten, als würden sie nach Schwachstellen suchen, von denen ich nicht einmal wusste, wie sie aussahen.

»Lasst uns umkehren!« Der Nebel dämpfte meinen Schrei zu einem kraftlosen Flüstern. Niemand reagierte.

Vorsichtig streckte ich die freie Hand aus, um Rowan, der sich irgendwo vor mir befinden musste, zu berühren.

Ich griff ins Leere.

Mit einem Mal hatte ich grauenvolle Angst, dass wir den Rückweg nicht mehr finden würden. Alles sah gleich aus, eine kränklich-schimmernde Masse, so undurchdringlich, dass jeglicher Versuch der Orientierung vergeblich war. Sämtliche Gedanken an den Talisman, den ich eigentlich suchen sollte, waren längst erloschen. Plötzlich hing unser aller Schicksal von einer Garnrolle ab, die sich ausgerechnet in Vince' Händen befand. Vince, der die Unternehmung von Anfang an als harmlose Mutprobe gesehen hatte. Er würde uns eher alle ins Verderben laufen lassen, als zuzugeben, dass er die Gefahr unterschätzt hatte.

»Stopp!« Dieses Mal legte ich meine gesamte Kraft in das Wort, schrie so laut, dass meine Kehle schmerzte.

Tatsächlich zerschnitt meine Stimme die dumpfe Stille, und Sekunden später prallte ich gegen Rowans Rücken. Anscheinend hatte er sich nur knapp außerhalb meiner Reichweite befunden.

Geistesgegenwärtig griff ich zu, sodass sich meine Finger in den groben Stoff seines Leinenhemds gruben.

Rowan fuhr herum und zog Hana mit sich. Im fahlen Licht konnte ich die Panik in ihren weit aufgerissenen Augen erkennen. Ich war nicht die Einzige, die realisiert hatte, dass die Dinge aus dem Ruder liefen.

»Zurück!« Der Schrei verlangte mir alles ab und war trotzdem zu leise.

Ezra festigte den Griff um meine Hand, ein stummes Versprechen.

»Vince!«, brüllte Rowan gegen die erstickende Wand. »Amber! Kommt zurück!«

Ich rechnete nicht damit, dass seine Rufe Wirkung zeigen würden. Der Nebel verschluckte seine Stimme, genauso wie er Vince und Amber verschluckt hatte und wie er uns verschlucken würde, sollten wir nicht schnellstens die Flucht ergreifen. Die Frage war nur: wohin?

Als sich das Licht einer weiteren Laterne aus dem Dunst schälte, atmete ich auf und ließ die kühle Waldluft meine Lungen fluten. Sie schmeckte nach Tannennadeln und feuchter Erde, aber auch nach etwas Süßlichem, Fremdartigem, was mich an halbvergorenes Obst erinnerte.

Kurz darauf traten Amber und Vince zu uns. Wie auf Kommando bildeten wir einen Kreis im warmen Schein der beiden Lampen, deren Metallhenkel Rowan und Vince fest umschlossen hielten. Keiner von ihnen konnte sein Zittern noch verbergen.

Amber sah sich um, der Blick unstet und flackernd. Gerade wirkte sie eher wie ein gehetztes Tier als wie die gelassene Wortführerin, als die sie sich gerne präsentierte.

Sie öffnete den Mund, ihre Lippen bewegten sich, doch

kein Laut war zu hören. Ihrem Gesichtsausdruck nach schien sie erst jetzt zu bemerken, dass der Nebel unsere Stimmen fraß. Völlig außer sich zog sie an Vince' Hand, der wiederum Ezra anstarrte.

Im Dämmerlicht wirkten die Pupillen meines Begleiters fast schwarz, lediglich ein schmaler Ring aus silbrigem Grau war geblieben. Er erwiderte die unausgesprochene Frage mit einem durchdringenden Starren, dann deutete er auf das Garnknäuel in Vince' Händen.

Die Botschaft war klar: umkehren. Zurück in die Sicherheit des Salzkreises. So schnell wie möglich.

Vince nickte und senkte die Lider, ein stummes Eingeständnis. Endlich war er bereit, Ezra die Führung zu überlassen. Zögerlich streckte er die Hand aus, um ihm das Garn zu geben.

Zu spät. Viel zu spät.

Zuerst stellten sich meine Nackenhaare auf. Es fühlte sich an, als wäre die Luft elektrisch aufgeladen, als wären wir unvermittelt in ein Spannungsfeld getreten. Als Nächstes setzten die Kopfschmerzen ein. Tausende spitzer Nadeln schienen sich in meine Schläfen zu bohren, und ich kniff mehrfach die Augen zusammen. Ein hochfrequentes Sirren, fast außerhalb meiner Wahrnehmung, schien sich in mir festzusetzen. Je weiter es in den hörbaren Bereich vordrang, desto lauter wurde es. Innerhalb weniger Sekunden steigerte es sich zu einem ohrenbetäubenden Kreischen, noch immer so hoch, dass meine Zähne kribbelten. Es schien von überall her und gleichzeitig aus meinem Innern zu kommen, so durchdringend, dass es meine Knochen zum Vibrieren brachte.

Ezras Griff wurde noch fester, und er formte zwei Worte. Zwei Worte, die ich nicht hören musste, um zu verstehen.

Sie kommen.

Wirkte die Zeit eben noch wie eingefroren, schien sie jetzt in doppelter Geschwindigkeit weiterzulaufen. Wir rückten näher zusammen, sodass wir einander fast berührten. Für einige Sekunden gab ich mich der Hoffnung hin, dass wir noch eine Chance hatten. Dass noch nicht alles verloren war. Ezra würde wissen, was zu tun war. Er würde uns wohlbehalten aus dem Nebel führen.

Tatsächlich sah er auffordernd in die Runde. »Das Garn.« Seine Stimme war leise, obwohl er aus vollem Halse schrie. »Vince, du musst uns führen! Nehmt euch an den Händen! Alle müssen verbunden sein. Mein Talisman bringt zumindest ein wenig Schutz.«

Für einige Sekunden erwiderte Vince Ezras Blick, dann rannte er unvermittelt los und zerrte Amber grob hinter sich her. Dabei stieß er gegen Rowan und schlug ihm die Laterne aus der Hand. Nicht absichtlich, doch das spielte keine Rolle. Sie landete am Boden, das Glas splitterte, die Flamme erlosch. Kein Laut war zu hören.

Vince nutzte die allgemeine Verwirrung, und im nächsten Moment waren er und Amber mit der Nebelwand verschmolzen.

»Hinterher!« Wieder ergriff Ezra die Initiative, geistesgegenwärtig und schnell. Er hatte recht. Die verfluchte Garnrolle war unsere einzige Möglichkeit zur Orientierung.

Ohne zu zögern, fassten wir uns an den Händen und rannten los, ignorierten die Zweige, die uns ins Gesicht schlugen, stolperten und rutschten über das feuchte Laub, während sich Dornenranken in unseren Kleidern verfingen. Der verstörende Lärm hatte nicht nachgelassen. Im Gegenteil, bei jedem Schritt spürte ich die tosenden Präsenzen, wie sie an mir zogen, an meinem Körper und an meiner Seele rissen.

Wir kamen zu langsam voran. Während Vince und Amber zu zweit waren, bildeten wir eine Kette von vier Personen. Egal ob neben- oder hintereinander, es war unmöglich, sich auf diese Weise schnell durch den Wald zu bewegen.

Auch Ezra erkannte die Aussichtslosigkeit unserer Lage und blieb stehen. Im gelblichen Schein des Nebels konnte ich ihn nur verschwommen sehen.

Hana, die meine andere Hand hielt, lief in vollem Tempo in mich hinein, sodass ich wiederum gegen Ezra prallte, der mich sofort mit einem beherzten Griff um den Oberarm stabilisierte. Unsere Blicke trafen sich. Der Ausdruck in seinen Augen gefiel mir nicht. Beklommenheit. Unruhe. Sorge.

Der Herzschlag dröhnte mir in den Ohren, mein Magen krampfte sich vor Angst zusammen. Wir hatten sie verloren. Vince und Amber waren in den wirbelnden Dunstschwaden nicht mehr auszumachen. Wir hatten keine Ahnung, wohin wir flüchten sollten, keine Ahnung, in welcher Richtung der Salzkreis lag, keine Ahnung, wie wir wohlbehalten das Dorf erreichen sollten. Und der Ansturm der Geister nahm zu.

»Wohin?« Ich sah die Worte, die über Rowans Lippen kamen, doch ich hörte sie nicht.

Ezra schüttelte nur den Kopf. Er wusste es nicht.

Meine letzte Hoffnung zerbrach. Natürlich wusste er es nicht, er war in dieser brodelnden Hölle ebenso gefangen wie wir. Unsere einzige Chance hatte er Vince anvertraut.

Das allgegenwärtige Kreischen um uns herum schien weiter zuzunehmen, mein gesamter Körper summte sowohl vor Schmerz als auch vor Anspannung. Der Lärm war markerschütternd und zugleich flüsterleise. Als würden Tausende Stimmen kontinuierlich auf mich einwispern. Zischend. Knisternd. Fauchend. Es war bloß eine Frage der Zeit, bis einer von uns die Nerven verlieren würde.

Hana war die Erste.

Sie riss sich sowohl von mir als auch von Rowan los, bedeckte die Ohren mit den Händen und schwankte einige Schritte zur Seite, als würden sie die Stimmen von den Füßen reißen.

Rowans Augen weiteten sich, als ihm bewusst wurde, dass er durch Hanas Kurzschlussreaktion nicht nur von ihr, sondern auch von uns getrennt worden war. Von uns und damit von dem schützendem Salztalisman. Bevor ich nach ihm greifen konnte, taumelte auch er blindlings in den wabernden Schleier.

Ezra zog mich an sich und legte einen Arm um meine Hüfte. Instinktiv schmiegte ich mich an ihn, als würde mein Körper erkennen, dass von ihm Sicherheit ausging.

»Nicht loslassen. Nicht weglaufen.« Obwohl seine Lippen fast mein Ohr streiften und ich seinen Atem auf meiner Haut spüren konnte, war seine Stimme nicht mehr als ein Raunen. »Das Salz schützt dich.«

»Die anderen.« Verzweifelt versuchte ich gegen den Nebel anzukommen. »Du musst den anderen helfen.«

»Faye.« Sein Wispern wurde eindringlicher, drängender. »Es hat keinen Zweck. Die Geister sind entfesselt, und sie sind ungeschützt. Wir können ihnen nicht …«

Er verstummte, denn in dieser Sekunde schälte sich Rowan aus dem Dunst und traf ihn so schwungvoll, dass er ihn von den Beinen riss. Geistesgegenwärtig umklammerte ich seine Hand, sodass ich zwar ebenfalls auf dem Boden landete, die Verbindung jedoch nicht verlor.

Rowan schien seinen Sturz nicht einmal bemerkt zu haben. Stattdessen starrte er auf einen Punkt hinter mir im Nichts. In seinen Augen lag solche Panik, dass ich innerlich gefror. Um nichts in der Welt wollte ich mich umdrehen.

Ezra war weniger befangen und folgte seinem Blick. Seine Miene versteinerte umgehend. Ich biss mir heftig auf die Unterlippe, und das kupfrige Aroma von Blut breitete sich in meinem Mund aus. Der Albtraum nahm kein Ende.

Dann hörte ich den Schrei. Er war anders als das Kreischen der Geister. Intensiver. Verzweifelter. *Menschlicher.*

Hana.

Ich hatte keine Ahnung, weshalb ihre Stimme mühelos den Schleier durchschnitt, weshalb sie fast überdeutlich zu hören war.

Zögerlich wandte ich mich um und bereute es sofort.

Der Nebel um sie herum hatte sich gelichtet, schien weniger geworden zu sein. Nein. Nicht weniger, er hatte sich nur verlagert und um sie herum verdichtet.

Wie eine zweite Haut legte sich die fluoreszierende Schicht um ihren schmalen Körper, schloss sie ein und ließ sie im düsteren Licht glühen. Es war ein beängstigendes und zugleich wunderschönes Bild. Zumindest bis ich realisierte, was mit Hana geschah.

Sie starb.

Der Nebel schien ihr die Luft zum Atmen zu rauben, sie langsam zu ersticken. Sie hatte beide Hände an ihren Hals gelegt, und die Augen so weit aufgerissen, dass sie fast aus den Höhlen traten. Vergeblich rang sie nach Sauerstoff, als hätte der Schrei, den sie zuvor ausgestoßen hatte, all ihre Reserven aufgezehrt.

Am Rande meines Sichtfeldes nahm ich wahr, dass sich Rowan halb aufgerichtet und die Arme nach ihr ausgestreckt hatte, jedoch nicht von der Stelle kam, weil ihn Ezra am Knöchel festhielt.

Währenddessen befand sich Hana weiter in ihrem Todeskampf. Mittlerweile hatte ihr Gesicht eine dunkle Färbung angenommen, die im fahlen Schimmer unheimlich, fast grotesk aussah. Sie schwankte nach vorne, dann sank sie langsam auf die Knie, als würde der Nebel ihren Sturz verhindern und sie nun fast zärtlich zu Boden gleiten lassen. Ihr Mund öffnete sich zu einem stummen Schrei.

Ich hatte in meinem Leben schon einiges Vieh sterben sehen, teilweise sogar selbst geschlachtet, aber noch nie einen Menschen. Es war grauenhaft, und die plötzlich einkehrende, drückende Stille machte es noch schlimmer. Ich wollte ihr helfen, sie umarmen oder an mich ziehen, um irgendwie der erzwungenen Untätigkeit zu entfliehen, doch Ezras Hand war wie ein Schraubstock um meinen Arm geschlossen.

Ich tobte, schrie, schlug um mich. So wild und unkontrolliert, dass ich Ezra mit dem freien Ellbogen im Gesicht traf, woraufhin er kurzzeitig seinen Griff lockerte. Es reichte aus. Mit einer entschlossenen Bewegung riss ich mich los und warf mich in Hanas Richtung.

»Nein!«

Ich wusste nicht, ob der Schrei wirklich oder nur in meinem Kopf ertönte, aber es war ohnehin zu spät. Meine Finger schlossen sich um ihren Unterarm. Ihre Haut war kalt. Verstörend kalt. Ein unangenehmer Schauer durchlief mich, kühl und gleichzeitig sengend heiß, doch ich erhielt die Berührung aufrecht. Der faulige Gestank vermischt mit einer metallischen Note stieg mir in die Nase, deutlich stärker als zuvor.

Ich konzentrierte mich auf Hana, versuchte, ihr Halt zu geben und Trost zu spenden. Mehr konnte ich nicht tun.

Sie starrte mich an, in ihren Augen Todesangst und Verzweiflung, während ich noch immer ihren Unterarm umklammerte. Ihre Fingernägel gruben sich in die weiche Haut ihres Halses, rissen an ihrer Kehle.

Dann brach ihr Blick.

Ich konnte sehen, wie das Leben sie verließ. Es wirkte, als würde ihr Körper leicht durchsichtig werden und sich vollends den tobenden Präsenzen ergeben.

Finger gruben sich in meine Schulter, und ich wurde so grob zurückgezerrt, dass meine Hand abrutschte.

Mit einem schmerzerfüllten Keuchen landete ich rücklings am Boden und spürte umgehend ein tonnenschweres Gewicht auf meiner Brust, das dafür sorgte, dass ich mich nicht rühren konnte. Würden mich die Geister jetzt ebenso ersticken, wie sie es gerade bei Hana getan hatten?

Ich blinzelte in das trübe Dämmerlicht und erkannte Ezra, der über mir kniete und mich prüfend musterte.

Da er mich nicht hören konnte, beschränkte ich mich auf ein beruhigendes Nicken, woraufhin er aufstand und mich mit sich zog.

Ich sah verstohlen zu Hana, die reglos am Boden lag und von einer schlängelnden Schicht aus Dunst bedeckt war. In diesem Moment wirkte der Nebel lebendiger als je zuvor, und ich schluckte hart.

Ezra ließ seine Hand über meinen Oberarm gleiten, sodass er unsere Finger miteinander verschränken konnte, ohne den Kontakt zwischen uns auch nur eine Sekunde abreißen zu lassen. Anders als mich schien ihn Hanas gewaltsames Ende und der Triumph der Seelen nicht zu verstören, denn er wandte sich, ohne zu zögern, ab.

Widerspruchslos ließ ich mich durch den Nebel führen und bemerkte erst nach einigen Schritten, dass sich Rowan auf der anderen Seite Ezras befand und auch dessen Hand hielt. Er wirkte genauso betroffen wie ich. Die Erinnerung an den entsetzten Ausdruck in Hanas Gesicht, an die Angst in ihren Augen hatte sich tief in mein Gedächtnis gegraben. Ich war mir sicher, sie für den Rest meines Lebens in meinen Albträumen zu sehen – der nicht mehr sonderlich lang sein würde, sollten wir nicht bald in die Sicherheit des Salzkreises zurückkehren.

Ich hatte keine Ahnung, wohin wir liefen, und ich bezweifelte, dass es Ezra oder Rowan besser erging. Noch immer spürte ich einen Nachhall von Hanas Berührung in meinem Innern, als hätte sich die klamme Kälte in mir festgesetzt. Lediglich die Verbindung zu Ezra sorgte dafür, dass ich nicht komplett auskühlte. Es war, als würde seine Hand eine schwache, aber konstante Wärme ausstrahlen. Ich war unglaublich dankbar dafür, dass er mich nicht losließ, obwohl er ohne mich deutlich schneller vorankommen würde.

Die Zeit verschwamm, während wir uns durch den Nebel kämpften. Ich wusste nicht, wie spät es war und ob nicht allmählich der Morgen heraufdämmern müsste. Der folgende Gedanke erschreckte mich so sehr, dass ich abrupt stehen blieb und fast den Kontakt zu Ezra verlor. Was, wenn es schon Morgen war? Wenn der allgegenwärtige Dunst uns vom Tageslicht abschirmte? Wenn wir für immer in diesem Schwebezustand zwischen Leben und Tod gefangen wären, im Nichts herumirrend, bis die Seelen einen Weg in uns hineingefunden hätten?

Ezra zog an meinem Arm, riss mich förmlich mit sich, und ich stolperte hinter ihm her, kämpfte gegen das Schluchzen an, das meine Kehle emporstieg. Ich musste durchhalten. Um jeden Preis.

Obwohl ich nach wie vor nichts sah, richtete ich den Blick abwechselnd auf meine Füße und auf die düstere Wand vor mir. Ein winziger Teil in meinem Innern hielt an der Hoffnung fest, Ezra würde uns wohlbehalten nach Hause bringen. Ezra, der uns vor der Unternehmung gewarnt hatte und der eigentlich gar nicht mitkommen wollte. Ezra, dessen Berührung die einzige Rettung war.

Obwohl wir uns in hohem Tempo durch die Nacht bewegten, nahm die Kälte in meinem Innern zu. Mit jedem schnellen Herzschlag breitete sie sich weiter aus und sandte kribbelnde Schauer durch meine Nervenbahnen. Es fiel mir zunehmend schwer, mit Ezra und Rowan Schritt zu halten. Mittlerweile hatte ich mehrere

Kratzer von Dornen und Zweigen im Gesicht, und bei jedem Atemzug zuckte ein Stechen durch meine Seiten.

Alle Schmerzen rückten schlagartig in den Hintergrund, als überraschend die Erde unter meinen Füßen nachgab, sodass ich ausrutschte und um ein Haar gefallen wäre, hätte mich Ezra nicht erneut gestützt.

Im Gegensatz zu dem festen und mit Blättern bedeckten Waldboden war der Untergrund hier feucht und lehmig, saugte sich regelrecht an den dünnen Sohlen meiner Lederstiefel fest.

Ebenso wie Ezra und Rowan hielt auch ich schlagartig inne.

Der Bach.

Wir befanden uns in direkter Nähe zum Bach, der vom Wiesensee gespeist wurde, und waren somit nicht mehr völlig orientierungslos. Im Gegenteil. Wir konnten nun der Fließrichtung folgen und würden so früher oder später die Stelle erreichen, an welcher eine kleine Brücke den Salzkreis über den Fluss hinweg fortführte.

Unglaubliche Erleichterung durchflutete mich. Ich drückte kurz Ezras Hand, bevor wir uns wieder in Bewegung setzten, dieses Mal zielgerichtet und mit neu entfachter Zuversicht.

Jetzt, da ich wusste, dass wir nicht mehr planlos herumirrten, schien auch die lähmende Angst ein wenig nachzulassen, sodass ich freier atmen konnte. Ich bildete mir sogar ein, der metallische Fäulnisgeruch wäre weniger geworden.

Für einige Minuten tasteten wir uns am Ufer entlang, sorgfältig darauf bedacht, die Verbindung zum Bach nicht zu verlieren. Es war irritierend, ihn in unmittelbarer Nähe zu haben, ohne das Gurgeln und das Plätschern des Wassers zu hören. Weiterhin schluckte der Nebel alle Geräusche.

Dann erreichten wir die Brücke. Ihr Umriss schälte sich so unvermittelt aus dem Dunst, dass ich erschrak, obwohl ich ihren Anblick mit jeder Faser meines Körpers herbeigesehnt hatte.

Wir hatten es fast geschafft.

Ezra verstärkte seinen Griff, als wolle er sichergehen, dass auf den letzten Metern nichts Unvorhersehbares geschah.

Mit einem Mal durchströmtem mich Zweifel. Unsicherheit. Fast Unwille. Mit diesen letzten Schritten würde Hana endgültig dem Nebel überlassen.

Obwohl ein Teil von mir wusste, wie irrational dieser Gedanke war, schaffte ich es nicht, mich von ihm zu befreien. Im Gegenteil, mit jeder Sekunde, die verging, wurde mir klarer, dass wir den Nebel auf keinen Fall verlassen durften.

Kurz vor der sicheren Zone hielt ich an, um mich irgendwie von Ezra zu lösen. Er verstand nicht, dass Hana mehr verdient hatte. Wir konnten und durften sie nicht aufgeben. Ich stemmte meine Fersen in den Boden, warf mich regelrecht nach hinten, um so seinem Griff zu entkommen.

Ich hatte Ezras Kraft und ebenso seine Reaktionsgeschwindigkeit unterschätzt. Er riss mich nach vorne, vollführte dabei eine Drehung und katapultierte uns förmlich über die schützende Linie. Der Aufprall trieb mir das letzte bisschen Sauerstoff aus den Lungen, denn Ezra landete auf mir – mit dem kompletten Gewicht seines muskulösen Körpers. Meine Hüfte traf auf einen Stein, der grelle Schmerz ließ mich nach Luft schnappen.

Luft, die frisch und unverbraucht schmeckte, nicht faulig und schal.

»Verdammt, Faye! Bist du irre?«, fluchte er unbeherrscht, richtete sich auf und wich zurück. Obwohl er mich gerade attackierte, war seine Stimme der schönste Klang der Welt. Wir hatten es geschafft. Wir waren tatsächlich entkommen.

Mit der Erkenntnis erlosch der drängende Wunsch, Hanas Körper aus dem Nebel zu bergen. Sie war vor unseren Augen erstickt. Jede Hilfe würde zu spät kommen. Vielleicht war es möglich, dass die Salzträger ihre Leiche …

»Oh mein Gott.« Ein Schluchzen entrang sich meiner Kehle, so verzweifelt, dass Ezra seine Standpauke umgehend unterbrach und mich besorgt musterte.

»Wir haben …«, begann ich, doch meine Stimme brach, bevor ich den Satz zu Ende führen konnte. »Hana …«

Ezra zögerte nicht. Mit einer einzigen Bewegung überwand er die Distanz zwischen uns und zog mich in eine Umarmung, der ich mich nur allzu gerne ergab. Bereitwillig ließ ich mich von seiner Wärme und von seinem Duft einhüllen, der mich an frisch geschlagenes Holz und Kiefernnadeln erinnerte. Obwohl ich vor der heutigen Nacht kaum ein Wort mit ihm gewechselt hatte, fühlte ich mich geborgen und beschützt.

3 – FAYE

Irgendwo da draußen

Für einige Sekunden herrschte Schweigen, das nur von unseren unregelmäßigen Atemzügen durchbrochen wurde. Ezra hielt mich noch immer fest an sich gedrückt, als würde er befürchten, ich könnte auseinanderbrechen; fast so, als wäre ich ihm wichtig. Deutlich wahrscheinlicher war jedoch, dass er in dieser Ausnahmesituation auch die Nähe und die Wärme eines anderen brauchte. Egal, wie feindselig und abgeklärt er sich gab, er war auch bloß ein Mensch und ebenso verängstigt wie wir anderen. Vorhin hatte er es noch zugegeben, und selbst wenn er jetzt alles tat, um es zu verbergen, konnte ich spüren, wie heftig sein Herz unter dem rauen Stoff seines Leinenhemdes klopfte, und ebenso hatte ich den angespannten Unterton in seiner Stimme gehört.

»Hana hatte von Anfang an Zweifel«, sagte Rowan plötzlich in die Stille. »Sie hatte Angst. Sie wollte nicht mitkommen. Ich habe sie überredet. Ich …« Er verstummte und ich wusste, dass ihm die Schuldgefühle die Sprache geraubt hatten.

Ich richtete mich ein wenig auf und löste mich aus Ezras Umarmung. Sofort streckte die Kälte erneut ihre Finger nach mir aus. In der Dunkelheit konnte ich seine Gesichtszüge nur erahnen, aber alles war besser als der schwefelige Schimmer, der uns zuvor umgeben hatte.

»Wir alle, Rowan«, sagte ich fest. Es gab keinen Grund, uns zu schonen. »Wir alle sind dieses Risiko eingegangen. Ich hatte Bedenken, ebenso wie Hana. Und ebenso wie Hana habe ich mich nicht getraut, mir ordentlich Gehör zu verschaffen. Du trägst nicht mehr oder weniger Schuld als wir anderen.«

»Wenn uns Vince nicht im Stich gelassen hätte, könnte Hana noch am Leben sein«, murmelte Rowan, ohne auf meine Worte zu reagieren. Er schien verzweifelt nach einem Sündenbock zu suchen, und ich musste zugeben, dass Vince eine naheliegende Wahl war. Dennoch …

»Eine Kurzschlussreaktion. Er hatte Panik«, warf Ezra von der Seite ein, und ich drehte mich in seine Richtung. Mittlerweile war er aufgestanden, doch noch immer würde es ausreichen, den Arm auszustrecken, um ihn zu berühren.

»Wir alle hatten Panik«, erinnerte ich ihn leise.

»Weshalb verteidigst du ihn?« Nun klang Rowan eindeutig aggressiv. »Er hat dir das Garnknäuel aus der Hand gerissen und ist mit Amber weggerannt.« Er lachte bitter auf. »Vermutlich waren wir ihm zu langsam. Sehr kameradschaftlich, sich auf diese Art von Ballast zu befreien, nachdem er uns zuvor zu dieser Aktion überredet hat.«

Ich nestelte unschlüssig am Ärmel meines Kleides herum. Rowan hatte recht, das war nicht zu leugnen. Vince hatte die erste Gelegenheit genutzt, um uns im Stich zu lassen, und obwohl es Ezra ehrte, dass er ihn in Schutz nahm, konnte ich es nicht verstehen.

»Wir sollten ins Dorf zurückkehren«, sagte er und machte damit deutlich, dass das Gespräch an dieser Stelle für ihn zu Ende war.

»Vince und Amber …«, wagte ich vorsichtig einzuwenden, woraufhin sich Ezra abwandte. Rowan tat es ihm gleich. Der Gedanke, die beiden könnten in der Dunkelheit verschwinden und mich zurücklassen, war so unerträglich, dass ich ebenfalls aufsprang. Natürlich war ich jetzt, da wir nicht mehr vom Nebel abgeschirmt wurden, in der Lage, den Rückweg eigenständig zu finden, aber ich wollte nicht allein sein. Um keinen Preis.

»Sie sind noch irgendwo da draußen«, flüsterte ich tonlos. Zwar hatten sie die Garnrolle zur Orientierung, und es bestand zumindest die Möglichkeit, dass die Geister sie nicht entdeckten. Dennoch …

»Und was willst du machen?«, fragte Rowan mit einem Anflug von Spott. »Es ist mitten in der Nacht. Willst du den Salzkreis ablaufen, um sie zu finden? Vielleicht sogar einen weiteren Abstecher in den Nebel machen? Für uns würden sie das garantiert nicht tun, das haben sie eben unter Beweis gestellt.«

Nun, das war mir ebenfalls klar. Dennoch widerstrebte es mir, einfach ins Dorf zurückzukehren und Vince und Amber ihrem Schicksal zu überlassen. Im Gegensatz zu Hana gab es hier zumindest einen Hoffnungsschimmer. Ich biss mir auf die Unterlippe, während erneut Schuld in mir aufwallte.

»Faye.« Ezra beugte sich zu mir und strich leicht über meinen Oberarm. Ich konnte die Wärme seines Körpers spüren, und wieder stieg mir der würzige Geruch von sonnengewärmtem Holz in die Nase. »Komm jetzt. Du bist müde. Es ist kalt. Außerdem wird die Sonne bald aufgehen.«

»Wenn wir unbemerkt ins Dorf zurückkehren wollen, müssen wir los«, pflichtete Rowan bei, woraufhin Ezra ein ungläubiges Schnauben ausstieß.

»Unbemerkt?«, wiederholte er fassungslos. »Du willst dich ins Dorf zurückschleichen und so tun, als wäre nie etwas geschehen? Und dann vielleicht noch überraschtes Entsetzen vorspielen, wenn du erfährst, dass Hana verschwunden ist? Deine *Freundin*?«

Rowan senkte den Kopf, erwiderte jedoch nichts.

»Verstehe«, sagte Ezra nach einigen Sekunden der Stille. »Und du, Faye?«

Befangen wich ich seinem Blick aus, während mich beißende Scham erfüllte. Ich war die Tochter des Reverends. Mein Vater würde durchdrehen vor Zorn, und ich wollte mir nicht einmal ausmalen, welche Strafen der nächtliche Ausflug in die verbotene Zone nach sich ziehen würde.

Es schien eine Ewigkeit zu dauern, bis ich Ezras Augen nicht mehr auf mir spüren konnte, und seine Enttäuschung war fast mit Händen zu greifen.

»Können wir gehen?« Rowans Worte waren eher eine Aufforderung als eine Frage. »Anscheinend sind wir uns ja einig.«

»*Ihr* seid euch einig«, korrigierte Ezra ruhig, wandte sich ab und ging mit großen Schritten den Pfad entlang, der an der Brücke begann und sich zwischen Baumgruppen und Weiden hindurch zum Dorf schlängelte.

Rowan und ich folgten ihm, ohne zu zögern.

Auf dem Heimweg herrschte Schweigen, denn jeder war darauf konzentriert, in der Dunkelheit nicht zu stolpern. Zusätzlich saßen uns allen die Ereignisse der vergangenen Stunden in den Knochen, und zumindest ich hatte heftig mit der weiterhin andauernden Kälte zu kämpfen. Ich konnte es kaum erwarten, dass mir die ersten Sonnenstrahlen ein wenig Wärme spenden würden.

Das Erste, was wir vom Dorf sahen, war das ewige Licht, dessen stetes Flackern mich mit Erleichterung erfüllte. Der Ausflug in die Geisterwelt war endgültig vorüber, die Realität hatte uns wieder.

Von meinen Gedanken abgelenkt entging mir, dass Ezra abrupt stehen geblieben war, sodass ich mit vollem Tempo in ihn hineinlief. Geistesgegenwärtig griff er zu und packte mich am Arm. Bevor ich dazu kam, mich zu bedanken, fiel mein Blick auf sein Gesicht, das ich im aufziehenden Morgen nur schemenhaft erkennen konnte. Was ich sah, genügte jedoch. Er wirkte angespannt und nervös.

»Sieht ganz so aus, als bekämst du doch deinen Willen, Ezra«, murmelte Rowan, und als ich mich umdrehte, erkannte ich eine Reihe von Dorfbewohnern. Die meisten von ihnen waren ausgerüstet mit Öllampen und Fackeln; sie schienen die direkte Umgebung des Dorfes abgesucht zu haben.

Offensichtlich war die Abwesenheit unserer gesamten Gruppe aufgefallen, denn für einen Jugendlichen, der nicht in seinem Bett lag, würde man wohl kaum solchen Aufwand betreiben. Wer hatte unser Fehlen bemerkt und das gesamte Dorf aufgescheucht?

»Da sind sie«, ertönte ein Ruf, als man uns bemerkt hatte, und in mir stieg Beklommenheit auf. Natürlich hatte ich Rowans Meinung nicht geteilt und hatte auch nicht die Absicht, zu verschweigen, was geschehen war. Trotzdem hatte ich nicht damit gerechnet, derart schnell damit konfrontiert zu werden.

Mittlerweile hatten wir uns den Wartenden bis auf wenige Meter genähert, und ich erkannte die Mitglieder des Ältestenrats, zu dem auch mein Vater gehörte. Er war deutlich jünger als die anderen, doch seine Position als Reverend verlieh ihm eine Sonderstellung. Vater trug eine beherrschte Miene zur Schau, wirkte kühl und abgeklärt, doch gegen den aufgebrachten Glanz seiner Augen konnte er nichts tun. Er war extrem wütend, und ich stellte mich neben ihn, ohne ihn anzusehen.

Bevor jemand das Wort ergreifen konnte, kam erneut Bewegung in die anwesenden Dorfbewohner, und zwei Gestalten traten in den Schein der Laternen.

»Amber und Vince.« Rowan würgte die Namen hervor wie eine verdorbene Frucht. Angewidert und aggressiv. »Wie schön, euch unversehrt zu sehen.«

Ich konnte ihn verstehen. Auch mich erfüllte heftiger Ärger, so stark, dass er kurzzeitig das Eis in meinem Innern verdrängte. Es erleichterte mich, dass sie dem Nebel entkommen waren, aber letztendlich hatten sie uns, ohne zu zögern, im Stich gelassen. Vince' Aktion mit der Garnrolle hatte Hanas Ende besiegelt.

Schweigend beobachtete ich die beiden und versuchte, die Situation einzuschätzen. Während Amber den Blick fest zu Boden gerichtet hatte, reckte Vince trotzig das Kinn in die Höhe und funkelte uns herausfordernd an, als würde er nur darauf warten, einen Streit vom Zaun zu brechen. Er wirkte überraschend gefasst dafür, dass er eben im Nebel komplett die Nerven verloren hatte.

»Ihr habt es geschafft«, sagte er schließlich in die drückende Stille, und obwohl er sich sichtlich Mühe gab, klangen seine Worte nicht so lässig, wie er es wohl beabsichtigt hatte.

»Nicht alle«, erwiderte Rowan schneidend. Das Licht der Öllampen malte zuckende Muster auf sein Gesicht.

Vince riss die Augen auf und schien erst jetzt zu realisieren, dass wir nicht komplett waren.

»Hana.« Er räusperte sich. »Wo ist Hana? Habt ihr sie verloren?«

»Wir?«, wiederholte Rowan gefährlich leise, doch bevor er weitersprechen konnte, erklang die dröhnende Bassstimme Hector Davonports, Hanas Vater.

»Was sagst du da, Junge? Wo ist Hana?«

Trotz des spärlichen Scheins der Öllampen konnte ich erkennen, dass Rowans Gesicht an Farbe verlor.

»Sie ist tot«, brachte er schließlich hervor. »Vor unseren Augen von den Geistern erstickt, ohne dass wir etwas dagegen tun konnten.«

Die Wirkung seiner Eröffnung war drastisch. In Vince' Miene stand pures Entsetzen, während Amber nach Luft schnappte und sich eine Hand vor den Mund schlug. Für einen Moment bröckelte die gelassene Fassade, die sie zuvor zur Schau getragen hatte.

Hector sah gehetzt vom einen zum anderen, als würde er damit rechnen, dass jemand Rowan widersprach.

»Was ist im Nebel geschehen? Los doch! Macht den Mund auf!«

Rowan presste die Lippen zusammen, und auch ich selbst fühlte mich nicht in der Lage, bereits darüber zu sprechen. Letztendlich war es Ezra, der den Albtraum im Nebel beschrieb und dem es gelang, den Bericht nüchtern, aber nicht herzlos klingen zu lassen. Auf die Rolle, die Vince dabei gespielt hatte, ging er jedoch nicht näher ein. Vermutlich wollte er ihn schützen, auch wenn das für mich nicht nachvollziehbar war.

Hector hörte schweigend zu und ballte voller hilfloser Verzweiflung die Hände zu Fäusten. Es war verstörend zu sehen, wie der große, grobschlächtige Mann Stück für Stück an der Erkenntnis zerbrach. Tränen stiegen ihm in die Augen. Er atmete ein, als wolle er etwas sagen, doch letztlich entrang sich seiner Kehle nur ein Laut, der stark nach einem Schluchzen klang. Dann schloss er den Mund und stapfte davon. In die falsche Richtung.

»Zur Grenze«, murmelte mein Vater und machte Anstalten, ihm zu folgen, woraufhin ihn Nate Harris, der ehemalige Dorfschmied, am Ärmel seines Hemdes zurückhielt.

»Kannst du es ihm verdenken?«

Mein Vater schnaubte gereizt. »Ich kann seinen Schmerz nachvollziehen«, sagte er. »Das können wir alle. Aber diese Nacht hat genug Opfer gekostet.«

Er legte eine Hand auf meine Schulter und drückte zu, eine offensichtliche Warnung, nicht noch mehr Ärger zu machen. Dann befreite er sich aus Nates Griff, wandte sich ab und verschwand ebenfalls in den Schatten.

Für einige Sekunden herrschte drückendes Schweigen, während wir auf die unausweichliche Zurechtweisung warteten, die wir alle mehr als verdient hatten.

»Wie konntet ihr nur so dumm sein?«, begann Nate, und ich war dankbar, dass sich das über uns schwebende Unwetter endlich entlud. »Haltet euch von der Grenze fern! Seit eurer Geburt sagt man euch das. Ihr habt es quasi mit der Muttermilch aufgesogen. Dann habt ihr nichts Besseres zu tun, als inmitten der Geister zu rennen? Erklärt mir das! Wobei, für diese Ignoranz gibt es keine Erklärung!«

»Ezra hat uns dazu gedrängt, den Salzkreis zu übertreten, weil er Isaacs Talisman finden wollte«, ergriff Amber das Wort. »Das haben wir doch schon erzählt.«

Ich starrte sie ungläubig an. Sie schob ihm die Schuld zu, obwohl er eben noch Vince gedeckt hatte? Schlimmer noch, anscheinend hatte ein entsprechendes Gespräch bereits vor unserer Ankunft stattgefunden.

Auch Rowan wirkte völlig überfordert und sah verständnislos zwischen Amber und Ezra hin und her.

»Das stimmt«, pflichtete Vince bei, nickte bekräftigend und bestätigte damit meinen Verdacht. Die Strategie, die die beiden gewählt hatten, war verdammt unfair. Sicherlich hatten sie diese auf dem Weg zum Dorf ausgearbeitet und die Gelegenheit genutzt, ihre Version der Geschehnisse an den Mann zu bringen. Nun blieben nur noch Rowan und ich, um die verdrehte Wahrheit zu entwirren. Ezra hatte alles getan, um uns an dem Vorhaben zu hindern. Vince war es gewesen, unterstützt von Amber, der sich nicht davon hatte abbringen lassen. Er hatte behauptet, optimal vorbereitet zu sein, um uns dann im Stich zu lassen.

Ich atmete ein und öffnete den Mund, doch als mich Nates stechender Blick traf, konnte ich es nicht. Und Rowan gelang es ebenso wenig – sollte er es überhaupt gewollt haben.

Stumm verfolgte ich mit, wie sich Nate schließlich vor Ezra aufbaute. Obwohl dieser selbst alles andere als schmächtig war, wirkte er neben dem ehemaligen Schmied jung und verletzlich.

»Was hast du dir dabei gedacht?«, fuhr ihn Nate an. »Du hast die Gruppe in den Nebel geführt, obwohl du die Risiken kanntest? Gerade du hättest sie davon abhalten müssen. Stattdessen hast du das Gegenteil getan.«

»Das …«, fing Ezra an, doch Nate unterbrach ihn mit einer harschen Handbewegung.

»Ich spreche. Du hörst zu.«

Ezra deutete ein Nicken an und schwieg.

»Vince und Amber haben uns die Lage bereits geschildert«, fuhr Nate fort. »Du hast eine harmlose Mutprobe zu einem Albtraum gemacht.«

»Ich hatte von Anfang an gesagt, dass es ein Fehler ist, dem jungen Blackmore einen Talisman anzuvertrauen, nur weil er der Enkel des Dorfältesten ist«, ergänzte John Mill, der die Wassermühle am Bach betrieb. »Man sieht ja, wozu es führt. Hana hat deine Selbstüberschätzung mit ihrem Leben bezahlt.«

Amber schluchzte erstickt auf, und ich biss die Zähne zusammen, um den empörten Schrei zu unterdrücken, der meine Kehle emporstieg.

»Als du die Gruppe bei der Planung der Mutprobe belauscht hast, hättest du dich sofort an einen Erwachsenen wenden müssen.«

»Wir wollten den Nebel bloß bei Nacht sehen und

uns von der Grenze fernhalten«, mischte sich Vince ein. »Dann ist Ezra aufgetaucht und hat uns unter Druck gesetzt. Er meinte, er würde uns verraten, wenn wir ihm nicht bei der Suche nach dem Talisman helfen würden.« Seine Stimme zitterte leicht, und sein Blick zuckte zu Ezra, als würde er jederzeit mit einem Angriff rechnen. Ich konnte ihn für sein schauspielerisches Talent nur bewundern. »Ich weiß, dass es falsch war, aber sein Auftreten hat uns eingeschüchtert. Und außerdem habe ich ihm vertraut.« Die letzten Worte waren ein effektvolles Hauchen, und ich kämpfte gegen die aufsteigende Wut in meinem Innern an.

»Er sagte, er wüsste, was er tut, dann hat er uns in den Nebel geführt. Es war der absolute Horror. Schon nach wenigen Sekunden war mir klar, dass wir gerade einen riesigen Fehler machen. Wir wollten umkehren, aber Ezra ist einfach weitergegangen. Dann haben die Geister angegriffen, und er hat irgendwie die Nerven verloren.«

Vince schluckte hörbar, und auch ich fröstelte. Die Erinnerung an die scheinbare Ewigkeit im Nebel und an das Reißen der Geister an meinem Körper und an meiner Seele war noch viel zu frisch. Trotzdem war ich bemüht, mir nichts anmerken zu lassen.

»Er hat euch gezwungen?«, meldete sich Everett Blackmore, Ezras Großvater, zum ersten Mal in dieser Nacht zu Wort, und obwohl er leise gesprochen hatte, hallte seine dunkle Stimme durch die Nacht.

»Eher erpresst«, erwiderte Vince, doch bevor er weitersprechen konnte, unternahm Ezra den Versuch, sich zu verteidigen. Endlich.

»Das ist doch kompletter Blödsinn«, sagte er, doch er klang eher frustriert als gereizt. Er kämpfte auf verlorenem Posten, und ich konnte in seinen Augen lesen, dass ihm das ebenfalls klar war. Der Vorsprung, den sich Vince und Amber durch ihre frühere Ankunft verschafft hatten, ließ sich nicht ungeschehen machen. Man war schon gegen ihn gewesen, als wir uns noch auf dem Weg ins Dorf befunden hatten.

Plötzlich kam Leben in Rowan, der sich seit dem kurzen Gespräch mit Vince erstaunlich still verhalten hatte. »Wenn du uns nicht zu diesem Mist genötigt hättest, könnte Hana noch am Leben sein«, sagte er und machte einen Schritt auf Ezra zu, der resigniert die Schultern hob.

»Faye Rutherford.« Ich zuckte zusammen, als mein voller Name fiel, vermutlich, um mir ins Gedächtnis zu rufen, dass man gerade von mir mehr erwartet hatte. Nates Blick ruhte auf mir, und zu dem flammenden Ärger hatte sich Unverständnis gesellt. »Dass du dabei warst, enttäuscht uns am meisten. Du hast dir noch nie etwas zuschulden kommen lassen. Gerade als Tochter des Reverends weißt du, wie grauenvoll ein Exorzismus ist. Ihr könnt von Glück reden, dass keiner von euch in Besitz genommen wurde. Und Hana …« Er schloss die Augen und bekreuzigte sich.

»Es tut mir leid«, wisperte ich und bereute einmal

mehr, nicht einfach im Bett geblieben zu sein oder zumindest Vince und den anderen die Stirn geboten zu haben.

»Faye«, mischte sich jetzt John Mill ein. Anscheinend war man noch nicht fertig mit mir. »Entspricht Vince' Bericht der Wahrheit?«

Plötzlich lag die Aufmerksamkeit aller auf mir, und ich schluckte verkrampft. Ich hasste es, derart im Mittelpunkt zu stehen. Dazu kam das ungute Gefühl, dass meinem Wort mehr Bedeutung zugemessen wurde. Schließlich war ich die verdammte Tochter des Reverends.

Was würde geschehen, wenn ich Vince offen der Lüge bezichtigen würde? Sein Vater war als oberster Salzträger unglaublich einflussreich. Welche Auswirkungen würde das auf meine Stellung im Dorf haben? Würden mich die anderen nicht noch mehr verachten? Faye, die Petze? Faye, die feige Verräterin?

»Ja«, sagte ich, und meine Stimme klang papierdünn. »Das tut er.«

Ich hob den Kopf um eine Winzigkeit und sah genau in Ezras schiefergraue Augen, in denen ein dunkles Feuer brannte. Heiße Scham stieg in mir empor, und ich schlug die Lider nieder. Er hatte uns beschützt, unser Leben gerettet; und ich hatte ihn verraten.

4 – FAYE

Schwarzes Licht

Die Zeit bis zum Morgengrauen verschwamm in einem dichten Schleier, der einerseits durch die Erschöpfung, andererseits durch die drückenden Schuldgefühle verursacht wurde. Nachdem mich meine in Tränen aufgelöste Mutter fest in die Arme geschlossen und mir eine heiße Milch zubereitet hatte, zog ich mich in meinen kleinen Raum unter dem Dach zurück, wo ich bewegungslos auf dem Rücken lag und in die allmählich schwindende Dunkelheit des Zimmers starrte.

Lieber Gott, Faye. Ebenso gut hättest du es sein können, die heute Nacht angegriffen wurde. Nicht auszudenken, wenn ich dich verloren hätte! Wenn wir dich verloren hätten!

Die Worte meiner Mutter klangen mir noch immer in den Ohren und vermischten sich mit der Erinnerung an Hanas brechenden Blick im Moment ihres Todes. Es machte keinen Unterschied, ob ich die Augen offen oder geschlossen hielt, das Bild, das ich sah, war gleich.

Ich wusste nicht, wie viel Zeit vergangen war, als die hölzerne Eingangstür mit einem dumpfen Knall ins Schloss fiel und mich aus meinen Selbstvorwürfen riss. Mein Vater war zurück, und der Gedanke an die unweigerlich folgende Strafpredigt riss mich aus meiner Lethargie. Zwar hatte ich früher schon etwas angestellt, aber verglichen mit der zurückliegenden Nacht waren sämtliche Vergehen meiner Kindheit bedeutungslos. Ich hatte wissentlich die wichtigste Regel des Dorfes verletzt. Egal, was geschieht: Verlasse niemals den Salzkreis!

Angespannt lauschte ich auf die Geräusche, die ich hier oben nur gedämpft wahrnehmen konnte. Das Klappern der Teller auf dem Holztisch. Das Plätschern des Wassers, das meine Mutter aus dem Tonkrug in die Becher goss. Die schweren Schritte meines Vaters, denen die Erschöpfung anzuhören war.

»Faye!«

Obwohl ich damit gerechnet hatte, zuckte ich zusammen. Ich setzte mich ruckartig auf, blinzelte mehrfach, um den leichten Schwindel zu vertreiben, und ließ mich von meinem Bett rutschen. Mittlerweile hatte sich ein fahles Stück Morgensonne den Weg durch die Fugen der Wände gebahnt, sodass flirrende Staubpartikel durch die kleine Kammer tanzten.

Bevor mein Vater ein zweites Mal rufen konnte, verließ ich den Dachboden und stieg die Leiter hinunter.

Unauffällig sah ich mich in unserer Wohnküche um. Sie war der größte der drei Räume, die unser Häuschen barg, und mit einer dünnen Wand von der Schlafkammer meiner Eltern abgetrennt.

Vater stand mit verschränkten Armen neben dem großen Tisch, doch Mutter war nirgends zu sehen. Das war kein gutes Zeichen, denn ihre Anwesenheit besänftige ihn und machte seinen Zorn weniger Furcht einflößend.

»Wieso bist du so schmutzig?« Mein Vater runzelte die Stirn. »Hast du dich nach deinem kleinen Ausflug nicht gewaschen?«

Ich schüttelte den Kopf, woraufhin er zur Tür deutete.

»Los doch. In diesem Zustand werde ich kein Gespräch mit dir führen.«

Mit einem Nicken verschwand ich nach draußen, froh über die Gnadenfrist, die mir gewährt wurde. Ich verbrachte einige Minuten damit, Staub und Schlamm abzuwaschen, meine Kleider notdürftig zu reinigen und mir anschließend eisiges Wasser ins Gesicht zu schöpfen. Ich würde unsere Krüge in Kürze am Brunnen auffüllen müssen.

Die wenigen Sonnenstrahlen, die durch den allgegenwärtigen Nebelschleier drangen, hatten nicht genug Kraft, um mich zu wärmen, sodass ich bei meiner Rückkehr ins Haus vor Kälte zitterte. Mein Vater, der mittlerweile am Tisch Platz genommen hatte, sah mir mit ernster Miene entgegen.

»Es tut mir leid«, murmelte ich, was er mit einem geringschätzigen Ächzen kommentierte.

»Was hast du dir dabei gedacht, Faye? Du erlebst

seit Jahren mit, wie wir dagegen ankämpfen, dass Salwood von den Geistern überrannt wird. Eine Menge guter Männer riskieren täglich ihr Leben für die Unversehrtheit der Salzlinie. Für unseren Schutz. Für deinen Schutz! Mit dieser Aktion habt ihr die Arbeit und die zahlreichen Opfer der Salzträger mit Füßen getreten. Wie ein Haufen Kinder seid ihr in den Nebel gerannt und habt euch von dem Schwachkopf Blackmore manipulieren und provozieren lassen. Isaac Fletcher hat gerade andere Probleme als den Verbleib seines Talismans.«

In mir stieg ein ungutes Gefühl auf, doch bevor ich nachfragen konnte, fuhr mein Vater fort.

»Den Blackmores kann man nicht trauen! Du weißt, was für ein unangenehmer Mensch sein Großvater ist. Wie hat er dich überredet? Oder war das gar nicht nötig, weil du sowieso alles tun würdest, damit er dir Beachtung schenkt? Denk nicht, mir wäre nicht aufgefallen, wie du ihn ansiehst.«

Auf meinen Wangen breitete sich flammende Röte aus. Meinem Vater entging nichts, und wie immer nutzte er sein Wissen gnadenlos aus. Im Endeffekt lediglich, um mich zu schützen, aber das spielte keine Rolle.

»Ezra hat nicht …«, begann ich, entschlossen, endlich die Wahrheit zu sagen, selbst wenn es viel zu spät kam.

Vater schlug mit der flachen Hand auf die Tischplatte, und mein Widerspruch erstarb.

»Ich will davon nichts hören«, sagte er forsch. »Selbst wenn diese Aktion einfach nur dumm war, Faye, war es die richtige Entscheidung, Vince' Version der Geschichte zu bestätigen.«

Mit geweiteten Augen starrte ich ihn an. »Vince' Version? Du weißt, dass es nicht die Wahrheit war?«

Vater sah mich an und nickte.

»Ezra trägt die wenigste Schuld an der Katastrophe«, sprach ich endlich aus, was mir seit Stunden auf der Seele brannte. »Und wir haben ihn als Sündenbock benutzt. Ich hätte diese Lüge nicht mittragen dürfen.«

Vater seufzte, und für einen Moment wirkte er unglaublich müde. Er fuhr sich durchs Haar, dann drückte er den Rücken durch, und der Anschein von Erschöpfung verschwand so schnell, wie er gekommen war. »Lieber ist einer wütend auf dich als eine ganze Gruppe. Es gibt Gelegenheiten, da muss man sich selbst schützen – und das war eine davon. Du hast ohnehin wenig Kontakt zu Gleichaltrigen, und eine Konfrontation hätte deinen Status als Außenseiter nur verstärkt. Besser hassen dich die Blackmores als der oberste Salzträger, weil du seinen Sohn der Lüge bezichtigt hast.«

Ich schluckte meinen Protest hinunter und bemühte mich um eine gefasste Miene. Die Worte meines Vaters sorgten dafür, dass ich mich noch schlechter fühlte als zuvor. War es ursprünglich meine Angst gewesen, die mich zu der Fehlentscheidung gebracht hatte, kam jetzt noch das Abwägen um den eigenen Vorteil dazu. So war ich nicht, und so wollte ich nicht sein.

»Aber das ändert nichts daran, dass ihr euer Leben

aufs Spiel gesetzt habt«, riss mich Vater aus meinen deprimierenden Gedanken, und bevor er fortfuhr, wusste ich, was er nun zum Thema machen würde – zu Recht. »Ich könnte es als Kinderstreich abtun, wenn ihr alle wohlbehalten zurückgekehrt wärt. Aber das ist nicht der Fall. Faye, Hana ist da draußen gestorben, und vermutlich war es eine Gnade für sie.«

Ich biss mir auf die Lippe, während mir Tränen in die Augen stiegen. Nichtsdestotrotz machte mein Vater erbarmungslos weiter.

»Gerade du weißt weitaus mehr über meine Aufgabe hier im Dorf als die anderen. Ich dachte, die verzerrten Fratzen der Besessenen und ihre leeren Gesichter nach dem Exorzismus wären dir Warnung genug. Aber nach heute Nacht ist mir klar geworden, dass ich zu nachsichtig mit dir war. Ich habe dich zu sehr geschont, dich zu sehr abgeschirmt vor der bitteren Realität, sonst hättest du dich nicht auf einen solchen Leichtsinn eingelassen.«

Ich senkte den Blick und verzichtete auf die Erwiderung, dass ich sehr wohl wusste, was eine Austreibung mit den Opfern, anders konnte man sie nicht nennen, anstellte.

»Es tut mir leid, Vater«, sagte ich stattdessen und hatte selten etwas so ernst gemeint.

»Für Reue ist es zu spät.« Seine Stimme klang kühl. »Lern daraus für die Zukunft, Faye. Dann ist Hana nicht vollkommen umsonst gestorben.« Die folgenden Worte waren keine Überraschung, trotzdem weckten sie in mir

Beklommenheit. »Du weißt, dass sich Isaac Fletcher aktuell in meiner Obhut befindet. Ich denke, es ist sinnvoll, wenn wir ihm einen Besuch abstatten, damit du siehst, was die Besessenheit aus einem Menschen macht.«

»Isaac.« Ich räusperte mich mehrfach und versuchte, einigermaßen fest zu klingen. »Isaac … er ist … besessen? Er hat nicht einfach nur seinen Talisman verloren? Ich dachte …«

Vater musterte mich scharf. »Er ist zum Gefäß geworden. Am Sonntagabend wirst du mir beim Exorzismus assistieren.«

Eisiges Entsetzen flutete meine Wahrnehmung und schien mein Herz wie ein Schraubstock zusammenzudrücken. Das war bereits in vier Tagen. Ich zog zittrig den Atem ein und spürte, wie mir das Blut aus den Wangen wich. Es hatte einen Grund, dass Vater die Austreibungen unter Ausschluss der Öffentlichkeit durchführte. Es war brutal und gnadenlos. Die Schreie waren im gesamten Dorf zu hören, obwohl sich Vaters Arbeitszimmer im Keller der Kapelle befand. Manchmal war seine dunkle Kutte blutbefleckt, wenn er nach getaner Arbeit völlig erschöpft zurück in die Stube wankte. Der Gedanke, dabei zu sein, es aus unmittelbarer Nähe mitzuerleben, wie er den menschlichen Wirt so lange quälte, bis der Geist in dessen Körper starb, war grauenvoll.

»Blackmores Talisman ist der einzige Grund, weshalb dich die Geister nicht ebenfalls in Besitz genommen haben.«

Vater wechselte das Thema, als hätten wir eben über Belanglosigkeiten diskutiert. Nichts deutete darauf hin, dass er meine Angst bemerkt hatte, und doch wusste ich, dass sie ihm nicht entgangen war. Es war seine Art zu strafen, nüchtern und effizient.

»Ohne das Salzfläschchen wärt ihr im Nebel verloren gewesen«, fuhr er fort.

»Die anderen meinten, es sei unwahrscheinlich, dass die Geister uns in dem riesigen Terrain finden«, hielt ich schüchtern entgegen, und mein Vater ächzte gereizt.

»Sie spüren die Anwesenheit lebendiger Seelen. Sie werden von ihnen angezogen«, sagte er knapp, und ich erinnerte mich daran, schon mal im Rahmen einer Schauergeschichte etwas Derartiges gehört zu haben. Wenn ich früher daran gedacht hätte …

»Wie eng warst du mit Blackmore und dessen Talisman verbunden?«, fragte Vater.

»Wir hatten einander an den Händen gefasst.«

Obwohl die Berührung nötig gewesen war, schämte ich mich dafür; als hätte ich die Gefahr genutzt, um mich Ezra an den Hals zu werfen.

»Ohne Unterbrechung?«

Ich zögerte, und in den Augen meines Vaters konnte ich plötzliche Sorge erkennen.

»Faye!« Er stand ruckartig auf. Das Kratzen, mit dem der Stuhl über den hölzernen Boden schrammte, verschaffte mir eine Gänsehaut.

Mit wenigen Schritten war Vater bei mir und sah mir

offen ins Gesicht. »Faye. Antworte mir.« Seine Stimme klang merkwürdig gepresst. »Hast du ohne Unterbrechung die Hand von Ezra Blackmore gehalten?«

In meiner Erinnerung flackerte der Moment auf, in dem ich mich von Ezra losgerissen hatte, um Hana zu Hilfe zu kommen. Ich hatte nicht nur den Kontakt unterbrochen, sondern außerdem eine Besessene berührt. Ohne Schutz.

»Ja«, wisperte ich und wich zurück, bis ich mit dem Rücken gegen den hölzernen Schrank stieß. Vater wirkte so bedrohlich, dass ich halb damit rechnete, dass er mich ebenfalls in eine der Zellen stecken würde, die den Besessenen vorbehalten waren – oder denen, die er auf eine Besessenheit prüfen musste.

»Ich habe Ezra nicht losgelassen«, versicherte ich erneut und legte sämtliche Überzeugungskraft in diesen Satz, von dem plötzlich mein weiteres Schicksal abhing. Ich wusste, dass mich mein Vater liebte, doch mir war ebenfalls klar, dass er streng und gerecht war. Wenn sich bei mir der Verdacht erhärtete, würde er mit mir verfahren wie mit jedem anderen auch.

Vater sah mich an, und sein Blick war so stechend, dass ich bereits den Mund öffnete, um ihm die Wahrheit zu sagen. Bevor eine Silbe über meine Lippen kam, nickte er.

Unbändige Erleichterung erfüllte mich, die leider nur von kurzer Dauer war.

»Flicht dein Haar, und zieh dir etwas Wärmeres an«,

befahl er, woraufhin Bewegung in mich kam. »Wir werden nach Isaac sehen, und dann wirst du den Rest des Tages bis zur Dämmerung damit verbringen, in der Kapelle die Böden zu schrubben, damit alles sauber ist für Hanas Totenwache.«

Während ich mit zitternden Fingern meine blonden Strähnen zu einem Zopf band und anschließend nach dem grob gewebten Tuch griff und es mir um die Schultern schlang, stand Vater mit undurchdringlicher Miene neben der Tür und wartete. Nach wie vor war von meiner Mutter nichts zu sehen, und ich fragte mich, ob er sie absichtlich weggeschickt hatte, weil sie nicht zugelassen hätte, dass er mich mit zu den Zellen nahm.

Hinter ihm verließ ich das Haus und folgte ihm über den vom nächtlichen Nieselregen feuchten Lehmboden, gegen den die schwachen Strahlen der Sonne wenig ausrichten konnten. Glücklicherweise war die Straße leer, denn zumindest im Augenblick war es für mich undenkbar, einem der Dorfbewohner ins Gesicht zu sehen. Zu schwer wog die Schuld an Hanas Tod und das schlechte Gewissen wegen meiner anschließenden Falschaussage.

Unser Haus schmiegte sich direkt an die linke Seitenwand der Kapelle, sodass es nur wenige Meter bis zu dem doppelflügeligen Holztor waren, das in den Innenraum führte. Es war mit Metallbeschlägen verziert, und obwohl es ein großes Schlüsselloch besaß, war es nie abgesperrt. Vater war es wichtig, dass die Mitglieder seiner Gemeinde jederzeit einen Rückzugsort hatten, und er kümmerte sich um spontane Besucher ebenso aufopferungsvoll wie er das ewige Licht pflegte.

Gemeinsam traten wir in die kühle Stille des Kirchenschiffs, und sofort zog ich das Tuch etwas fester um meine Schultern. Eigentlich mochte ich die friedliche Stimmung im Innern der Kapelle, die mir ein Gefühl von Geborgenheit und Schutz vermittelte.

Heute war es jedoch anders.

Heute würde ich nicht beschwingt die Stufen hinuntereilen, und ebenso wenig würde ich am Ende der Holztreppe, die in einem steilen Winkel unter die Erde führte, scharf links abbiegen, um dort in Vaters Schriften zu schmökern.

Heute würde ich weiter in den klammen Gang vordringen, dorthin, wo sich die Zellen mit den dicken Holztüren und den vergitterten Gucklöchern befanden. Ich wollte lieber nicht darüber nachdenken, weshalb es im Keller der Kapelle einen solchen Ort gab, und ebenso wenig wollte ich wissen, wie viele Menschen hier verschwunden und nie wieder ins Tageslicht zurückgekehrt waren.

Während ich meinem Vater Schritt für Schritt unter die Erde folgte, hielt ich den Blick auf meine Fußspitzen und die ausgetretenen Stufen gerichtet. Dreizehn waren es, das wusste ich, ohne mitzuzählen.

Der Schein der Öllampe, die Vater von oben mitgenommen hatte, huschte über die steinernen Wände und tauchte die Umgebung in flackerndes Licht.

Viel zu früh kamen wir unten an. Ich wusste nicht, hinter welcher Tür Isaac gefangen war, und je weiter wir uns von der Treppe entfernten, desto mehr nahm meine Beklommenheit zu.

Schließlich hielt Vater so abrupt an, dass ich fast in ihn hineinlief. Während ich noch um mein Gleichgewicht kämpfte, nahm er einen der schweren Schlüssel, die an seinem Gürtel befestigt waren, und schloss auf. Anschließend schob er die drei massiven Riegel zurück, welche die Tür zusätzlich sicherten. Erst dann legte er die Hand an den Knauf und zog sie vorsichtig auf, als würde er damit rechnen, jederzeit angegriffen zu werden.

»Komm«, sagte er barsch, und seine Worte hallten unangenehm laut in meinen Ohren wider. Im Gang war es so still, dass ich das Bedürfnis hatte, die Ruhe nicht zu stören. Anscheinend ging es Vater anders.

Es kostete mich viel Kraft, den letzten Schritt über die Schwelle zu machen, und obwohl die Laterne einen trüben Schein in die Zelle warf, dauerte es einige Sekunden, bis ich Isaac entdeckt hatte.

Oder das, was von ihm übrig war.

Er saß in der linken, hinteren Ecke auf dem kalten Steinboden, hatte die Beine angezogen und die Knie mit den Armen umschlungen. Er schwankte fast unmerklich vor und zurück, und sein Kopf wippte in einem verstörenden Stakkato, als würde er dem Kurs einer Fliege folgen, die sich ohne erkennbares Muster durch den Raum bewegte.

Am schlimmsten jedoch war sein Blick.

Ich konnte mich noch genau an das Leuchten in seinen blauen Augen erinnern, als er im Verlauf der Ernennungszeremonie seinen Talisman erhielt und im Anschluss einige grobe Körner reiner Salzessenz kosten durfte – die größte Ehre, die einem in Salwood zuteilwerden konnte. Jetzt brannte in ihm ein schwarzes Licht. Glühender Hass, so intensiv und beängstigend, dass ich mich am liebsten abwenden und flüchten würde.

»Sieh hin«, wies mich Vater an, der den Gefühlssturm in meinem Innern natürlich bemerkte. »Sieh dir an, wie du hättest enden können. Sieh dir an, welches Risiko du eingegangen bist.«

Zögerlich schob ich mich einige Zentimeter in die klamme Enge der Zelle und registrierte nur am Rande, dass Vater die Öllampe abstellte.

Zuerst schien mich Isaac nicht einmal wahrzunehmen und starrte weiter ins Leere. Dann ruckte sein Kopf unvermittelt in meine Richtung. Seine Augen zuckten rastlos von einer Seite zur anderen, und seine Mundwinkel krümmten sich zu einem Lächeln, so breit, dass es wie ein Zähnefletschen wirkte.

Ein plötzlicher Knall ließ mich aufschrecken. Ich fuhr herum, gerade rechtzeitig, um zu sehen, wie die Tür ins Schloss fiel. Sekunden später hörte ich, wie Vater den Schlüssel umdrehte. Ich war allein. Allein mit Isaac.

5 – FAYE

Sie kommen

Zuerst geschah gar nichts.

Er saß weiterhin in seiner Ecke, das Gesicht noch immer zu einem irren Grinsen verzerrt, während ich mich mit dem Rücken gegen die Tür drückte und mir verzweifelt wünschte, Vater möge ein Einsehen haben und mich freilassen. Stattdessen hörte ich jedoch, wie sich seine Schritte entfernten.

Die Metallbeschläge bohrten sich schmerzhaft zwischen meine Schulterblätter, doch ich gab keinen Zentimeter nach. Was würde nun geschehen? Isaac war besessen, daran bestand kein Zweifel. War es möglich, dass eine Präsenz den Wirt wechselte?

Ich spürte, wie mir kalter Schweiß ausbrach. Meine Augen brannten von der trockenen Luft, doch ich traute mich nicht zu blinzeln aus Angst, er würde sich genau diese Sekunde der Unachtsamkeit aussuchen, um mich anzufallen. War er angekettet? Wie viel von Isaac selbst steckte noch in ihm, und wie viel war bereits von dem

Geist in Besitz genommen worden? Gab es unterschiedliche Stadien der Besessenheit? Ich hatte keine Ahnung.

Isaac stieß ein Knurren aus, das so wild und urtümlich klang, dass sich meine Nackenhaare aufstellten. Wieder ruckte sein Kopf grotesk hin und her, dann hielt er unvermittelt still. Von der einen Sekunde auf die andere.

Sein Blick ruhte auf mir, und das dunkle Licht in seinen Pupillen schien mich zu verschlingen. Es stieß mich ab und zog mich gleichermaßen an. Irgendetwas in ihm erkannte mich.

»Faye Rutherford.«

Noch nie zuvor hatte mich mein Name mit derartiger Angst erfüllt. Die Silben kamen abgehackt über seine Lippen, als würde irgendetwas in ihm sie nach draußen zwingen. Er fixierte mich und bleckte erneut die Zähne.

»Du blutest. Ich kann es riechen.«

Ich begriff die Anspielung sofort, und eine Welle glühender Scham wallte in mir empor. Für einige Sekunden vergaß ich vollständig, dass es nicht Isaac war, der diese widerwärtigen Worte an mich richtete, sondern eine Wesenheit, die von Wut und Rachedurst getrieben wurde. Ich hatte erst vorhin die Stoffstreifen getauscht und hatte mich gründlich gewaschen. Es war unmöglich, dass ich nach geronnenem Blut stank. Oder? *Oder?*

Isaac leckte sich über die aufgesprungenen Lippen. »Du bist noch Jungfrau, nicht wahr?« Seine Stimme knisterte und kratzte, als würden ihm die Stimmbänder den Dienst verweigern. »Jungfrau, ungeküsst und ungefickt.«

Es klang wie ein leiernder Singsang, der sich in meinem Kopf zu einem misstönenden Kanon verband.

Jungfrau, ungeküsst und ungefickt.

Ich erwiderte nichts, *konnte* nichts erwidern, zu verstört war ich von der unerwarteten Wendung.

»Wünschst du es dir, Faye? Wünschst du dir, endlich etwas anderes zwischen deinen Schenkeln zu spüren als deine eigenen Finger?«

»Sei still.« Es war eher ein Flehen als eine Forderung.

»Wie oft machst du es dir selbst? Kannst deine erste Salzwende kaum erwarten, was?«

Ich biss mir auf die Lippe, so fest, dass sich das metallische Aroma des Bluts mit dem bitteren Geschmack meiner Demütigung mischte.

»Hast du es dir schon vorgestellt? Wie es sich anfühlen wird, wenn sich ein Schwanz in dich schiebt und deine enge Spalte vollständig ausfüllt?«

Ich wollte das nicht hören, diese Anzüglichkeiten aus dem Mund eines jungen Mannes, mit dem ich noch vor wenigen Wochen die Tanzschritte für das Salzfeuer geübt hatte und der nur wenige Jahre älter war als ich. In dieser Hülle war nichts mehr von Isaac. Überhaupt nichts.

»Soll ich dein Erster sein, Faye? Soll ich dich ficken?«

Ich legte mir die Hände auf die Ohren und schrie. Ich schrie wie noch nie zuvor in meinem Leben mit weit aufgerissenen Augen und noch weiter aufgerissenem Mund. Ich konnte sehen, dass sich Isaacs Lippen bewegten, aber seine Worte drangen nicht mehr zu mir durch. Alles lag unter dem schrillen Misston meiner Gegenwehr.

Ich war so gefangen in meinem inneren Aufruhr, meinem Zorn, meinem Entsetzen, dass mir entging, wie hinter mir die Tür aufgerissen wurde. Jäh taumelte ich nach hinten und stieß gegen meinen Vater. Er wirkte betroffen, doch ich schaffte es nicht, mich zu zügeln. Es fühlte sich an, als hätten sämtlicher Zorn, sämtliche Angst, sämtliche Zweifel und Spannungen, die sich im Laufe des Tages angesammelt hatten, einen Weg nach draußen gefunden.

Ich schrie, während er mich durch den Gang führte. Ich schrie, während er mich die steile Holztreppe emporzerrte. Ich schrie, während er mich in den Innenraum der Kapelle schob, und meine Stimme hallte hundertfach von den Wänden des Kirchenschiffs zurück.

Erst ein scharfer Schmerz riss mich aus der Raserei. Tränen schossen mir in die Augen, und ich realisierte, dass mir Vater eine heftige Ohrfeige gegeben hatte. Als er erneut die Hand hob, zog ich den Kopf ein und verstummte abrupt. Sofort ließ er den Arm sinken. Für eine scheinbare Ewigkeit standen wir uns schweigend gegenüber, während in mir Scham und Verständnislosigkeit um die Vorherrschaft kämpften. Ich konnte nicht verstehen, wie er diese Grausamkeit aufbringen konnte, und ebenso wenig, weshalb er mich jetzt nicht tröstete. Er hatte gewusst, was in der Zelle auf mich zukommen würde, trotzdem hatte er mich mit Isaac allein gelassen.

»Warum?«

Das Wort durchschnitt die friedliche Stille, hoffnungsvolles Flehen um eine Erklärung und verzweifelte Anklage zugleich.

Vater wandte sich ab. Er schritt den Mittelgang der Kapelle entlang, langsam, fast entspannt, als hätte er seine Tochter gerade nicht in Todesangst versetzt, indem er sie in eine Zelle mit einem Besessenen eingesperrt hatte. Zuerst dachte ich, er würde mir eine Antwort verweigern, doch nachdem er den rechten Torflügel geöffnet hatte und schon im Begriff war, nach draußen zu treten, drehte er sich noch mal halb zu mir um.

»Damit du verstehst.«

Den restlichen Tag nahm ich wie durch einen dicken Nebel wahr. Die schlaflose Nacht, die nagenden Schuldgefühle, die verstörende Begegnung mit Isaac – alles verband sich zu einer schweren Masse, die mir die Luft zum Atmen raubte. Am schlimmsten war jedoch die Erinnerung an Hanas Gesicht, die mich immer wieder ohne Vorwarnung überfiel und dafür sorgte, dass sich mein Inneres qualvoll zusammenzog. Ihre weit aufgerissenen Augen, in denen sich das Entsetzen spiegelte. Ihre Miene, als sie realisierte, dass ihr die Zeit zwischen den Fingern zerrann. Das stumme Flehen um Hilfe. Die Verzweiflung. Die Ohnmacht. Und die Angst.

Der Tod hatte sie nicht in eine zärtliche Umarmung gehüllt, er hatte sie in die Finsternis gezerrt, brutal, mitleidlos und unvorstellbar schmerzhaft.

Erst als die Dämmerung hereinbrach, verließ ich die Kapelle, um mich für die anstehende Totenwache zurechtzumachen. Meine Hände waren rissig und spröde vom Putzwasser, mein Rücken und meine Beine schmerzten von den Stunden, die ich kniend am Boden verbracht hatte, und den steinernen Platten war kaum ein Unterschied zu vorher anzusehen. Trotzdem war ich dankbar dafür, den Tag über keinem Menschen begegnet zu sein – mit Ausnahme meiner Mutter, die mir das Mittagsmahl gebracht hatte und wortlos wieder verschwunden war. Sie war wütend, das war mir klar, doch ebenso wusste ich, dass diese Wut nur der Sorge um mich entsprang. Hatte Vater ihr erzählt, welche Lektion er mir am Morgen erteilt hatte? Hatte er ihr verraten, dass er beabsichtigte, mich beim Exorzismus assistieren zu lassen?

Die Vorstellung, Isaac erneut gegenüberzutreten, ließ Übelkeit in mir aufsteigen, die sich mit der lodernden Panik vor der Austreibung zu einer fast unerträglichen Mischung verband.

Das Abendessen verlief in drückendem Schweigen, und die anschließende Totenmesse war eine Zerreißprobe für meine Nerven. Obwohl mich niemand direkt ansprach, konnte ich die Blicke der Gemeinde auf mir spüren; halb mitleidig, halb verurteilend. Insbesondere Everett Blackmore sah mich auffallend lange an, verzichtete aber ebenfalls darauf, das Wort an mich zu richten. Von seinem Enkel fehlte jede Spur.

Nachdem wir wieder nach Hause zurückgekehrt waren, entschuldigte ich mich, um mich in mein Zimmer zurückzuziehen, wo ich wie erschlagen ins Bett fiel und einschlief, bevor mein Kopf richtig auf der dünnen Matratze zu liegen gekommen war.

Als ich am nächsten Morgen aufwachte, galt mein erster Gedanke Hana, deren letzte Momente ich in meinen Träumen immer und immer wieder miterlebt hatte. Wie erstarrt lag ich auf dem Rücken und blickte an die schräg verlaufenden Holzbalken knapp über mir, die das Schieferdach stützten. Mir war klar, dass meine Schonfrist – wenn man es denn in Anbetracht der gestrigen Ereignisse so nennen konnte – heute ein Ende finden würde und dass ich nicht nur Hanas Eltern, sondern auch Vince, Amber und Rowan gegenübertreten musste. Und im schlimmsten Fall auch Ezra.

In meine düsteren Gedanken verstrickt zog ich meine Kleider über und ging nach unten, wo ich die Wohnküche verwaist vorfand. Ich griff nach dem großen Holzeimer und machte mich auf den Weg Richtung Nordosten, wo der kleine Bach, der den Wiesensee speiste, die Salzgrenze durchbrach. Natürlich könnte ich auch zum Brunnen in der Mitte des Dorfes gehen, der sich wenige Minuten von unserem Haus entfernt befand, doch ich wollte den anderen Bewohnern so lange ausweichen wie nur irgend möglich. Die von mir ausgewählte Stelle befand sich ganz in der Nähe der Brücke, an der wir vorgestern Nacht dem Nebel entkommen waren, und ich beschloss, mich bewusst meiner Erinnerung und der damit verbundenen Angst zu stellen. Wenn ich es jetzt nicht tat, würde es beim nächsten Mal noch schwerer werden.

Nach einer knappen halben Stunde Fußmarsch vernahm ich das Plätschern des Wassers. Ein beruhigendes Geräusch, das Sicherheit versprach. Solange ich es hören konnte, befand ich mich in ausreichendem Abstand zur Grenze. Gerade als ich aus dem Schatten der Bäume hinaustreten und die letzten Meter zum Flussufer überwinden wollte, trug der Wind einige gesprochene Worte an mein Ohr. Ich erstarrte in der Bewegung und versuchte, die Richtung der Geräuschquelle auszumachen. Wenige Sekunden später hörte ich das Brechen von Zweigen und mehrere Stimmen, die hitzig durcheinanderredeten. Ganz offensichtlich die Salzträger auf ihrer allmorgendlichen Runde, die dazu diente, sich über die Unversehrtheit der Linie zu vergewissern. Normalerweise waren sie nur zu zweit, doch diesem Team schien sich eine dritte Person angeschlossen zu haben.

Während sich die Gruppe näherte, wich ich einige Schritte zurück, sodass ich mich im Schutz der bodentiefen Äste verbergen konnte. Mit etwas Glück würde ich unentdeckt bleiben, denn ich hatte nicht die geringste Lust auf eine Unterhaltung.

»Ich war schon lange der Meinung, dass dieser Aufschneider keinen Talisman verdient hat«, sagte ein tiefer Bariton, bei dem ich ziemlich sicher war, dass er zu Graham Hunt gehörte.

»Ja«, sprang ihm eine etwas hellere Stimme bei. »Ich meine, was hat er schon groß geleistet? Wir alle müssen eine ewige Ausbildung absolvieren und uns in den Prüfungen würdig erweisen. Und Blackmore? Er ist der Enkel des Dorfältesten. Mehr nicht. Es stand nie zur Debatte, dass er sich den Salzträgern anschließt.«

Ich verzog den Mund. Gerade von Mike Shepherd war diese Aussage lachhaft, denn er befand sich selbst noch am Anfang seiner Ausbildung, was auch erklärte, weshalb er in der Begleitung von zwei Salzträgern unterwegs war, die beide schon seit mehreren Jahren im Dienst waren.

»Was Ezra angeht, sind dem Ältestenrat die Hände gebunden«, meldete sich Keith Morris, Vince' Cousin, zu Wort. »Der alte Blackmore besteht darauf, dass sein kostbarer Enkel einen Talisman hat. Lächerlich, wenn ihr mich fragt. Wozu braucht er ihn schon? Man sieht ja, was es gebracht hat.«

Die drei waren jetzt so nahe, dass ich neben ihren Schritten das Rascheln ihrer Kleidung hören konnte. Bemüht darum, keinen Laut von mir zu geben, drückte ich mich gegen den rauen Stamm einer Tanne und hoffte darauf, weiterhin unbehelligt zu bleiben.

»Absolut.« Das war wieder Graham Hunt. »Der Kerl

überschätzt sich maßlos selbst. Im Endeffekt hat er Hana auf dem Gewissen. Klar war es dämlich von Vince und den anderen, eine Tour zur Grenze zu machen, aber mal ehrlich. Das hat jeder von uns hinter sich. Aber Blackmore hat sie in Gefahr gebracht. Ohne ihn wäre es eine harmlose Nachtwanderung geblieben.«

Ohne ihn wären wir nicht mehr am Leben. Keiner von uns. Wir wären so lange im Nebel herumgeirrt, bis uns das gleiche Schicksal ereilt hätte wie Hana. Ich ballte die Hände zu Fäusten und biss die Zähne aufeinander, während ich gegen die jäh aufwallende Wut ankämpfte. Seit der vorletzten Nacht war ich so durcheinander, dass ich kaum wusste, wohin mit meinen Gefühlen.

»Ich habe gehört, er hat von seinem Großvater eine heftige Abreibung bekommen. Und er muss wohl vorerst im Haus bleiben … nicht dass das für den Stubenhocker einen Unterschied machen würde.«

»Hat er verdient.« Ich konnte Mikes Schulterzucken förmlich hören. Mittlerweile waren die drei an meinem Baum vorbei, und die Stimmen entfernten sich wieder.

»Musste er auch den Talisman abgeben? Weißt du davon was?«

»Natürlich nicht.« Keith schnaubte. »Dabei wäre er bei den Salzträgern viel besser aufgehoben. Gereinigte Salzessenz ist so knapp, und man verschwendet sie an einen Idioten wie Blackmore.«

»Vielleicht sollten wir uns den Talisman holen.«

Grahams Vorschlag folgte Schweigen, und ich rechnete damit, dass ihn zumindest Keith, mit seinen fünfundzwanzig Jahren der Älteste von ihnen, zurechtweisen würde.

Ich hatte mich getäuscht.

»Keine üble Idee«, befand er, und ich musste mich konzentrieren, um seine weiteren Worte zu verstehen. Hatte ich mir eben noch gewünscht, die Salzträger würden verschwinden, wäre es mir jetzt lieber, ich würde mehr über den Plan erfahren, der gerade im Entstehen war. Das hatte Ezra nicht verdient. Er hatte nichts von dem verdient, was seit Mittwoch geschehen war.

»Heute Abend während der Ratsversammlung würde es sich anbieten. Der alte Blackmore ist sicher bis spät in die Nacht hinein unterwegs, weil er sich gemeinsam mit den anderen Ältesten sein Geschwätz schöntrinkt. Wir können Ezra in Ruhe einen Besuch abstatten, sobald es dunkel ist.«

»Aber er trägt den Talisman am Körper«, wandte Mike ein, dessen etwas hellere Stimme sich weiter trug als die der beiden anderen.

»Sagtest du nicht vorhin, er hätte die Abreibung verdient? Was spricht gegen eine zweite?«

Die letzten Worte konnte ich nur mit Mühe verstehen, und alles was folgte, wurde vom Plätschern des Wassers geschluckt. Doch ich hatte genug gehört. Ezra steckte in Schwierigkeiten, und ich würde nicht erneut tatenlos zusehen.

Ungeduldig wartete ich, bis von den drei Salzträgern

nichts mehr zu sehen war, dann verließ ich mein Versteck, um endlich am nahen Bach meinen Eimer zu füllen und mich auf den Rückweg zu machen.

Der Gedanke, Ezra gegenüberzutreten, war unangenehm. Schlimmer noch, er machte mir Angst, denn ich konnte mir lebhaft vorstellen, wie wütend er auf mich war. Ich war diejenige, die ihm am meisten verdankte, immerhin hatte er mich von Hana weggerissen, in Sicherheit gebracht und schließlich über die schützende Linie gestoßen. Und als Dank …

Mit jedem Schritt geriet meine Entschlossenheit mehr ins Wanken, und je näher ich dem Dorf kam, desto lauter wurden meine Zweifel. Ich war mir sicher, dass er über mein Erscheinen nicht erfreut sein würde. Ich konnte von Glück reden, wenn er mir überhaupt Gehör schenkte.

Die Strecke zum Dorf zog sich, nicht nur, weil ich mir in düsteren Szenarien das Zusammentreffen mit Ezra ausmalte, sondern auch, weil sich der gefüllte Eimer in meinen Händen zunehmend schwer anfühlte.

Als ich endlich unser Haus erreichte, war ich schweißgebadet und völlig außer Atem. Zumindest hatte mein Keuchen dafür gesorgt, dass mich niemand in ein Gespräch über Hana und die Vorgänge in dieser grauenvollen Nacht verwickelt hatte, obwohl ich mit demselben Mitgefühl gemustert wurde wie am gestrigen Abend. Wir kannten uns hier alle ein Leben lang. Es schmerzte, dass wir nun wieder ein Mitglied unserer Gemeinde an die Geister verloren hatten – und ein weiteres in Kürze verlieren würden. Isaacs Exorzismus stand noch an, und es gab keine Gewähr, dass er diesen überleben würde. Und selbst wenn … war es nicht besser, tot zu sein, als das, was mein Vater aus ihm machen würde?

In den folgenden Stunden hatte ich wenig Gelegenheit, über mein weiteres Vorgehen nachzudenken, denn Mutter benötigte zuerst meine Hilfe bei den Vorbereitungen für die Salzwende und bestand im Anschluss darauf, die neuen Laken zu säumen. Die Arbeit nahm den ganzen Tag in Anspruch, sodass es bereits dämmerte, als ich den letzten Stich setzte.

Nachdem wir gemeinsam zu Abend gegessen und für Vater, der sich bereits auf dem Weg zum Salzkrug gemacht hatte, etwas zur Seite gestellt hatten, gähnte ich unauffällig.

Mutter musterte mich aufmerksam. Den ganzen Tag über hatten wir lockere Gespräche geführt, alle gefährlichen Themen jedoch ausgelassen, wofür ich ihr sehr dankbar war.

»Müde?«

»Sehr«, erwiderte ich, hob entschuldigend die Schultern und stand auf. »Ich habe letzte Nacht nicht sonderlich gut geschlafen und davor …«

Ich ließ den Rest meines Satzes offen, und Mutter nickte verständnisvoll.

»Erhol dich. Morgen wird ein langer Tag.« Sie lächelte wehmütig. »Deine letzte Salzwende als Zuschauerin. Beim nächsten Mal wirst du selbst um das Feuer tanzen, um die Blicke der jungen Männer auf dich zu ziehen.«

Sie hielt inne, als wollte sie etwas hinzufügen, und ich musterte sie erwartungsvoll. Im Gegensatz zu meinem Vater hatte sie kein Wort über die nächtlichen Vorkommnisse verloren, und ich sehnte mich danach, irgendetwas Tröstliches oder Aufmunterndes aus ihrem Mund zu hören.

Für einige Sekunden sah sie mich an, dann schüttelte sie den Kopf und schob die Teller zusammen. »Schlaf gut, Faye«, sagte sie sanft, und ich zwang mich, ihr trotz der aufkeimenden Enttäuschung ein Lächeln zu schenken. Ich wusste nicht, was schlimmer war. Vater, der als Strafe meine Angst schürte, oder Mutter, die tat, als sei nichts geschehen.

Die nächste halbe Stunde verbrachte ich damit, auf die Geräusche aus der Wohnküche zu lauschen, um sicherzugehen, dass Mutter nicht doch beschloss, noch mal nach mir zu sehen.

Erst als sich der Himmel draußen von einem schmutzigen Violett zu tiefem Blau verfärbt hatte, verließ ich mein Zimmer. Nicht über die Treppe, sondern durch das kleine Dachfenster auf der Rückseite des Hauses. Ich spähte nach unten und vergewisserte mich, dass die schmale Gasse leer war, dann klammerte ich mich am Fensterrahmen fest, zog die Knie an und schob mich durch die kleine Öffnung nach draußen. In meiner Kindheit hatte ich problemlos durch die Luke gepasst, doch mittlerweile war es ein herausforderndes Unterfangen, das durch den langen Rock meines Leinenkleids zusätzlich erschwert wurde. Der zweite Teil des Abstiegs, die Kletterpartie über den ans Haus anschließenden Schuppen, war deutlich einfacher, trotzdem war ich erleichtert, als ich unversehrt in der schattigen Gasse stand.

Ich atmete einige Male tief durch, dann machte ich mich auf den Weg zum Haus der Blackmores, das am Rand des Dorfes lag. Everett Blackmore, Ezras Großvater, war schon immer gerne für sich gewesen, und es schien, als hätte sein Enkel diesen Wesenszug von ihm übernommen. Beklommen erinnerte ich mich an den harten Blick, den er mir nach meinem Verrat zugeworfen hatte und der im Kontrast zu seiner fürsorglichen, fast sanften Art im Nebel gestanden hatte. Es war höchste Zeit, mich bei ihm zu entschuldigen, mich zu bedanken und ihn im Anschluss vor Graham Hunt und den anderen Salzträgern zu warnen, die vermutlich nur darauf warteten, dass sie sich in der Dunkelheit zu seinem Haus stehlen konnten.

Im Zickzackkurs bewegte ich mich durch das Dorf und achtete darauf, den Schatten der Häuser nicht zu verlassen. Zwar waren die Gassen verlassen, und auch der Dorfplatz lag verwaist da, dennoch wollte ich kein Risiko eingehen. Vater würde toben, sollte man mich erneut bei einem Verstoß gegen seine Regeln erwischen.

Obwohl Salwood so klein war, dass man innerhalb einer Viertelstunde von einem zum anderen Ende laufen konnte, brauchte ich rund zwanzig Minuten, bis ich endlich die große Eiche erreichte, die vor dem Haus der Blackmores stand. Aus dem Innern drang kein Geräusch, und nicht einmal der schwache Lichtschein einer Öllampe schimmerte durch die Ritzen. War er bereits zu Bett gegangen?

Ich lauschte in die abendliche Stille hinein, die nur von ein paar weit entfernten Stimmen und den Blättern, die im aufkommenden Wind raschelten, gemildert wurde. Wieder stieg Beklommenheit in mir auf. Was, wenn ich zu spät kam? Wenn die Salzträger in der nächsten Sekunde um die Ecke biegen würden? Oder wenn sie Ezra bereits einen Besuch abgestattet hatten, sodass ich ihn verletzt am Boden vorfinden würde?

»Faye?«

Ich schreckte zusammen und zog zischend die Luft ein; ein Geräusch, das in der hereinbrechenden Nacht viel zu laut wirkte.

Obwohl ich Ezras Stimme sofort erkannt hatte, war ich nicht darauf gefasst gewesen, sie so plötzlich zu hören.

»Ezra«, sagte ich und ärgerte mich umgehend darüber, dass es eher klang wie ein atemloser Hauch als wie ein Gruß.

»Was willst du?«

»Mit dir reden.«

Mir war klar, dass dies der denkbar schlechteste Einstieg ins Gespräch war – wenn denn überhaupt eines zustande kommen würde –, doch mit seinem plötzlichen Auftauchen hatte er mich gründlich überfordert.

»Reden«, wiederholte er. »Aha.«

»Können wir reingehen?«, fragte ich, während ich spürte, wie Verlegenheit in mir aufstieg.

»Klar.« Seiner Stimme war deutlich anzuhören, dass er alles andere als begeistert von meinem Vorschlag war. Trotzdem ergriff er mich am Arm und zog mich zum Haus. Nachdem er sich einmal prüfend umgesehen hatte, schob er mich über die Schwelle, dann schloss er die Tür hinter uns.

»Also, spuck's schon aus, Faye.« In der Dunkelheit war sein Gesicht kaum zu sehen, trotzdem konnte ich den Blick seiner schiefergrauen Augen auf mir spüren. »Bist du hier, um mich erneut in Schwierigkeiten zu bringen? Vielleicht willst du die nächste verbotene Aktion starten und mir dafür die Schuld in die Schuhe schieben?«

»Ezra«, sagte ich betroffen. »Nein …«

Für einige Sekunden herrschte Stille, dann hörte ich ein leises Rascheln, und kurz darauf erhellte der Schein einer Öllampe den Raum. Ezra trug die Laterne durch die Stube und positionierte sie auf dem obersten Brett eines Regals, sodass nur noch ein schwacher Schimmer zu sehen war, wie ein Echo des Lichts.

Er war vorsichtig. Fast so, als würde er ahnen, was auf ihn zukam. »Was willst du dann?«

Fieberhaft suchte ich nach einer passenden Entgegnung, denn von den Sätzen, die ich mir zuvor zurechtgelegt hatte, fiel mir kein einziger ein.

»Graham Hunt …«, fing ich unbeholfen an, und Ezra stieß ein entnervtes Zischen aus.

»Ein weiteres Mitglied für seine Anhängerschaft? Hör zu, Faye, dass ich bei der Ausbildung der Salzträger helfe, macht mich nicht zum Ansprechpartner Nummer eins für deren Verehrerinnen. Ich kann nichts für dich tun.«

»Graham Hunt plant zusammen mit Mike und Keith, dir deinen Talisman wegzunehmen«, stieß ich schnell hervor, den Blick fest auf das kleine, mit Salzkristallen gefüllte Fläschchen gerichtet, das an einer dünnen Kette um Ezras Hals hing und im Schein der Öllampe leicht glänzte. »Sie sind der Meinung, du hättest ihn nicht verdient, weil …«

Ich verstummte, als sich Ezras Miene verdüsterte, und mir wurde zu spät klar, dass ich ein heikles Thema ziemlich unsensibel angesprochen hatte.

»Na klar«, murmelte er. »Ich bin mit euch in den Scheißnebel gegangen, weil ihr eure kindische Mutprobe unbedingt durchziehen wolltet. Ich hätte euch alle verrecken lassen sollen, dann hätte ich jetzt einige Probleme weniger.«

Ich presste die Lippen aufeinander. Er hatte das aus dem Affekt heraus gesagt und meinte es nicht so. Zumindest hoffte ich das. »Ezra …« Zum dritten Mal sagte ich seinen Namen und kam mir dabei mehr als dumm vor, doch es reichte aus. Seine Wut verschwand so schnell, wie sie gekommen war.

»Ich habe mir eine Menge Fehler geleistet.« Er starrte ins Leere, die Augen dunkel vor Bedauern.

»Nichts davon war deine Schuld«, widersprach ich, doch er schien meine Worte gar nicht wahrzunehmen.

»Ich hätte euch aufhalten müssen. Ich hätte Hana rechtzeitig festhalten müssen. Und vor allem hätte ich diesem Arschloch Vince niemals die Garnrolle überlassen dürfen. Das war der größte Fehler von allen. Ich habe ihn falsch eingeschätzt, und das hat schließlich Hana das Leben gekostet.«

Sein offensichtlicher Schmerz traf mich unerwartet heftig, und ich blinzelte mehrfach, weil mir die Tränen kamen. Gott, er musste mich für völlig verrückt halten. Er zählte seine Fehler auf, und ich kämpfte darum, nicht die Fassung zu verlieren, weil er so hart mit sich ins Gericht ging. Warum war ich so verdammt emotional?

»Du hast nichts falsch gemacht. Überhaupt nichts. Wir verdanken dir unser Leben. Wir alle. Und das wissen Vince, Amber und Rowan ebenso gut wie ich.« Ich nahm meinen Mut zusammen und sah ihn direkt an. »Es tut mir leid, dass ich dir in den Rücken gefallen bin.« Erst jetzt fiel mir die blau-violette Verfärbung unterhalb seines linken Wangenknochens auf. War das sein Großvater? Ohne nachzudenken, hob ich die Hand und berührte sein Gesicht.

Ezra bewegte sich nicht, doch er machte auch keine Anstalten, sich zu wehren. Für einige Sekunden versank ich in seinen Sturmaugen. Silbrig. Durchdringend.

Dann ertönte von draußen ein Kratzen und ein unterdrückter Fluch. Der Zauber war gebrochen, und mit einem Mal war ich unsicher, ob er überhaupt jemals existiert hatte.

»Graham …« Meine Stimme war nicht mehr als ein Flüstern.

»Verdammt«, murmelte er. »Sie kommen.«

6 – FAYE

Kein Risiko eingehen

»Versteck dich hinter dem Schrank.«

Mit wenigen Schritten war Ezra bei der Öllampe, und im nächsten Augenblick herrschte Dunkelheit, tief und undurchdringlich.

Während ich mich blind an den Möbeln entlangtastete, erfüllte mich Fassungslosigkeit. Vor zwei Tagen hatte ich Ezra verraten, und heute schützte er mich erneut.

Graham und die anderen hatten mittlerweile das Haus erreicht, und sie gaben sich nicht einmal Mühe, leise zu sein. Statt zu klopfen, traten sie gegen das massive Holz, sodass die Tür mit einem Ächzen nachgab.

Ich streckte mich ein wenig, um mir aus dem Schutz meines Verstecks heraus einen Überblick zu verschaffen, und musste mir einen Aufschrei verkneifen. Im Licht mehrerer Laternen konnte ich neben Graham, Mike und Keith noch zwei weitere Umrisse ausmachen. Sie waren tatsächlich zu fünft. Ezra war allein.

»Blackmore, du Arschloch«, brüllte Graham und an

seiner Aussprache konnte ich hören, dass er getrunken hatte. »Wo bist du?«

Ich drückte mich angsterfüllt gegen die Wand und bemühte mich um eine ruhige Atmung. Wo war Ezra? Was würden sie mit ihm tun? Was würden sie mit *mir* tun, wenn sie mich entdeckten? Würde Ezra mich ans Messer liefern? Würde er ihnen verraten, dass er gewarnt worden war?

»Was wollt ihr hier?«

Ezra löste sich aus dem Schatten hinter der Tür, und obwohl ich ihn für seinen Leichtsinn verfluchte, erfüllte mich Bewunderung. Er wirkte vollkommen entspannt, obwohl er wusste, weshalb die Salzträger gekommen waren.

»Deinen Talisman.« Mikes Stimme zitterte vor Aufregung. »Gib ihn uns. Dann kommst du vielleicht mit heiler Haut davon.«

»Unwahrscheinlich«, stieß Keith, getarnt durch ein Husten, aus. Ich schauderte in meinem Versteck. Die Aggressivität, die sie ausstrahlten, war fast körperlich wahrnehmbar.

»Was wollt ihr mit meinem Talisman?«

Ezra bewegte sich mit geschmeidigen Schritten durch den Raum und blieb direkt vor der Gruppe stehen. Nichts an seiner Körperhaltung war verkrampft oder nervös, aber ich wusste, dass es in seinem Innern ganz anders aussehen musste. Unvermittelt stieg Wut in mir auf. Was hier lief, war so verdammt unfair.

»Ihn jemandem geben, der ihn verdient hat«, entgegnete Graham. »Jemandem, der sich nicht nur im Haus seines Großvaters versteckt und dort Staubkörner zählt. Jemandem, der nützlich ist für die Gemeinschaft.«

»Und das wollt ihr entscheiden?« Ezra klang noch immer beeindruckend gelassen. »Ihr seid doch verrückt.«

Seine Entgegnung brachte Unruhe in die Gruppe. Ich konnte nicht sehen, wer zugeschlagen hatte, doch an dem dumpfen Laut, gefolgt von Ezras Aufstöhnen, konnte ich hören, dass er getroffen wurde.

Ich atmete tief durch und versuchte, mit dem verstörenden Gefühlschaos in meinem Innern zurechtzukommen. Sorge um Ezra. Abscheu gegenüber den Salzträgern, die überhaupt keine Grenzen kannten. Ärger über mich selbst, weil ich schon wieder nur Zuschauer war, statt endlich Partei zu ergreifen.

Und Wut. So viel Wut. Gleißend und verzehrend wie eine Stichflamme, die mein Inneres in Brand steckte.

»Ihr blöden Arschlöcher!« Ich richtete mich auf und trat entschlossen aus meinem Versteck. Lange genug hatte ich tatenlos zugesehen, wie Ezra immer und immer wieder attackiert wurde. Zuerst mit Worten, dann mit Fäusten. Das hatte jetzt ein Ende.

Mit großen Schritten stapfte ich durch das Zimmer und baute mich vor der Gruppe auf.

»Faye?«, vergewisserte sich Graham irritiert. »Faye Rutherford? Was macht denn das Töchterchen des Reverends hier?«

»Dir die Fresse polieren, wenn du sie nicht hältst«, erwiderte ich mit mühsam unterdrücktem Zorn.

Meinen deutlichen Worten folgte überraschtes Schweigen, und trotz der schlechten Lichtverhältnisse konnte ich sehen, wie sich Grahams Augen weiteten.

»Faye.« Ezra ergriff mich am Arm und machte Anstalten, mich hinter sich zu schieben.

Oh nein. Dieses Mal nicht. Dieses Mal würde ich, verdammt noch mal, für ihn eintreten und nicht umgekehrt.

Entschlossen riss ich mich los und wandte mich den fünf Salzträgern zu, die allesamt größer waren als ich.

»Warum tut ihr das? Müsst ihr euch beweisen, wie männlich ihr seid? Ist das ein verzweifelter Versuch, irgendetwas zu kompensieren? Sind eure Schwänze so klein, dass ihr euch auf die Art Befriedigung verschaffen müsst? Fünf gegen einen? Jämmerlich.«

Graham und die anderen musterten mich sprachlos, ebenso erstaunt darüber, dass ich zum ersten Mal in meinem Leben den Mund aufmachte.

»Wie wäre es, wenn ihr einfach abhauen würdet?«, fuhr ich fort und wurde dabei mit jedem Wort lauter. Es machte mich so unglaublich wütend, dass sie es tatsächlich wagten, Ezra auf diese Weise unter Druck zu setzen.

»Ist es jetzt schon so weit, dass du ein Mädchen brauchst, um auf dich aufzupassen?« Keith hatte sich als Erster gefangen und sah Ezra mit einem höhnischen Grinsen an.

»Wobei haben wir euch gestört?« Graham hob mir die

Lampe entgegen und seufzte scheinbar enttäuscht. »Sie ist noch angezogen. Anscheinend haben wir unserem Freund hier die Tour vermasselt. Und jetzt geh aus dem Weg, Kleine. Renn zu deinem Vater zurück.«

In diesem Moment sah ich rot. Bevor Graham reagieren konnte, hatte ich ausgeholt und ihm die Faust ins Gesicht gerammt, genau auf seine bemerkenswert gerade Nase.

Graham gab ein ersticktes Geräusch von sich und taumelte nach hinten gegen die Wand. Obwohl weder er noch die anderen Anstalten machten, mich anzugreifen, setzte ich nach und rammte ihm beherzt das Knie zwischen die Beine.

Ohne mit der Wimper zu zucken, beobachtete ich, wie sich Graham die Hände schützend gegen den Unterleib drückte und mit einem kläglichen Wimmern zu Boden ging.

»Raus hier!«, brüllte ich aus voller Lunge. »Haut ab, ihr dämlichen Bastarde. Ezra hat den Talisman tausendmal mehr verdient als ihr Feiglinge!«

Mein Schrei riss auch die anderen aus der Erstarrung.

»Das wird dir noch leidtun, du Schlampe«, zischte Keith, während er nach der Tür in seinem Rücken tastete und kurz darauf den zusammengekrümmten Graham mithilfe seiner Freunde ins Freie zog. Lediglich Mike starrte mich noch fassungslos an.

Ich hob beide Hände, um zu einem erneuten Angriff überzugehen, doch bevor ich mich auf ihn werfen konnte, spürte ich, wie sich zwei Arme um mich schlossen, so fest, dass ich keine Chance hatte.

»Faye.« Ezras Stimme ertönte unmittelbar neben meinem Ohr, dunkel und warm. Ich drehte mich zur Seite und sah in seine Augen, in denen sich das Licht spiegelte.

Dann küsste ich ihn.

Ohne zu zögern, verschloss ich seine Lippen mit meinen und legte gleichzeitig eine Hand an seine Wange, um ihn am Zurückweichen zu hindern. Er schmeckte nach der frischen Waldluft mit einem Hauch Pfefferminz, und wieder stieg mir sein Geruch nach sonnengewärmtem Holz in die Nase. Die Sanftheit seiner Lippen stand im Kontrast zu der rauen Haut unter meinen Fingerspitzen, der man anmerkte, dass die letzte Rasur schon einige Stunden zurücklag. Ich schmiegte mich enger an ihn und konnte spüren, wie die lodernde Wut zu etwas Tieferem, Drängenderem wurde, etwas, das meinen ganzen Körper mit glühender Hitze erfüllte.

Verlangen. Leidenschaft.

Ich stieß einen Laut aus, der irgendwo zwischen einem Seufzen und einem erstickten Schrei lag, dann versetzte ich Ezra einen heftigen Stoß und sprang gleichzeitig nach hinten, sodass ich mit dem Rücken unsanft gegen die Tür prallte.

Heftig atmend starrte ich ihn an, während ich versuchte zu begreifen, wann mir die Dinge so entglitten waren.

Ich hatte eine Gruppe Salzträger aufs Übelste beschimpft. Dann hatte ich Graham Hunt eins auf die Nase gegeben und ihm anschließend in die Weichteile getreten. Und ich hatte Ezra Blackmore geküsst – ganz offensichtlich gegen seinen Willen.

Ich hatte keine Ahnung, was da in mich gefahren war. So kannte ich mich nicht, und wie es aussah, wirkte Ezra mindestens ebenso überrascht wie ich. Ein zaghaftes Prüfen seiner Miene sorgte dafür, dass mich beißende Scham durchflutete. Ich musste meine Aussage revidieren. Es wirkte nicht überrascht, er wirkte befremdet.

Die gesamte Situation war so peinlich, dass ich am liebsten ohne ein weiteres Wort aus dem Haus flüchten würde. Glücklicherweise entschloss sich mein Verstand dazu, die Arbeit wieder aufzunehmen, sodass ich stattdessen so gelassen wie möglich durch die Stube ging und mich an den großen Holztisch setzte. Ich konnte nicht jedes Mal abhauen, wenn es unangenehm wurde, insbesondere wenn ich – ebenso wie vor zwei Tagen – die Schuld daran trug.

Ezras Augen weiteten sich. Anscheinend hatte er auch damit gerechnet, dass ich das Weite suchen würde. Ohne etwas zu sagen, nahm er mir gegenüber Platz, wobei ich seinen Blick kontinuierlich auf mir spüren konnte. Hatte er Angst, dass ich ihn erneut überfallen würde?

So oder so, eine Entschuldigung war fällig. Schon wieder.

Leider hatte ich keine Ahnung, wie ich diese formulieren sollte, deshalb fixierte ich aufmerksam die Maserung der Tischplatte.

»Schon okay.«

Mein Kopf ruckte hoch, und ich musterte ihn ungläubig. Hatte er das gerade wirklich gesagt?

»Was?«

»Von mir aus können wir so tun, als sei das nie passiert«, bot er mit einem schiefen Grinsen an, und ich wurde gleichzeitig von Erleichterung und Enttäuschung erfüllt. Abgesehen davon, dass der Kuss total daneben war, hatte er mir gefallen. Sehr gut gefallen. Anscheinend beruhte das nicht auf Gegenseitigkeit, was dafür sorgte, dass meine Wangen um mehrere Nuancen dunkler wurden.

»Es tut mir leid«, murmelte ich, ohne ihn anzusehen.

»Vergiss es einfach.« Ezra hob die Schultern. »Besser ein Kuss als ein Knie zwischen den Beinen.« Er beugte sich ein wenig vor. »Es ist gut, dass du eben nicht abgehauen bist, Faye.«

Kurzzeitig keimte Hoffnung in mir empor, die er mit seinen nächsten Worten gründlich zerstörte.

»Du hast sie ziemlich bloßgestellt. Nicht auszuschließen, dass sie draußen warten, um ihre Rache zu bekommen. Zumindest bis ihnen klar wird, dass sie sich um eine alternative Version der Geschehnisse bemühen müssen, die sie in besseres Licht rückt. Ich denke nicht, dass dein Angriff und der Versuch, mir den Talisman wegzunehmen, darin Erwähnung finden werden.«

Ich schauderte. Hoffentlich lag Ezra richtig mit seiner Einschätzung. Der Gedanke, meinem Vater könnte zugetragen werden, dass ich nach Einbruch der Nacht ausgerechnet den Blackmores einen Besuch abgestattet hatte, war Furcht einflößend. Er würde toben.

»Es ist so lächerlich.« Ich schnaubte. »Ihnen steht nicht zu, darüber zu urteilen, wer einen Talisman verdient. Wie du uns durch den Nebel geführt hast … du warst nicht zum ersten Mal außerhalb des Kreises, oder?«

Ezra schüttelte den Kopf. »Nein«, erwiderte er knapp, und es war offensichtlich, dass er nicht darüber sprechen wollte. Trotzdem fasste ich mir ein Herz und hakte nach. Wer wusste schon, wann ich wieder die Gelegenheit erhalten würde, ihn etwas besser kennenzulernen? Wenn ich im Dorf auf ihn traf, war er so verschlossen und schweigsam, dass ich es kaum wagte, ihn zu grüßen.

»Warum hast du den Talisman?«, entschied ich mich für den direkten Weg. Viel unangenehmer konnte meine Situation ohnehin nicht werden.

Ezra sah mich an und schwieg für eine scheinbare Ewigkeit.

»Es ist der Talisman meines Vaters«, sagte er schließlich, und in seiner Stimme schwang ein wehmütiger Unterton mit. In der anschließenden Stille überlegte ich, was ich über Ezras Vater wusste. Meine Informationen waren mehr als dürftig. Er sollte nach Everett Blackmore, Ezras Großvater, der Hüter der Chronik werden, und er war draußen im Nebel gestorben. Was er dort zu suchen hatte, ohne zu den Salzträgern zu gehören, wurde nie geklärt. Obwohl sich die Salwooder gerne über alles austauschten, wurde über die näheren Umstände von Eric Blackmores Tod geschwiegen und ebenso darüber, dass seine Frau Sara, Ezras Mutter, daran zerbrochen und schließlich ebenfalls in den Nebel gegangen war.

»Tut mir leid«, sagte ich zum zweiten Mal innerhalb weniger Minuten und ärgerte mich über mein fehlendes Einfühlungsvermögen. Ich hätte es zumindest in Erwägung ziehen müssen, dass der Talisman eine Erinnerung an seinen verstorbenen Vater war.

»Es ist okay, Faye.« Ezra fuhr sich übers Gesicht. »Das konntest du nicht ahnen. Jedenfalls beinhaltet die Ausbildung zum Hüter der Chronik ein tiefgreifendes Verständnis für die Geschichte Salwoods, die umliegende Gegend, die Herkunft der Geister und die Mine. Deshalb ist der Talisman nötig, auch wenn das diese Schwachköpfe niemals verstehen werden, weil ihnen das Wissen fehlt.«

»Mir war nicht klar, dass der Hüter der Chronik solche gefährlichen Aufgaben hat«, murmelte ich abwesend, und sein Gesicht verdüsterte sich, als würde er bedauern, mir so viel verraten zu haben.

»Spielt auch keine Rolle«, erwiderte er abweisend. »Jedenfalls hat es einen Grund, dass sowohl mein Großvater als auch ich selbst einen Talisman besitzen.«

Ich nickte, weil ich ohnehin keine passenden Worte gefunden hätte.

Nachdem wir uns einige Sekunden lang stumm gegenübergesessen waren, richtete sich Ezra ein wenig auf.

»Du solltest gehen«, sagte er, und obwohl die Stimmung gerade mehr als unangenehm war, spürte ich einen Stich, dass er mich so schnell loswerden wollte. War ich eine so schlechte Küsserin?

»Ich begleite dich ein Stück, um sicherzugehen, dass die besoffenen Idioten nicht mehr draußen herumlungern.«

Ezra schob seinen Stuhl zurück und stand auf.

Bevor ich es ihm gleichtun konnte, ertönte draußen das Geräusch von Schritten. Schlagartig wich mir alle Farbe aus dem Gesicht. Das war unter Garantie Ezras Großvater. Lieber Gott, was würde Everett Blackmore sagen, wenn er mich hier vorfand? Die Tochter des Reverends? Um diese Zeit?

Mein Blick zuckte zu Ezra, der ebenfalls zur Tür sah, und blieb erneut an der blau-violett schillernden Verfärbung in seinem Gesicht hängen. Es war offensichtlich, was sein Großvater von seinem Ausflug in den Nebel gehalten hatte und wie er mit Konflikten umging. Und nun? Würde ich Ezra wieder in Schwierigkeiten bringen, weil er gegen das ausdrückliche Verbot seines Großvaters jemanden ins Haus gelassen hatte? Noch dazu ein Mädchen?

Gerade als ich in Erwägung zog, mich irgendwo zu verstecken, um im passenden Moment unbemerkt zu fliehen, öffnete sich die Tür und Everett Blackmore trat ins Innere des Hauses. Wie Ezra trug er ein schwarzes Leinenhemd zu einer groben Stoffhose in derselben Farbe. Er ging leicht gebückt und stützte sich schwer auf einen Holzstab. Sein Gesicht glich einem zerknitterten Stück Pergament, doch seine grauen Augen waren scharf und intelligent.

»Faye Rutherford«, sagte er gedehnt, und ich konnte nicht ausmachen, ob der mitschwingende Unterton eher Erstaunen oder Missbilligung war.

»Mr Blackmore.« Meine Stimme bebte, und ich verfluchte mich dafür. »Guten Abend. Bitte verzeihen Sie meine Anwesenheit. Ezra wusste nicht, dass ich kommen würde, und er hat mich auch nicht eingeladen. Ich habe nur ...«

»Du musst ihn nicht in Schutz nehmen«, unterbrach mich Ezras Großvater, und ich zog unwillkürlich den Kopf ein. Trotzdem machte ich keine Anstalten, den Weg zu Ezra freizugeben. Blackmore wirkte zwar nicht sonderlich bedrohlich, doch der Bluterguss auf der Wange seines Enkels vermittelte einen anderen Eindruck.

»Anscheinend schon«, erwiderte ich mit sämtlicher Gelassenheit, woraufhin Ezra ein Schnauben ausstieß. Ein *belustigtes* Schnauben.

»Du täuschst dich, Faye.« Blackmore ging an mir vorbei, zog sich einen Stuhl heran und setzte sich an den Tisch, während ihm Ezra einen Becher Wasser zuschob.

»Großvater kennt die Wahrheit.«

Ich blinzelte mehrfach, vollkommen überfordert von der unerwarteten Information.

»Sie ... Sie wissen, was wirklich geschehen ist? Sie glauben Ihrem Enkel?«, vergewisserte ich mich ungläubig.

Blackmore verzog die Mundwinkel zu einem angedeuteten Lächeln. »Natürlich. Du nimmst nicht an, dass ich diesen Einfaltspinseln mehr Glauben schenke als Ezra?«

»Aber ...« Ich sah fassungslos zwischen den beiden Männern hin und her. »Wieso war von gravierenden Konsequenzen für seinen Hochmut die Rede? Und woher stammt die Verfärbung in Ezras Gesicht?«

»Jemand hat mir im Nebel den Ellbogen auf den Wangenknochen geknallt«, sagte Ezra und warf mir unbemerkt von seinem Großvater einen warnenden Blick zu. »Keine Ahnung, wer. Es ging alles so schnell.«

Noch bevor er seinen Satz beendet hatte, formte sich die entsprechende Erinnerung in meinem Kopf und ließ Verlegenheit in mir aufsteigen.

Ich. Ich war es gewesen, die sich losgerissen und dabei Ezra getroffen hatte, um Hana zu Hilfe zu eilen. Ich war schuld an dem Zustand seines Gesichtes, allerdings wusste ich nicht, weshalb er das vor seinem Großvater geheim halten wollte.

»Ezra hätte niemals jemanden zu einer solchen Mutprobe überredet«, wandte sich Blackmore an mich und schenkte seinem Enkel ein Lächeln. »Er ist zu klug, und er weiß, welche Gefahren im Nebel lauern.«

»Wieso haben Sie nichts gesagt?«, wollte ich wissen. »Als er von Nate Harris und den anderen so kritisiert wurde? Sie haben es so aussehen lassen, als wären Sie unglaublich wütend auf ihn.«

»Das war ich, und ich bin es noch.« Blackmores Miene verfinsterte sich. »Wir haben bereits darüber gesprochen, wie töricht es war, sich für einen Haufen dummer Kinder in Gefahr zu bringen. Er hat sein Leben aufs Spiel gesetzt, weil ihr zu halsstarrig und zu einfältig wart, um auf seine Warnungen zu hören.«

Betroffen senkte ich den Blick. Seine Vorwürfe waren berechtigt, und nicht zum ersten Mal in den vergangenen Tagen schämte ich mich entsetzlich. Während ich spürte, wie mir zum unzähligsten Mal an diesem Abend die Röte in die Wangen stieg, wich ich einige Schritte zurück, bis ich mit dem Rücken gegen die Wand neben der Tür stieß. Die Auseinandersetzung mit den Salzträgern und mein anschließender Überfall auf Ezra hatten mir die letzte Energie geraubt. Ich fühlte mich unglaublich müde.

»Sie haben recht, Mr Blackmore«, murmelte ich, während ich zur Tür ging. »Ich sollte mich auf den Heimweg machen.«

»Allerdings«, bestätigte Ezras Großvater, klang dabei aber glücklicherweise eher amüsiert als aufgebracht. »Und dann wirst du, Ezra, mir erklären, weshalb der Besuch überhaupt stattgefunden hat.«

»Das werde ich. Aber zuvor begleite ich sie ein Stück«,

beschloss Ezra trotz der offensichtlichen Irritation seines Großvaters, legte eine Hand zwischen meine Schulterblätter und schob mich mit sanftem Druck nach draußen.

»Nicht auszuschließen, dass die Schwachköpfe noch draußen herumlaufen, und gerade nach Hunts Drohung solltest du vorsichtig sein.« In seiner Stimme schwang ein leises Lächeln mit. »Ich denke nicht, dass er heute Nacht noch eine Gefahr darstellt, aber ich will kein Risiko eingehen. Achte darauf, morgen bei der Salzwende nicht allein zu sein. Du hast nicht nur seine Nase, sondern auch seinen Stolz empfindlich getroffen.«

Ich zog es vor, nichts darauf zu erwidern, immerhin bestand das Risiko, dass Ezra auch das zum Thema machen würde, was danach geschehen war.

Während wir schweigend durch die Nacht liefen, gab ich mich kurz der Vorstellung hin, wie es wäre, seine Freundin zu sein, meine Finger mit seinen zu verschränken und ihn küssen zu dürfen, wann immer ich wollte.

»Deine Eltern wissen nichts von deinem kleinen Ausflug, oder?«, riss er mich aus meinen Gedanken, und ich realisierte, dass wir in der kleinen Gasse auf der Rückseite unseres Hauses standen.

»Ich bin aus der Dachluke gestiegen«, entgegnete ich widerstrebend und konnte trotz der Dunkelheit sehen, wie Ezras Augen amüsiert glitzerten.

»Interessant«, bemerkte er lediglich, während er mich weiterhin fixierte. Ich erwiderte seinen Blick, der mit jeder Sekunde intensiver wurde. Fast konnte ich ihn als körperliche Berührung spüren. Für einen Moment war ich sicher, dass er mich zum Abschied küssen würde und dass ich mir die Anziehung zwischen uns doch nicht eingebildet hatte. Dann trat er unvermittelt einen Schritt zurück und hob die Hand zu einem angedeuteten Winken.

»Gute Nacht, Faye.«

Er drehte sich um und war so schnell verschwunden, dass ich meinen Abschiedsgruß in die leere Dunkelheit flüsterte.

»Gute Nacht, Ezra.«

7 – FAYE

Eine leere Hülle

In dieser Nacht schlief ich schlecht, denn meine Gedanken kreisten unaufhörlich um die Ereignisse des vergangenen Tages. Ich konnte mir nicht erklären, wie ich den Mut dazu gefunden hatte, Ezra zu küssen. Obwohl ich ihn schon seit Längerem mochte, hatte ich es nie gewagt, ihn in ein Gespräch zu verwickeln. Was ich in seiner Stube getan hatte, war ungleich heftiger. Außerdem hatte ich Graham Hunt gegen mich aufgebracht. Er würde mir den Tritt zwischen die Beine und den Schlag auf seine – ehemals – perfekte Nase, die Amber bei jeder Gelegenheit an ihm bewundert hatte, nicht verzeihen.

Dementsprechend nervös war ich, als ich mich am kommenden Morgen auf den Weg zur Mühle machte, um dort unsere Mehlvorräte aufzustocken. Mutter wollte zum Fest der Salzwende heute Abend frisches Brot beisteuern, und es war meine Aufgabe, sie dabei zu unterstützen.

Während ich den kleinen Pfad entlanglief, wanderten meine Gedanken zu der bevorstehenden Feier, die ich durch das Chaos in den vergangenen Tagen fast vergessen hatte, obwohl sich ganz Salwood darauf freute. Viermal im Jahr wurde auf dem Dorfplatz ein großes Feuer aufgeschichtet, dazu gab es Musik, Schnaps und stark gesalzenes Essen. Salz war unser wichtigstes Gut, sodass der Gebrauch normalerweise strengstens reglementiert war. Nur in der Nacht der Salzwende durfte es nach Herzenslust verbraucht werden.

Es würde mein letztes Mal als Zuschauerin sein, denn in wenigen Wochen stand mein siebzehnter Geburtstag an. In drei Monaten würde ich mich gemeinsam mit den anderen jungen Erwachsenen für den Tanz am Feuer sammeln. Ich würde die intensiv duftenden Kräuter riechen und endlich herausfinden, wie die spezielle Mischung aus Kartoffelschnaps und gesalzenen Holunderbeeren schmeckte. Ich würde erröten unter den Blicken der Männer und mich fragen, welcher von ihnen mich erwählen würde. Bei Einbruch der Nacht würde ich mit durch den Alkohol geröteten Wangen um die Flammen wirbeln, in einer Umarmung gefangen werden und Küsse tauschen; zuerst scheu, dann immer leidenschaftlicher. Und schließlich würde ich erfahren, wie es war, zur Frau gemacht zu werden.

Es war eine Nacht ohne Regeln, eine Nacht, in der alles möglich war, eine Nacht, die dazu diente, den Weiterbestand Salwoods zu sichern – und Frauen, die guter Hoffnung daraus hervorgingen, waren überglücklich.

Einige Male hatte ich mit Hana darüber gesprochen, verschämt, leise und im Schutz der Dunkelheit. Wir waren fast gleich alt und davon überzeugt gewesen, diesen bedeutsamen Schritt zusammenzugehen. Nun hatte sie keine Chance mehr dazu.

»Morgen, Faye!«

Eine weibliche Stimme beendete meine Grübeleien. Es dauerte einige Sekunden, bis ich sie zuordnen konnte. Amber. Auch das noch. In Salwood machten Neuigkeiten wie ein Lauffeuer die Runde, deshalb war ich ziemlich sicher, dass sie bereits von Graham Hunts kleinem *Unfall* gehört hatte. Allerdings ging ich nicht davon aus, dass die Salzträger die Wahrheit erzählt hatten; weder ihr Besuch mit dem Ziel, Ezra dessen Talisman wegzunehmen, noch der Umstand, dass Grahams Nase von einem Mädchen demoliert worden war, wirkte sonderlich heroisch.

»Graham hatte gestern Nacht einen Unfall«, bestätigte Amber meinen Verdacht und trat einige Schritte auf mich zu. Ich setzte ein falsches Lächeln auf, während ich mich fragte, wie unser erstes wirkliches Gespräch nach der Katastrophe im Nebel ausgerechnet Graham Hunt zum Inhalt haben konnte. Müssten wir nicht über Hanas Verlust sprechen? Über den Angriff der Geister? Über die Rolle, die Vince dabei gespielt hatte? Und über Ambers Beteiligung an dessen Lügenkonstrukt?

Statt sie jedoch damit zu konfrontieren, schwieg ich und schämte mich gleichzeitig dafür. Seit meiner Kindheit hatten mich meine Eltern zur Zurückhaltung erzogen, und es fiel mir unglaublich schwer, mich einer offenen Auseinandersetzung zu stellen – mit der Ausnahme von gestern Abend.

»… aber Graham konnte das Kalb einfangen, bevor es vom Nebel verschluckt wurde«, beendete Amber ihren Bericht, von dem ich kaum etwas mitbekommen hatte. Vermutlich war es besser so, denn ich war nicht sicher, wie viel mein Gesichtsausdruck preisgegeben hätte.

Die ruhmreiche Rettung eines Kalbs? Das wunderte mich nicht. Natürlich hatten die Salzträger die Wahrheit zu einer Geschichte verbogen, aus der Graham als verletzter Held hervorging.

»Der Arme«, murmelte ich teilnahmsvoll und deutete im Anschluss auf den leeren Korb an meinem Arm. »Ich muss leider weiter. Mutter wartet auf das Mehl. Wir backen Brot für heute Abend.«

Bei der Erwähnung des Festes leuchteten Ambers Augen auf. »Ich bin schon so aufgeregt«, flüsterte sie und drückte die Hände theatralisch an ihre Brust. »Das wird mein erstes Mal, und ich glaube, die Chancen stehen nicht allzu schlecht, dass es Graham sein wird, der es mir schenkt.«

»Wenn er noch kann«, murmelte ich, während ich mich erinnerte, wie befriedigend sich der Tritt in seine Weichteile angefühlt hatte; zumindest im ersten Moment.

Amber hatte mich glücklicherweise nicht verstanden und schwärmte weiter, während ich mich unauffällig an ihr vorbeischob. Ich wollte weder etwas über Grahams beeindruckende Bauchmuskeln hören, die er bei jeder Gelegenheit zur Schau stellte, noch darüber nachdenken, wie gut er bestückt war. Je weniger ich von dem Fiesling und seinen Freunden sah, desto besser.

Nachdem Amber ein Ende gefunden hatte, nickte ich ihr freundlich zu, dann legte ich endlich das letzte Stück des Weges zurück.

In der Mühle war es dämmrig, und es roch nach einer Mischung aus feuchtem Holz und frischem Getreide. John Mill war gerade dabei, mehrere Säcke neben der Eingangstür aufzuschichten, und die Luft war durchdrungen von feinem Mehlstaub, der in der Sonne flirrte.

Bei meinem Eintreten verdüsterte sich seine Miene. Vielleicht hatte Amber die jüngsten Ereignisse vergessen oder verdrängt, doch das machte sie nicht ungeschehen.

Während sich John wortlos daranmachte, mir einige Tüten abzufüllen, ließ ich meine Blicke durch das Innere des Mühlenraums schweifen. Zuerst dachte ich, er wäre bis auf uns beide leer, doch dann entdeckte ich die zusammengekrümmte Gestalt in der Ecke, und eine Gänsehaut breitete sich auf meinen Armen aus. Das war das Schicksal, das auch Isaac bevorstand, sobald mein Vater den Exorzismus durchgeführt hatte.

Gabriel Mill, Johns jüngerer Bruder, hockte auf dem Boden und starrte mit seinem üblichen leeren Ausdruck vor sich hin. Seine Kleider waren verschmutzt, er hatte die Arme um seinen Oberkörper geschlungen, als würde er sonst auseinanderfallen, und wippte fast unmerklich vor und zurück.

Ich schluckte gegen den Kloß in meiner Kehle an und wich ein Stück zurück. Mit einem Mal empfand ich Beklemmung, als würde mir seine Anwesenheit die Luft zum Atmen nehmen, und gleichzeitig wuchs in mir der Wunsch, zu ihm zu gehen und ihn …

»Sieh ihn dir nur an.« Wie ein Peitschenknall zerriss Johns Stimme die dumpfe Stille. »Das ist es, was dein Vater mit den Menschen macht. Du kannst froh sein, dass du dem Nebel heil entkommen bist, kleine Faye. Ob er einen Exorzismus durchgeführt hätte, wäre es nötig gewesen? Bei seiner eigenen Tochter?«

Er lachte bitter auf, dann wandte er sich wieder dem Abwiegen zu, während Gabriel weiterhin den Blick ins Nichts gerichtet hielt. Noch vor zwei Jahren war er lebensfroh und jederzeit zum Scherzen aufgelegt gewesen. Dann hatte einer der Geister Besitz von ihm ergriffen. Ebenso wie Isaac Fletcher war Gabriel innerhalb kürzester Zeit unkontrolliert, bösartig und jähzornig geworden, sodass ein Exorzismus unumgänglich war. Vater hatte die überbordenden Emotionen durch Leere, die fiebrige Energie durch Taubheit ersetzt. Der Geist war durch unmenschliche Schmerzen bezwungen und schließlich durch die schiere Menge an Salz endgültig getötet worden. Die Gefahr war gebannt, doch Gabriel würde, ebenso wie alle anderen ehemaligen Gefäße, nie wieder zu seinem alten Ich zurückfinden. Sie waren sämtlicher Empfindungen beraubt. Ihr Verstand, verdrängt durch unerträgliche Qual, hatte sich so weit zurückgezogen, dass er nicht mehr zur Oberfläche fand. Sie bewegten sich mechanisch und abgehackt, wie ein aufgezogenes Spielzeug, dem jeglicher Lebenswille fehlte. Jedes Mal, wenn ich einen von ihnen nur von Weitem sah, überlief mich eine Gänsehaut. Am liebsten würde ich mich abwenden und ihre Existenz vergessen. Doch sie waren da. Die Verblassten. Menschen, von denen nicht mehr übrig geblieben war als eine leere Hülle. Menschen wie Gabriel Mill.

»Hier.« John drückte mir die beiden Stofftüten so fest gegen die Brust, dass ich nach hinten taumelte. »Und jetzt geh.«

Ohne zu zögern, drehte ich mich um, kam seiner Aufforderung nach und verließ den Mühlenraum. Sobald ich an der frischen Luft war und die Sonnenstrahlen mein Gesicht streichelten, konnte ich freier atmen. Die Besuche in der Mühle waren, nicht zuletzt wegen Gabriels Anwesenheit, immer unheimlich, doch heute hatte mir die Begegnung noch mehr zugesetzt als sonst.

Ich atmete einige Male tief durch, um die Beklommenheit ein wenig abzuschütteln, dann machte ich mich auf den Heimweg, um Mutter endlich das versprochene Mehl zu bringen.

Den restlichen Morgen und einen Großteil des Nachmittags verbrachten wir mit den Vorbereitungen für die Salzwende, die so viel Aufmerksamkeit in Anspruch nahmen, dass es bei oberflächlichen Gesprächen blieb. Zwar genoss ich es, mit meiner Mutter Zeit zu verbringen, doch mit ihr konnte ich über die Dinge, die mir im Kopf herumgingen, nicht reden. Nicht zum ersten Mal wünschte ich mir, eine beste Freundin zu haben, so wie es bei den anderen Mädchen im Dorf der Fall war. Jemanden, mit dem ich über meinen ersten Kuss sprechen und dem ich meine Angst vor dem nahenden Exorzismus anvertrauen konnte. Hana war das, was einer solchen Freundin am nächsten gekommen war, doch sie hatte ich verloren.

Gegen Abend zog ich mich zurück, um mich für das große Festbankett, das dem Feuer voranging, fertig zu machen. Ich nahm mir die Zeit, mich ausgiebig von Schmutz und Staub des Tages zu befreien, und pflegte meine Haut im Anschluss mit einer duftenden Creme aus Lavendel und Fenchel. Dann flocht ich mein blondes Haar zu einem dicken Zopf, in den ich einige hellblaue Bänder mit einwob, die zur Farbe meiner Augen passten und einen hübschen Kontrast zu dem Grau meines Kleides bildeten. Zwar wusste ich, dass ich nur am Rand stehen würde, aber immerhin bestand die Möglichkeit, kurzzeitig Ezras Blick einzufangen, bevor er mit einer Frau verschwand, die alt genug war.

Der Gedanke versetzte mir einen Stich, ebenso wie das Wissen, dass er deutlich mehr Erfahrung hatte als ich. Ezra war neunzehn, und die Salzwende fand viermal im Jahr statt. Das bedeutete, dass er schätzungsweise mit acht Frauen zusammen gewesen war. Mindestens. Es war ein Wunder, dass er noch keine Nachkommen gezeugt – oder sich zumindest nicht zu diesen bekannt hatte. Wobei, ich schätzte Ezra nicht so ein, dass er nach der Salzwende sämtliche Verantwortung von sich schieben würde. Er würde zu einem Kind stehen, vielleicht sogar einer Hochzeit einwilligen, wie es bei vielen Paaren der Fall war, die sich auf diese Weise gefunden hatten.

Ich presste die Lippen aufeinander. Es nutzte nichts, sich deshalb den Kopf zu zerbrechen. Drei Monate und ich würde auch dabei sein. Drei Monate und es würde zumindest eine Chance bestehen, dass Ezra mein erster Mann sein könnte.

»Faye?«

Mutters Stimme holte mich aus den Träumereien, und ich spürte, wie mir Hitze in die Wangen stieg.

Sie durchquerte mein Zimmer und stellte sich neben mich, sodass mir ihre Augen, die den gleichen Farbton aufwiesen wie meine eigenen, aus dem kleinen Tischspiegel entgegenblickten. Ich hatte ihn zu meinem sechzehnten Geburtstag von ihr bekommen, und er gehörte zu meinen wertvollsten Besitztümern.

»Du siehst sehr hübsch aus.« Mutter lächelte mich liebevoll an. »Dein Vater und ich werden uns auf den Weg machen. Unser Tisch steht wie immer neben dem der Jacobs.«

Ich unterdrückte ein Stöhnen. Die Jacobs. Ambers Eltern. Natürlich. Somit durfte ich hautnah miterleben, wie sie sich bei ihrer ersten Salzwende anstellte. Vielleicht würde sie sogar mit Ezra tanzen …

Der Gedanke ließ mich heftig schlucken, und für einige Sekunden kämpfte ich gegen die aufsteigende Eifersucht an. Glücklicherweise war meine Mutter bereits im Begriff, mein Zimmer zu verlassen, sodass sie nichts von meinem plötzlichen Stimmungswechsel bemerkte. Ich atmete mehrfach tief durch, straffte die Schultern und warf meinem Spiegelbild ein aufmunterndes Lächeln zu. Ich würde den heutigen Abend irgendwie überstehen, und ich würde mich bemühen, eine angenehme Gesellschaft zu sein. Es war ohnehin nicht klar, wie ausgelassen heute gefeiert werden würde. Hanas gewaltsames Ende lag erst wenige Tage zurück, und morgen Abend stand der Exorzismus Isaacs an. Selbst wenn Salwood häufiger derartige Verluste zu beklagen hatte, blieb der Abschiedsschmerz gleich. An den Tod konnte man sich nicht gewöhnen.

Als ich ins Freie trat, war das Festessen schon in vollem Gange. Aus den Häusern rings um den Dorfplatz waren Tische und Stühle ins Freie gebracht worden, die mit Unmengen an Essen und Getränken beladen waren. Ganz Salwood hatte gekocht, gebacken und vor allem gesalzen, und ein Blick auf die Auswahl gut gewürzter Speisen ließ mir das Wasser im Mund zusammenlaufen. Drei Monate lang lebten wir fast enthaltsam, nahmen nur so viel Salz zu uns, wie für unsere Gesundheit nötig war, sodass die Salzwenden die Höhepunkte des Jahres darstellten. In der Luft lag der Geruch von gebratenem Fleisch und süßen Backwaren, und der Dorfplatz war von Stimmen und Gelächter erfüllt.

Ich nahm zwischen den Jacobs und meinen Eltern Platz, grüßte freundlich in die Runde und ignorierte Amber, die es offensichtlich kaum erwarten konnte, ihre Aufregung mit jemandem zu teilen. Schon jetzt waren ihre Wangen gerötet, und ihre Augen funkelten fiebrig. Gut möglich, dass sie bereits von dem Kartoffelschnaps gekostet hatte, an dem sich die Erwachsenen gütlich taten.

Ich griff nach meinem Teller, ließ mir von meiner Mutter ein großzügiges Stück Braten, der in einer dunklen Soße schwamm, auftun, und ergänzte ihn um weitere Köstlichkeiten wie in Salz und Honig geröstete Nüsse und gebackenen Kürbis.

In den folgenden Minuten gab ich mein Bestes, das Essen zu genießen und Ambers Geplapper auszublenden. Vermutlich würde ich aufmerksamer zuhören, wenn wir wirklich befreundet wären, doch ich wusste, dass sie nur mit mir sprach, weil sie gerade keine Alternative hatte.

Je weiter der Abend voranrückte, desto ausgelassener wurde die Stimmung. Entgegen meiner Erwartung schien niemand an das Schicksal Hanas zu denken – mit Ausnahme der Davonports, die sich bereits sehr früh entschuldigt hatten, um in ihr Haus zurückzukehren.

Mittlerweile war das Essen größtenteils beendet, sodass sich das Interesse nach und nach dem großen Holzhaufen zuwandte, der im Zentrum des Platzes errichtet worden war.

Als James Morris, Vince' Vater und oberster Salzträger, mit einer brennenden Fackel in die Mitte schritt, kehrte erwartungsvolle Stille ein. Ich musste zugeben, dass es ein beeindruckendes Bild abgab. Morris hielt die Fackel hoch über seinen Kopf, und ihr Schein ließ das Licht der Öllaternen fast verblassen. Langsam senkte er sie ab, bis sie das trockene Reisig berührte und sofort in Brand steckte. Die Hitze breitete sich aus, und wenig später war die einsame Flamme zu einem prasselnden Feuer geworden, dessen Zungen bis hinauf in den schwarzen Himmel leckten.

Der zweite Teil des Festes hatte begonnen, und alle Männer und Frauen im fruchtbaren Alter sammelten sich um das Salzfeuer. Die Paare unter ihnen würden während des Tanzes gemeinsam verschwinden, und die Verbleibenden würden einander für die Nacht erwählen. Ich erkannte Vince und direkt daneben Ambers dunkelbraunen Haarschopf. Unauffällig ließ ich meine Blicke weiterwandern, während ich gleichzeitig hoffte und fürchtete, Ezra zu entdecken. Der Gedanke an ihn ließ mein Herz schneller schlagen. Allerdings konnte ich mir lebhaft vorstellen, wie es sich anfühlen würde, wenn er letztendlich mit einer anderen das Feuer verließ.

Statt in Ezras schiefergraue sah ich jedoch in braune Augen, die mich derart hasserfüllt musterten, dass mich ein Schauder überlief.

Graham Hunt. Er schien sich zügig erholt zu haben. Bis auf eine leichte Schwellung in seinem Gesicht war nichts mehr von seiner heroischen Kalb-Rettungsaktion zurückgeblieben. Trotzdem schien er nachtragend zu sein, und obwohl ich meine Tat nach wie vor nicht bereute, erfüllte mich ein ungutes Gefühl. Sein finsterer Gesichtsausdruck in Kombination mit seiner muskulösen Gestalt wirkte ziemlich bedrohlich.

Zum Glück setzte Morris im nächsten Moment zu der üblichen Salzwende-Ansprache an, und ich konnte spüren, wie sich mein Vater neben mir versteifte.

»Diese Fleischbeschau ist ekelhaft«, murmelte er. »Natürlich ist der sexuelle Akt für den Fortbestand des Dorfes nötig, aber man könnte es weniger anzüglich gestalten.«

Mutter nickte stumm, wie immer seiner Meinung, während ich die Vorgänge weiterhin mit undurchdringlicher Miene verfolgte. Vaters Verärgerung gehörte ebenso zur Salzwende wie das Festessen oder der anschließende Tanz, und ich machte mir jetzt schon Sorgen, wie er reagieren würde, wenn er seine eigene Tochter zum Feuer schicken musste.

Nachdem seine Beschwerde ein Ende gefunden hatte, richtete ich meine Aufmerksamkeit wieder auf Morris, der jetzt ankündigte, dass diese Nacht den jungen Erwachsenen gehörte, für die es heute keine Regeln gab.

Unter allgemeinem Stühlerücken standen wir auf, und während die Trommeln einsetzten und in einen intensiven, dumpfen Rhythmus verfielen, zu dem sich die Teilnehmer der Salzwende bewegten, widmeten wir uns dem Aufräumen. Zum letzten Mal. In drei Monaten würde ich unter den Tanzenden sein.

Gemeinsam mit meinen Eltern trug ich Teller und Tassen auf Holztabletts zurück zu unserem Haus und half anschließend meinem Vater dabei, unsere Stühle und ebenso den Küchentisch wieder ins Innere zu bringen.

Während Mutter und ich einen Korb mit schmutzigem Geschirr zusammenstellten, das ich morgen nach der Sonntagsmesse am Bachufer spülen würde, zog sich mein Vater bereits zurück. Es war spät, und an den Rufen und dem ausgelassenen Lachen, das von draußen zu hören war, konnte ich erkennen, dass die Salzwende ihren Höhepunkt erreicht hatte. Nun würden sich die ersten Paare finden. Nun würde Ezra …

Ich biss mir auf die Lippen. Nicht darüber nachdenken.

»Weißt du, wo das große Fleischmesser ist?« Mutter richtete sich auf und rieb sich den Rücken.

Bedauernd schüttelte ich den Kopf, woraufhin sie die Stirn runzelte.

»Ich habe es benutzt, um den Braten aufzuschneiden«, murmelte sie. »Aber seitdem habe ich es nicht mehr gesehen.«

»Soll ich es suchen?«, bot ich an, obwohl ich nicht die geringste Lust hatte, zum Feuer zurückzukehren. »Vermutlich ist es beim Abräumen vom Tisch gerutscht.«

Mutter verzog missmutig den Mund, nickte dann aber. »Ja, bitte. Es ist zu kostbar, als dass es über Nacht draußen liegen sollte.«

»In Ordnung«, erwiderte ich, klopfte mir den Staub vom Kleid, unterdrückte ein Gähnen und schob die aufkeimende Beklommenheit weit weg. »Bis gleich.«

8 – FAYE

Keine Regeln

Nur wenige Minuten später befand ich mich auf dem Weg zum Dorfplatz. Die Augen hielt ich fest auf den Boden gerichtet, um trotz der Dunkelheit das Messer zu erkennen, sollte es tatsächlich auf dem Weg verloren gegangen sein. Stahl war ein wertvolles Gut in Salwood, zudem wusste ich, dass Vater toben würde, sollte das Messer nicht wieder auftauchen.

Mit jedem Schritt konnte ich den Rhythmus der Trommeln stärker spüren, der bis tief in meinen Bauch hinein vibrierte. Obwohl ich neugierig war, zwang ich mich dazu, der feiernden Menge keine Beachtung zu schenken und stattdessen schnellstmöglich unseren ehemaligen Platz zu erreichen, ohne dabei von jemandem angesprochen zu werden.

Auch hier fehlte von dem Messer jede Spur, sodass ich mich umgehend auf den Rückweg machte. Ein verstohlener Blick Richtung Feuer zeigte, dass sich die Zahl der Tanzenden verringert hatte, und ich konnte mir in etwa vorstellen, was in den Gassen, Scheunen und auf den angrenzenden Feldern Salwoods gerade los war.

Ich biss die Zähne zusammen, so fest, dass mein Kiefer knackte, und konzentrierte mich auf den Boden vor mir in der Hoffnung, ich würde das Messer doch noch finden. Stück für Stück entfernte ich mich vom wärmenden Schein des Feuers, und ich ärgerte mich, dass ich mein Tuch nicht mitgenommen hatte, denn mittlerweile war es empfindlich kühl. Vielleicht sollte ich morgen bei Tageslicht …

Überraschend prallte ich gegen einen unerwarteten Widerstand und konnte mich nur im letzten Moment wieder fangen.

Mein Kopf ruckte hoch, und ich blickte in ein Augenpaar, das mich mit einer Mischung aus Triumph und Geringschätzung musterte.

Graham Hunt.

Unbehagen stieg in mir auf, und ich verfluchte mich dafür, nicht vorsichtiger gewesen zu sein. Statt auf die Umgebung hatte ich bloß auf den Boden geachtet. Ein böser Fehler, wie mir jetzt klar wurde. Andererseits hatte ich noch nie wirkliche Feinde in Salwood gehabt – bis zum gestrigen Abend zumindest.

»Suchst du das hier?« Graham hob den Arm, und der Stahl einer Klinge blitzte im Schein der Flammen rot auf.

Immerhin wusste ich jetzt, wo unser Fleischmesser abgeblieben war.

»Graham.« Meine Stimme war nicht mehr als ein Flüstern. Ich wollte zurückweichen, doch bevor ich mich nur einen Millimeter bewegt hatte, umschlossen seine Finger mein Handgelenk. Unnachgiebig. Fast brutal.

»Nicht so schnell.«

Ohne Vorwarnung zerrte er mich mit sich, sodass mir nichts anderes übrig blieb, als ihm in eine der dunklen Gassen zwischen den Häusern zu folgen.

Sobald wir uns komplett im Schatten befanden, gab er mir einen groben Stoß, und ich prallte rücklings gegen die Hauswand. Mein Hinterkopf knallte an den harten Stein, und ich stöhnte auf.

»Kein Laut.« Plötzlich war Graham vor mir und fixierte mich mit der ganzen Kraft seines Körpers. »Sonst machst du nähere Bekanntschaft mit eurem Messer. Sicher schärft es dein Vater regelmäßig, oder?«

Mein Unbehagen wurde zu nackter Angst. Warum war er nicht am Feuer? Die Frauen dort, allen voran Amber, buhlten um seine Aufmerksamkeit. Weshalb war er hier?

In mir stieg ein böser Verdacht auf. »Lass mich in Ruhe.« Die Worte kamen zu schwach über meine Lippen.

Statt meiner Aufforderung nachzukommen, stieß Graham ein höhnisches Lachen aus. »So wenig wehrhaft?«, fragte er provozierend, während er mit der Spitze der Klinge über meine Wange, meinen Hals und anschließend zwischen meinen Brüsten hindurchfuhr. »Das sah gestern Abend aber ganz anders aus.«

»Graham«, versuchte ich erneut zu ihm durchzudringen und wand mich leicht in seinem Griff. »Bitte. Hör auf. Ich habe erst nächsten Monat Geburtstag. Ich darf noch nicht …«

»Keine Regeln, Faye.«

Er setzte die Spitze des Messers an meine Kehle, und ich erstarrte. Ein wenig Druck, ein unbedachtes Zucken, und ich würde nicht mehr nach Hause zurückkehren. Nie mehr.

»Außerdem glaube ich dir nicht, dass du noch unberührt bist. Wobei haben wir dich und Ezra gestört, hm? War sicher nicht das erste Mal, so vehement wie du ihn verteidigt hast.«

Er packte mich im Nacken, trat einen Schritt zurück und drehte mich in einer schnellen Bewegung um, sodass meine Brust gegen die Wand gepresst wurde. Meine Wange schrammte über den rauen Stein, und eine erste Träne löste sich aus meinem Augenwinkel.

Graham schob mein Haar zur Seite, positionierte das Messer in meinem Nacken und führte es nach unten. Ich hörte, wie die Klinge durch den Stoff meines Festkleides glitt, und das scharfe Brennen verriet, dass dabei auch die darunterliegende Haut nicht unversehrt blieb. Das Untergewand, mein Leibchen, die Bänder meiner Stoffkorsage – alles fiel seinen Schnitten zum Opfer.

Mittlerweile hatte mich die Angst voll im Griff, erfüllte mich ebenso wie gestern die grenzenlose Wut. Ich zitterte so stark, dass meine Zähne aufeinanderschlugen, und meine Wahrnehmung war von reinem Entsetzen erfüllt, das alle anderen Emotionen verdrängte. Ich wollte mich wehren, schreien, um mich schlagen, doch ich war wie gelähmt.

»Halt besser still«, riet er mir höhnisch, obwohl ich mich nicht rührte. Erneut spürte ich das Messer an meinem Hals, und ich schluchzte auf. Er würde sich rächen für die Bloßstellung am Vorabend. Er würde mir wehtun.

Hektisch sog ich die Luft ein, trotzdem schien der Sauerstoff meine Lungen nicht zu erreichen. Ich hatte Angst. Vor dem Schmerz, vor der Demütigung, vor Graham selbst.

Er verlagerte seine Position, drückte mich mit seinem Körpergewicht weiter an die Wand, während er mit der freien Hand mein Kinn umschloss. Grob drehte er mein Gesicht in seine Richtung und beugte sich vor. Sein heißer, alkoholgeschwängerter Atem strich über meine Lippen. Der Gedanke, dass er mich in Kürze küssen würde, ließ Übelkeit in mir emporsteigen, und ich spannte mich unwillkürlich an. Oh Gott. Ich wollte nicht. Ich wollte das nicht.

Seine Finger gruben sich fest in meine Haut, hinderten mich am Ausweichen, und ich biss mir so fest auf die Innenseiten meiner Wangen, dass mich ein stechender Schmerz durchzuckte. Zentimeterweise näherte er sich meinen Lippen, und ich schloss gequält die Augen. Keine Chance.

Dann erklang eine Stimme, die dafür sorgte, dass mich

Erleichterung erfüllte, so heftig, dass meine Knie fast unter mir nachgaben.

»Zurück, du Arschloch. Lass sie los.«

Innerhalb von Sekunden verschwand Grahams Gewicht, das mich gegen die Wand gedrückt hatte. Ich rührte mich vorerst nicht, gab keinen Mucks von mir und kämpfte gegen die jäh aufflackernde Hoffnung an, die von mir Besitz ergriff.

Ezra. Er war mir zu Hilfe gekommen.

Ich war frei.

Halt suchend legte ich die Handflächen an den kühlen Stein und drehte mich vorsichtig um. Während sich mein Blick an Ezras hochgewachsener Gestalt förmlich festsaugte, griff ich in meinen Rücken, um mein Kleid, so gut es ging, zusammenzuhalten.

»Was mischst du dich ein?« Graham hatte sich offensichtlich von Ezras überraschendem Auftauchen erholt und ging nun zum Gegenangriff über. Seine Augen funkelten aufgebracht im Schein der Öllaterne, die Ezra mitgebracht hatte. »Bist du eifersüchtig? Hat es dir nicht gereicht, dass du sie gestern gefickt hast? Willst du sie für dich allein?«

»Hau ab.« Zwei Silben. Kalt und kontrolliert.

Grahams Reaktion war das Gegenteil. Er stieß ein verärgertes Grollen aus, dann stürzte er sich auf Ezra. Dieser wiederum war auf den Angriff vorbereitet, fasste nach Grahams Handgelenk und drehte es ihm in einer fast eleganten Bewegung auf den Rücken.

Graham gab ein gequältes Keuchen von sich und ging leicht in die Knie, um dem Druck zu entgehen. Mit einem Klappern fiel das Messer zu Boden, und Graham gab ein unterdrücktes Zischen von sich. In dieser gekrümmten Haltung, das Gesicht zu einer Grimasse verzogen, wirkte er nicht halb so bedrohlich wie zuvor. Ganz im Gegensatz zu Ezra, der ihn scheinbar mühelos unter Kontrolle hielt und Grahams Zorn nutzte, um auch noch sein zweites Handgelenk zu fixieren. Allmählich wurde mir klar, wie viel Kraft sich in seinem sehnigen Körper befand.

Graham versuchte sich aus Ezras Griff zu winden und trat um sich, doch dieser hatte sich so geschickt hinter ihm positioniert, dass seine Gegenwehr erfolglos war.

»Verdammter Bastard«, fluchte Graham, während er einen erneuten Befreiungsversuch unternahm. »Wen hätte es schon gestört, wenn sie eine Abreibung bekommen hätte? Ich wollte ihr nur ein wenig Angst machen. Die kleine Schlampe hatte mich angegriffen. Sie hat es verdient, dass …«

Seine letzten Worte gingen in einem Schmerzensschrei unter, denn Ezra verstärkte seinen Griff, sodass ein leises Knacken ertönte.

»Du brichst mir die Schulter.« Jetzt klang Graham eher jämmerlich als wütend. »Wenn du nicht locker lässt, brichst du mir die Schulter.«

»Entschuldige dich.«

Meine Augen weiteten sich, und auch Graham wirkte vollkommen überrumpelt.

»Was? Scheiße, Ezra! Es ist die Nacht der Salzwende! Keine Regeln! Ganz sicher werde ich nicht …«

»Entschuldige dich«, wiederholte Ezra ruhig, und an Grahams gepeinigtem Ächzen war zu erkennen, dass er den Druck weiter verstärkt hatte.

»Okay.« Er klang atemlos und zittrig gleichermaßen. »Faye. Es … es tut mir leid, dass ich dich bedrängt habe.«

»Und?« Ezra war gnadenlos.

»Und dass ich dich beschimpft habe. Dass ich dir Angst gemacht habe. Dass ich dich mit dem Messer bedroht habe«, fuhr Graham hastig fort, ganz offensichtlich in Sorge darüber, dass Ezra die Geduld verlieren könnte. »Ich werde dich in Ruhe lassen. Ich schwöre es.«

Für einen Moment wartete Ezra ab, dann gab er Graham frei, der sofort einige Schritte Abstand nahm und sein Gegenüber so misstrauisch musterte, als wäre jederzeit mit einem weiteren Angriff zu rechnen.

»Verschwinde, Graham«, sagte Ezra kühl. »Und lass die Finger von Faye und allen anderen Frauen, die deine Aufmerksamkeit nicht wünschen.«

Graham sah ihn feindselig an, verzichtete aber auf eine Erwiderung. Stattdessen drehte er sich ruckartig um und wurde wenig später von der Dunkelheit verschluckt.

»Wieso …«, fing ich an, während ich Ezras Blick suchte. Im Schein der Öllaterne wirkte das Grau seiner Augen wie flüssiges Blei. »Weshalb bist du nicht …«

Ich verstummte, weil mir bewusst wurde, wie übergriffig diese Frage war.

Weshalb bist du nicht mit einer anderen Frau zugange, um die Salzwende zu feiern?

Mein nächster Gedanke ließ mich fast zusammenzucken, und ich reckte den Hals, um über Ezras Schulter in den Schatten zu spähen.

»Ich bin allein, Faye«, sagte er mit unüberhörbarer Belustigung. »Niemand wartet auf mich.«

Ich versuchte mich an einem halbherzigen Lächeln, während Verlegenheit in mir emporstieg. Selbst wenn irgendwo jemand ungeduldig auf Ezra warten würde, ginge es mich nichts an.

»Ich habe gesehen, wie du das Feuer umrundet und offensichtlich nach etwas gesucht hast. Ebenso ist mir Graham aufgefallen, der das mit viel zu viel Interesse beäugt hat dafür, dass du nicht nur seiner Nase, sondern auch seinem Stolz einen heftigen Dämpfer verpasst hast. Er ist dir gefolgt und ich ihm. Zum Glück.«

»Danke.« Ich atmete zittrig aus und spürte, wie die tosende Angst allmählich abflachte. »Danke, dass du eingegriffen und mich verteidigt hast. Er hätte …« Ich schloss kurz die Augen. »Ich hatte Angst, dass er mich für die Salzwende erwählen würde«, umschrieb ich dann etwas abgrundtief Hässliches mit hübschen Worten.

»Du hättest ihm das Knie in die Eier rammen sollen«, stellte Ezra fest, was mir ein resigniertes Seufzen entlockte. »Oder eins auf die Nase geben. So wie gestern.«

»Gestern war ich wütend, weil die Salzträger so verdammt unfair waren. Aber heute … Ich war wie gelähmt. Es war, als gäbe es in mir keine andere Empfindung mehr als alles überstrahlende Panik. Als wäre ich reduziert auf dieses eine Gefühl, das alles andere erdrückt hat.«

Ezra musterte mich nachdenklich.

»Ich hatte unser Fleischmesser gesucht«, fügte ich hinzu und fröstelte. Nachdem das Entsetzen etwas abgeflaut war, strich die Nachtluft unangenehm kühl über die bloße Haut meines Rückens. »Graham hat es gefunden. Mein Kleid …« Ein Zittern überlief mich, und plötzlich musste ich gegen die Tränen ankämpfen. »Er hat mich mit dem Messer bedroht und mein Kleid aufgeschnitten.« Meine Stimme brach, und die Erinnerung an die Angst, den brennenden Schmerz und die damit verbundene Demütigung sorgte dafür, dass meine Augen überliefen.

Ezra zögerte nicht. Er machte einen Schritt auf mich zu und schloss mich in eine feste Umarmung, mein Kopf an seiner Brust, sein Kinn auf meinem Scheitel.

»Schon gut«, flüsterte er. »Du bist in Sicherheit. Ich halte dich fest. Schon gut.«

Und er hielt Wort, ließ mich nicht los und wartete geduldig, bis mein verzweifeltes Weinen zu heiseren Schluchzern geworden war, während ich mich vollkommen in seine Umarmung fallen ließ.

Nach einigen Minuten gelang es mir, mich auf die Wärme seines Körpers, auf den kräftigen Schlag seines

Herzens zu konzentrieren, der auch noch die letzte Kälte vertrieb.

Erst jetzt realisierte ich, dass er in leichten Kreisen über meinen Rücken fuhr und dabei immer wieder meine bloße Haut berührte. Es fühlte sich gut an, was er tat. Sehr gut. Mit jeder Sekunde, die verging, wurde mir seine Nähe bewusster. Es wäre so einfach, ihn zu küssen. Ich müsste ihm lediglich das Gesicht zuwenden und mich auf die Zehenspitzen stellen, dann könnte ich mühelos seine Lippen erreichen. Obwohl meine Wangen noch feucht waren, spürte ich eine kribbelnde Hitze in mir aufsteigen, die gerade alles andere als passend war. Ezra tröstete mich, und ich hatte nichts Besseres zu tun, als mich der Fantasie eines weiteren Kusses hinzugeben? Und das, obwohl mich Graham Hunt gerade bedroht hatte? Ich war wirklich ein Opfer meiner Emotionen, und ich sollte das hier beenden, bevor ich etwas tat, das ich bereuen würde.

Ohne dass ich es formulieren musste, spürte Ezra die Veränderung, gab mich frei und wich zurück. Sofort schwand die Wärme in meinem Innern, sodass ich ihn am liebsten erneut an mich gezogen hätte.

»Es tut mir wirklich leid«, murmelte ich beschämt. »Ich bin total durcheinander. Die gesamte Woche war furchtbar. Hanas Verlust, der Ärger mit den anderen, der Besuch bei Isaac. Noch dazu ist mein Vater unglaublich wütend wegen dem, was vorgefallen ist. Ich bin nervlich einfach angeschlagen.«

»Du musst dich nicht entschuldigen«, erwiderte Ezra, der mir noch immer viel zu nah war. Als hätte er meine Gedanken gehört, trat er einen Schritt zurück und betrachtete mich mit schräg gelegtem Kopf.

»Du warst bei Isaac?«, hakte er nach.

Ich nickte. »Vater wollte mir vor Augen führen, wie dumm es war, in den Nebel zu gehen.«

»Das war es wirklich.« Ezra fuhr sich durch sein ohnehin schon unordentliches Haar und zerzauste es damit noch weiter.

»Ich weiß, und ich wusste es bereits vor der Aktion. Aber ich hatte zu viel Angst, die anderen gegen mich aufzubringen. Eigentlich wollten sie mich gar nicht einweihen, ich stand nur zufällig in der Nähe, woraufhin sie mich gezwungenermaßen eingeladen haben. Und ich wollte dazugehören.« Ich schüttelte den Kopf. »Selten dämlich, ebenso wie nicht die Wahrheit zu sagen, als man dir die gesamte Verantwortung zugeschoben hat. Es tut mir –«

»Das haben wir schon geklärt«, unterbrach mich Ezra mit einem halben Lächeln. »Du hast dich auf eine recht außergewöhnliche Art entschuldigt«, fügte er unschuldig hinzu, und seine grauen Augen glitzerten verschmitzt.

»Jedenfalls soll ich Vater morgen beim Exorzismus assistieren«, fuhr ich tapfer fort, »und das macht mir zu schaffen.«

Sofort wurde Ezra wieder ernst. »Beim Exorzismus?

Du sollst dabei sein?« In seiner Miene blitzte Sorge auf.

»Ja. Und ich habe grauenhafte Angst.«

»Kann ich verstehen. Hätte ich auch.«

Für einige Sekunden herrschte Schweigen. Es war schön, dass Ezra dies so offen zugab. Schön und verdammt beunruhigend.

»Aber die Exorzismen sind nötig«, durchbrach Ezra schließlich die Stille, woraufhin ich gegen die aufsteigende Bitterkeit ankämpfte.

»Wie kann eine solche Grausamkeit nötig sein? Die Schreie … sie verfolgen mich schon jetzt in meinen Albträumen, obwohl ich sie nur durch dicke Mauern gehört habe. Wenn ich morgen direkt dabei bin …« Ich erschauderte, straffte dann aber die Schultern und sprach weiter. »Er quält die Gefäße, Ezra. Und auch wenn ein Geist von ihm Besitz ergriffen hat, ist Isaac immer noch in diesem Körper. In diesem Körper, dem mein Vater unvorstellbare Schmerzen zufügt.«

»Ich weiß.« Ezra schluckte. »Aber er tut das zum Schutz des Dorfes. Wenn dein Vater nicht wäre, hätten uns die Geister längst überrannt. Erinnerst du dich noch an den Abend, an dem Alistair mit seiner Axt zwei der Ältesten getötet hat, weil seine Besessenheit unbemerkt geblieben war? Oder als ein Besessener ohne Salzschutz gestorben und der Geist unbemerkt in einen anderen Körper übergegangen ist? Das würde deutlich häufiger geschehen, wenn sich der Reverend nicht um die Gefäße kümmern würde. Es ist etwas, womit wir leben müssen, Faye. Salwood ist nicht wie die anderen Dörfer, von denen in den Schriften berichtet wird.«

»Das stimmt wohl«, gab ich zu, während ich realisierte, dass Ezra einer der wenigen jungen Männer war, der ebenso viel, wenn nicht mehr, gelesen hatte wie ich.

»Du könntest noch mal das Gespräch mit deinem Vater suchen und ihn bitten, dich nicht dazu zu zwingen.«

»Das ist zwecklos. Er hat mich am Donnerstag in Isaacs Zelle eingeschlossen, ohne mit der Wimper zu zucken.«

Ezra zog scharf die Luft ein. »*Was?* Er hat dich mit einem Besessenen allein gelassen?«

»Es bestand keine Gefahr. Isaac hat mich lediglich beleidigt«, besänftigte ich ihn, während ich versuchte, Isaacs Worte aus meiner Erinnerung zu vertreiben. »Und er hat einige echt ekelhafte Dinge gesagt«, schloss ich vage, während mir Hitze in die Wangen stieg.

»Das tut mir leid.« Ezra schien meine Befangenheit zu spüren. Er machte einen Schritt auf mich zu, streckte den Arm aus, und ich wagte kaum zu atmen. Behutsam steckte er mir eine lose Haarsträhne hinters Ohr und strich anschließend mit den Fingerkuppen über meine Wange.

»Du schaffst das, Faye«, sagte er und zog die Hand zurück, als würde er seine Geste bereits bereuen.

Ich spürte der Wärme nach, die seine Berührung hinterlassen hatte, dann zwang ich mich zu einem Lächeln. »Ich sollte gehen, bevor sich Mutter sorgt.«

Vielleicht würde es mir gelingen, das zerrissene Kleid umzuarbeiten, sodass es keine Fragen aufwerfen würde.

Obwohl ich nichts dergleichen angedeutet hatte, verstand Ezra sofort. »Du willst es deinen Eltern nicht erzählen?«, vergewisserte er sich ungläubig. »Was Graham fast getan hätte? Was er sicher getan hätte, wäre ich nicht aufgetaucht?«

»Vater hat mehr als deutlich gemacht, dass er sich nicht mit den Salzträgern anlegen will. Graham genießt höchstes Ansehen im Dorf und soll irgendwann Morris' Position als oberster Salzträger übernehmen. Das würde unsere gesamte Familie in einen Konflikt bringen.«

»Wie du meinst.«

Obwohl Ezras Stimme vollkommen neutral klang, wusste ich, dass er enttäuscht war. Enttäuscht von meiner Schwäche und meinem fehlenden Rückgrat. Wieder einmal.

Ich unterdrückte ein Seufzen, dann bemühte ich mich, mein Kleid zu richten, um irgendwie den Heimweg antreten zu können, ohne dabei zu viele Einblicke zu bieten. Es war unmöglich, das wurde mir klar, schon bevor ich das belustigte Zucken um Ezras Mundwinkel sah.

Ich schob mich einige Schritte an der Hauswand entlang, darauf bedacht, mein Kleid an seinem Platz zu halten und ihm nicht den Rücken zuzudrehen.

»Warte«, sagte er bloß, und als ich wieder in seine

Richtung schaute, war er schon dabei, sich an seinem Hemd zu schaffen zu machen. Obwohl es alles andere als passend war, klebten meine Augen regelrecht an seinem Oberkörper, an jedem Zentimeter Haut, den der dunkle Leinenstoff freigab. Ezra ging schnell und effizient vor, löste die Schnürung und zog sich das Hemd in einer fließenden Bewegung über den Kopf.

Mit klopfendem Herzen betrachtete ich seine Brust, die im Licht der Öllampe schimmerte. Er war nicht muskelbepackt wie Graham Hunt, sondern eher von einer geschmeidigen Eleganz mit definierten Konturen, und ich musste mich beherrschen, nicht mit den Fingerspitzen darüberzufahren. Kurz fiel mein Blick auf die Spur dunkler Härchen, die in seinem Hosenbund verschwand, dann riss mich Ezras Stimme aus meinen Betrachtungen.

»Hier.« Er reichte mir das Hemd, war aber so taktvoll, mich nicht auf mein Starren hinzuweisen. Gott, was musste er von mir denken? Er hatte mich vor Grahams Übergriff gerettet, und nur wenige Minuten später schmachtete ich ihn an, als würde ich mit ihm gerne das zu Ende bringen, was Graham begonnen hatte. Würde er vielleicht sogar annehmen, ich hätte den aufdringlichen Salzträger ermutigt?

Ich schluckte die Verlegenheit hinunter, nahm das Hemd entgegen und zog es mir über den Kopf. Der Stoff war angenehm warm, und in ihm hing ein Hauch von frischem Holz und Kiefernnadeln. Sein Hemd zu tragen fühlte sich fast an wie eine Umarmung.

»Danke, Ezra«, sagte ich, nachdem ich mich von meiner Verlegenheit erholt hatte. »Nicht nur für dein Hemd, sondern für alles. Irgendwie scheinst du es dir zur Aufgabe gemacht zu haben, mich zu retten.«

Über sein Gesicht huschte ein undefinierbarer Ausdruck, doch bevor ich nachfragen konnte, glätteten sich seine Züge. Unvermittelt ging er in die Knie und griff nach dem Messer, das noch immer am Boden lag.

»Gern geschehen, Faye«, sagte er, während er zu mir aufsah und sich der düstere Schein der Laterne in seinen Augen spiegelte. »Pass auf dich auf.«

Er kam in den Stand hoch, gab mir das Messer und verschwand dann samt seiner Öllaterne in der Dunkelheit, bevor ich etwas erwidern konnte. Trotzdem spürte ich den ganzen Heimweg über seine Blicke auf mir, als würde er weiterhin auf mich aufpassen.

9 – FAYE

Der tiefste Schlund der Hölle

Der folgende Morgen war ziemlich fordernd, denn ich machte mich schon früh mit meiner Mutter auf den Weg zum Bach, um das Geschirr vom Vortag zu spülen. Glücklicherweise war es mir gestern Nacht gelungen, mich unbemerkt in mein Zimmer zu stehlen, sodass ich mich nicht für das zerrissene Kleid rechtfertigen musste. Mutter hatte das Wiederauftauchen des Messers erfreut zur Kenntnis genommen, hatte aber keine weiteren Fragen gestellt.

Am Flussufer trafen wir auf einige andere Frauen aus dem Dorf, und natürlich war die vergangene Salzwende Hauptthema des Gesprächs. Ich erfuhr, dass die Tochter des Dorfschmieds weinend nach Hause zurückgekehrt war, weil ihr kein Mann Beachtung geschenkt hatte, dass Keith Morris mit gleich zwei Frauen verschwunden war und dass Amber die große Ehre hatte, von Graham Hunt erwählt zu werden. Zu meiner Überraschung gelang es mir, einen neutralen, aber dennoch interessierten Gesichtsausdruck aufzusetzen, obwohl ich mich beim Gedanken an Graham, der zuerst mich bedrängt und dann mit Amber geschlafen hatte, am liebsten übergeben hätte. Ezras Name fiel in der Unterhaltung nicht, und ich war froh darüber. Ich wollte garantiert nicht wissen, mit wem er letztendlich verschwunden war.

Der restliche Tag verlief weniger aufreibend als der Morgen. Ich meisterte die Sonntagsmesse, das darauffolgende Essen und war im Anschluss mehr als dankbar, dass mich Vater dazu aufforderte, den Altarraum der Kapelle von Staub zu befreien. So waren meine Hände beschäftigt, und ich konnte nicht allzu viel nachdenken.

Die Beklommenheit, die mich seit dem Aufwachen begleitet hatte, entließ mich auch später nicht aus ihren Klauen. Im Gegenteil, je näher der Abend rückte, desto größer wurde meine Angst. Obwohl Vater nichts mehr wegen des anstehenden Exorzismus gesagt hatte, war ich sicher, dass sich nichts an seinem Entschluss geändert hatte.

Erst als die Dämmerung über Salwood hereinbrach, verließ ich die Kapelle und ließ den hölzernen Torflügel mit einem Knall hinter mir zufallen. Obwohl der Laut etwas Endgültiges hatte, wusste ich, dass ich in Kürze wieder zurückkehren musste.

Das Abendessen verlief in drückender Stille. Ich konnte den besorgten Blick meiner Mutter auf mir spüren, trotzdem sagte sie nichts. Es war wie immer. Vater kontrollierte alles, und Mutter beugte sich seinen Entscheidungen ohne Widerrede.

»Die Nacht bricht herein«, stellte Vater schließlich fest und stand auf, woraufhin meine Mutter sofort damit begann, das Geschirr zu stapeln.

»Faye«, sagte Vater scharf, als ich mich anschickte, ihr zu helfen. »Du weißt, dass du mich heute begleiten wirst. Deine Mutter wird sich allein um das Abräumen des Tisches kümmern.«

»Natürlich, Vater«, erwiderte ich. Meine Hände zitterten.

Er wandte sich ab, ging zur Tür, und ich folgte ihm, ohne zu zögern, obwohl sich alles in mir sträubte. Mittlerweile hatte er sich die dunkle Kutte übergestreift, die eigens für die Exorzismen bestimmt war. Aus weißem Stoff war Blut schwerer zu entfernen.

Zur Kapelle waren es nur wenige Meter, und viel zu früh betrat ich hinter meinem Vater den Innenraum. Unsere Schritte hallten von den Wänden wider, und die Luft fühlte sich kühl und schwer an. Trotz der Öllampe, die Vater trug, waren von Altar und Bänken bloß grobe Umrisse zu sehen, als wäre die Dunkelheit nicht bereit, sich verdrängen zu lassen. Die gesamte Atmosphäre war vollkommen anders als am Nachmittag, als sich sogar einige schwache Sonnenstrahlen einen Weg durch die Steinfugen gesucht hatten.

Gemeinsam gingen wir die Treppe hinab. Mit jeder der dreizehn Stufen schien die Temperatur weiter abzunehmen, sodass es mich nicht gewundert hätte, meinen Atem als kleine Wölkchen vor meinem Gesicht zu sehen.

Wir passierten den Raum mit den Schriften und drangen weiter in den feucht-kalten Gang vor. Ich hielt den Blick auf meine Fußspitzen gerichtet, erkannte aber trotzdem die dicken Holztüren, welche die Steine durchbrachen und hinter denen sich kleine Zellen befanden, die glücklicherweise leer standen. Alle bis auf eine.

Ein Schleifen ertönte, als Vater die drei Riegel zurückschob, die sein Arbeitszimmer verschlossen hielten. Er öffnete die Tür, dann drehte er sich zu mir um und schaute mich auffordernd an. Ich nahm meinen Mut zusammen, dann trat ich an ihm vorbei über die Schwelle und sah mich verstohlen im Raum um.

Als Erstes sprang mir der Holztisch, der an der gegenüberliegenden Wand in den Raum hineinragte und mit unzähligen Lederriemen versehen war, ins Auge. Anscheinend reichte es nicht aus, die Besessenen im Verlauf der Austreibung nur an Knöcheln und Handgelenken zu fesseln, denn der Tisch verfügte ebenso über Fixierungen für Beine, Arme, Torso und den Kopf und war noch dazu mit Eisenelementen mit dem Boden verschraubt.

Die Seiten des Raumes wurden von hohen Regalen und Schränken gesäumt, die vollgestopft waren mit einer Menge Dinge, über die ich lieber nicht nachdenken wollte. Die gesamte Atmosphäre sorgte dafür, dass es mir kalt den Rücken hinunterlief.

»Du wirst mir sowohl bei Vor- und Nachbereitung als

auch beim Exorzismus selbst helfen, und du wirst dabei eine aktive Rolle einnehmen«, sagte Vater, der meine Reaktion stumm beobachtet hatte.

Ich nickte, während ich gleichzeitig vergeblich gegen die aufsteigende Beklommenheit ankämpfte. Ein Teil von mir hatte gehofft, dass er bluffte, um mir eine Lektion zu erteilen, doch er meinte das wirklich ernst.

In den folgenden Minuten waren wir damit beschäftigt, verschiedene Instrumente, die aussahen, als wären sie einem Albtraum entsprungen, auf einem Holztablett anzuordnen. Etliche Messer, einige stumpf, andere dafür umso spitzer. Spreizer, die offensichtlich dazu da waren, Wunden offen zu halten. Eine Auswahl an Nadeln und grober Faden. Am schlimmsten jedoch war die eiserne Zange, die sich an den Enden etwas verbreiterte und deren Anblick nacktes Entsetzen in mir hervorrief.

Im Anschluss holte Vater aus einem der Schränke einen großen Tonbehälter, der mit einem Pfropfen verschlossen war. Auch ohne Erklärung war mir klar, dass es sich hierbei um das kostbarste Gut Salwoods handelte: reine Salzessenz.

Fast ehrfürchtig sah ich zu, wie Vater den Deckel löste und anschließend mehrere kleine Schalen mit den weißen Körnern füllte. Seine Bewegungen waren ruhig und routiniert. Sie vermittelten eine trügerische Sicherheit, trotzdem verursachte der Gedanke an das Salz und das, was er damit tun würde, Übelkeit.

»Eine letzte Vorbereitung fehlt noch.«

Vater verschloss sorgfältig den Deckel und stellte das Behältnis zurück, dann nahm er zwei kleine Fläschchen, die jeweils an einer dünnen Kette hingen und mit Salz gefüllt waren, aus einer Schublade.

»Du besitzt Talismane«, flüsterte ich ehrfürchtig.

Vater schnaubte. »Natürlich besitze ich Talismane. Ansonsten wäre es für den Geist zu leicht, mich selbst in Besitz zu nehmen. Ich befinde mich deutlich häufiger in Gefahr als die Salzträger.«

Er streifte zuerst mir, dann sich selbst eine Kette samt Talisman über den Kopf, dann ging er zur Tür.

»Ich werde Isaac holen. Du, Faye, bleibst hier und wartest. Zieh dir währenddessen den Kittel über, der unten links im Regal liegt, damit deine Kleidung geschützt ist.«

Ich schluckte, entgegnete jedoch nichts. Stattdessen wartete ich, bis er den Raum verlassen hatte, dann kam ich seiner Aufforderung nach.

Der Talisman lag schwer und unangenehm auf meiner Brust, und der dunkle Stoff des Kittels fühlte sich kratzig unter meinen Fingerspitzen an. Er verströmte einen seltsamen, leicht scharfen Geruch, doch bevor ich dem Ursprung auf den Grund gehen konnte, hörte ich, wie sich Schritte näherten. Meine Gnadenfrist war schneller beendet als erhofft.

Während Vater Isaac, dessen Hände hinter dem Rücken fixiert waren, in den Raum schob, drückte ich mich gegen eines der Regale. Er trug noch immer die komplett verdreckte Kleidung, die ich in der Zelle an ihm gesehen hatte, seine Haut war von einem blässlichen Grau, und sein Blick wirkte verschwommen. Ich fürchtete den Moment, in welchem er mich ansehen, vielleicht sogar ähnliche Anzüglichkeiten formulieren würde wie bei meinem letzten Besuch.

Mit einem dumpfen Geräusch schloss Vater die Tür, und ich bemerkte auf der Innenseite mehrere Riegel, die offensichtlich ungebetene Zuschauer fernhalten sollten. Ich konnte mir nicht vorstellen, dass es irgendjemanden gab, der freiwillig bei einem Exorzismus zugegen war.

Ich half Vater dabei, Isaac auf dem hölzernen Tisch zu fixieren und achtete dabei darauf, ihm nicht ins Gesicht zu sehen, um nicht zu provozieren.

Als ich schließlich zurücktrat und den mit insgesamt zehn Riemen gebändigten Isaac betrachtete, erfüllte mich ein Anflug von Erleichterung. Anscheinend war er heute friedlicherer Stimmung.

Ich hatte mich getäuscht.

»Faye.« Er schmatzte, dann leckte er sich mit der Zunge über die rissigen Lippen. »Wie schön, dich wiederzusehen.«

Unwillkürlich wich ich zurück, bis sich die Kante des Regals schmerzhaft in meine Hüfte bohrte. Bitte nicht noch mal. Nicht vor meinem Vater.

Isaacs Augen bewegten sich in ihren Höhlen. Obwohl er vorhin ins Leere gestarrt hatte, schien er genau zu wissen, wo ich mich befand, denn er brauchte nur Sekunden, bis mich sein Blick gefunden hatte.

»Du wurdest geküsst!« Er stieß ein lautes, fast hysterisches Kichern aus, und ich kämpfte mit allem, was ich hatte, um eine neutrale Miene zu bewahren.

»Wer war es, kleine Faye? Wer hat deinen Lippen die Unschuld geraubt?«

»Der Knebel«, sagte mein Vater kühl, doch ich war nicht in der Lage, mich zu rühren.

»Hast du es genossen? Hast du dich vielleicht sogar vögeln lassen?«

Ich krallte die Finger in den Stoff des Kittels, blieb ihm aber die Antwort schuldig. Weshalb wusste er über einige Aspekte Bescheid, während ihm andere verborgen blieben? Oder riet er bloß?

»Nein, das würde ich spüren«, fuhr er fort. »Ich kann alles spüren, was in dir vorgeht. Du und ich, wir sind uns ähnlich. Ich weiß, wie sehr du …«

»Faye! Der Knebel!«

Da ich noch immer keine Anstalten machte, tätig zu werden, trat mein Vater mit einem gereizten Ächzen neben Isaac. Dieser spuckte und knurrte, versuchte sogar, Vater zu beißen, doch der ließ sich nicht beirren und schob ihm mit einer routinierten Bewegung ein mehrfach vernähtes Lederplättchen in den Mund.

»Es hindert nicht nur am Sprechen, sondern schützt das Gefäß auch davor, sich während des Exorzismus die Zunge abzubeißen«, erklärte Vater, nachdem er sich vom korrekten Sitz des Knebels überzeugt hatte. Nichts in seiner Stimme deutete an, dass ihn Isaacs Worte erzürnt hatten, doch ich war mir sicher, dass sie irgendwann Thema werden würden.

Vater griff hinter sich und nahm eines der Messer von dem Holztablett, das er ohne Umschweife an Isaacs Kehle ansetzte. Ich schloss die Augen, um das folgende Blutbad nicht mit ansehen zu müssen. Ein Rascheln ertönte, gefolgt von dem Reißen von Stoff, und mir wurde klar, dass Vater lediglich Isaacs schmutzstarrendes Hemd aufschnitt. Ich öffnete die Lider und beobachtete, wie er das Messer mit ruhiger Hand über seinen Oberkörper zog, mit ausreichend Druck, dass der Stoff nachgab, aber nicht so fest, dass die darunterliegende Haut verletzt wurde. Es war irritierend, Vater so vorsichtig zu sehen, obwohl ich wusste, dass Isaac schon in wenigen Minuten vor Schmerzen schreien würde.

Nachdem er seine Brust freigelegt hatte, machte er sich daran, die Hemdsärmel aufzuschneiden, dann reichte er das Messer an mich weiter.

Auch ohne Aufforderung wusste ich, was von mir erwartet wurde, und ich folgte bei Isaacs Hose dem Beispiel meines Vaters. Als ich schließlich zurückwich, stand mir der Schweiß auf der Stirn, so sehr hatte ich mich bemüht, Isaac nicht zu verletzen.

Vater nahm das Messer entgegen und reichte mir stattdessen eine Schüssel mit Salz.

»Achte darauf, ausschließlich die nackte Haut zu treffen«, wies er mich an. »Wir können uns keine Verschwendung leisten.«

Ich beugte mich über Isaac, dessen Blick Richtung Decke gerichtet war, und nahm eine Prise Salz zwischen die Fingerspitzen. Meine Haut prickelte unangenehm, sodass ich mich beeilte, die feinen Körner auf Isaacs nackten Unterarm rieseln zu lassen.

Die Wirkung war viel drastischer, als ich erwartet hatte, denn im Moment des Kontakts brüllte Isaac auf wie ein verwundetes Tier, riss den Mund auf und versuchte trotz des Knebels nach mir zu beißen. Ein leises Zischen und seine Haut begann unmittelbar Blasen zu werfen. Der süßliche Geruch nach vergorenen Früchten erfüllte den Raum und sorgte dafür, dass Magensäure meine Kehle emporstieg.

Ich zuckte zurück, und spürte unmittelbar die Hand meines Vaters auf meiner Schulter.

»Faye«, sagte er warnend und drückte zu, sodass sich seine Finger schmerzhaft in meine Haut gruben.

Ich bemühte mich, den Gestank nach Verwesung auszublenden, der mittlerweile so stechend war, dass mir die Tränen in die Augen traten, und näherte mich Isaac erneut.

»Gleiche Stelle«, forderte mein Vater. »Wenn du wartest, verlängerst du unnötig seine Qual.«

Dieses Mal war Isaacs Reaktion noch heftiger, denn er warf sich gegen die Fesselung und gab ein Geräusch von sich, das wenig mit einem menschlichen Laut gemein hatte. Obwohl er mir leidtat, machte ich unbeirrt weiter, streute das Salz zuerst auf den restlichen Teil des

Arms, dann nahm ich mir die andere Seite und schließlich seine Beine vor. Lediglich Oberkörper und Gesicht durfte ich auf Anweisung meines Vaters hin auslassen.

Als ich meine Aufgabe erfüllt hatte, stellte ich die Schale auf dem Regal ab und bemerkte erst jetzt das Brennen, das die feinen Körner auf meiner eigenen Haut hinterlassen hatten. Meine Fingerspitzen waren rot und fühlten sich leicht gereizt an, und ich wischte sie unauffällig an den Seiten meines Kittels ab.

Vater beobachtete währenddessen Isaac, dessen anfängliches Brüllen und Zucken einem gequälten Wimmern gewichen war. Immer wieder versuchte er, durch ruckartige Bewegungen seinen Kopf oder seine Gliedmaßen zu befreien. Ich war froh, dass Vater die Riemen mehrfach kontrolliert hatte, denn Isaac war stark und muskulös. Erst jetzt fiel mir wieder ein, dass er noch bis vor wenigen Tagen zu den Salzträgern gehört hatte.

»Zu wenig«, stellte Vater fest. »Bei einem schwächeren Geist reicht dieser erste Schritt oft schon aus, damit er durch das Salz zerstört wird. Welche Seele auch immer Fletcher in Besitz genommen hat, sie muss stark sein; vielleicht sogar sehr stark.« Er blickte für einige Sekunden auf den weiterhin knurrenden und sich windenden Isaac herab. »Wir machen weiter.«

Ich straffte die Schultern und wappnete mich für den nächsten Schritt, während Vater ein Messer zur Hand nahm, das deutlich größer war als das Modell, mit dem wir Isaac von seinen Kleidern befreit hatten.

»Das Salz, Faye«, sagte er, da ich keine Anstalten machte, mich zu rühren. »Du bist wieder zuständig für das Salz.«

Gehorsam griff ich nach einer frischen Schale und stellte mich zögerlich neben meinen Vater.

»Warte auf meine Anweisung«, befahl er und setzte das Messer ohne Umschweife an Isaacs Oberkörper, direkt unterhalb der Kehle, an.

Obwohl ich mich vor dem fürchtete, was gleich geschehen würde, wagte ich es nicht, den Blick abzuwenden. Diese Grausamkeit mitanzusehen, war Teil meiner Strafe dafür, dass ich in den Nebel gegangen war. Ich hatte es verdient.

Vater verstärkte den Druck der Klinge, und Isaac stemmte sich wieder gegen die Fesseln. Sein ersticktes Ächzen steigerte sich zu einem qualvollen Gurgeln, und es kostete mich alle Überwindung, auszuharren und nicht darum zu flehen, den Exorzismus zu beenden.

Gelassen wischte Vater die feucht glänzende Klinge an einem Stück Stoff ab, legte sie zur Seite und griff stattdessen nach den Wundspreizern.

Die folgenden Minuten glichen einem wahr gewordenen Albtraum, denn Vater erwartete, dass ich erneut meinen Beitrag leistete. Ich hatte keine Chance, mich zu entziehen oder auch nur wegzuschauen.

Es war entsetzlich.

Isaacs Brüllen hatte nichts Menschliches mehr an sich. Seine Pupillen verdrehten sich nach oben, seine Gliedmaßen verkrampften sich. Wieder erfüllte der süßliche Duft nach Verwesung den Raum und raubte mir die Luft zum Atmen.

»Es reicht nicht«, murmelte Vater, und zum ersten Mal konnte ich einen Anflug von Beunruhigung in seiner Stimme ausmachen. »Es reicht noch nicht. Er ist zu stark.«

Mittlerweile standen mir die Tränen in den Augen. Ich wollte das nicht länger mit ansehen. Es war menschenunwürdig, grausam und barbarisch. Obwohl ich geahnt hatte, was hier unten vor sich ging, hatte ich doch niemals damit gerechnet, dass mein Vater zu solchen Taten fähig sein würde und diese auf so nüchterne und pragmatische Art durchführte.

»Vater …«, fing ich an, doch er brachte mich mit einem Zischen zum Schweigen.

»Sei still, Faye. Manche Dinge müssen getan werden, egal wie furchtbar sie dir erscheinen. Es geht um die Sicherheit des Dorfes und letztendlich auch um die Befreiung Isaacs.«

Ich schluckte meinen Protest hinunter und kämpfte ebenso gegen die Wut an, die mein Inneres bei seinen Worten geflutet hatte. Die Befreiung Isaacs? Ich bezweifelte, dass irgendetwas an dieser leiderfüllten Kreatur vor mir noch befreit werden konnte. Isaacs Atem ging schnell und unregelmäßig, er zitterte am ganzen Körper, obwohl die wenigen Stellen unversehrter Haut vor Schweiß glänzten.

Vater wandte sich ab, um seine Instrumente für den letzten Durchgang dieser Folter auszuwählen, während ich mein Möglichstes gab, um Isaacs Schreie auszublenden.

Viel zu schnell war die Vorbereitung abgeschlossen, und Vater legte eine Hand auf die Stirn Isaacs, während er die andere zu seinem Mund führte. Mit beneidenswerter Ruhe entfernte er das Lederplättchen und zuckte nicht einmal zusammen, als Isaac knurrte und nach ihm schnappte. Er legte den Knebel auf das Tablett und schob dem tobenden Besessenen stattdessen einen Trichter zwischen die Lippen.

»Salzwasser«, sagte er nur, und ich griff nach der dickwandigen Tonflasche. Er würde ihm Salzwasser einflößen. Nein. *Ich* würde ihm Salzwasser einflößen. War es überhaupt möglich, das zu überleben?

»Los doch«, drängte mein Vater, der sichtlich Mühe hatte, den Trichter im Mund Isaacs zu belassen.

Obwohl sich alles in mir sträubte, hob ich die Flasche, setzte sie an und kippte sie zögerlich.

Die ersten Tropfen trafen mit einem scharfen Zischen auf Isaacs Rachen. Er gab ein Gurgeln von sich und versuchte mit sichtlicher Verzweiflung, den Trichter mit der Zunge zu entfernen, um der Qual irgendwie zu entgehen. Vergeblich.

Schluck für Schluck erfüllte ihn das Salzwasser und bahnte sich einen Weg durch seinen Körper. Das Salz schien ihn von innen anzugreifen, und ich sah seine

Überlebenschancen von Sekunde zu Sekunde schwinden.

Ein Klappern lenke meine Aufmerksamkeit kurzzeitig von Isaac ab. Zuerst war ich nicht sicher, überhaupt etwas gehört zu haben, denn die Laute von Isaacs verbissenem Kampf schienen allgegenwärtig.

Erst als es ein zweites Mal und deutlich lauter ertönte, hielt ich inne und sah mich suchend im Raum um.

Vater befand sich weiterhin an Isaacs Kopfende, er konnte also nicht die Quelle sein. Zudem sah ich in seinem alarmierten Blick, dass er es ebenfalls wahrgenommen hatte. Ein dumpfes Knirschen gepaart mit einem sich schnell steigernden Klappern, das von den Regalen zu kommen schien. Mit einem Knall fiel eine der Tonschalen zu Boden und zerschellte in unzählige Scherben.

Vater richtete sich auf, und auf sein Zeichen hin stellte ich die Flasche zur Seite. Mittlerweile schien es, als sei der Raum von einer Art Spannungsfeld erfasst worden. Ein Summen lag in der Luft, eine dunkle Vibration, die alles zum Beben brachte und die ich bis in meine Zähne spüren konnte. Es war ein ekelhaftes Gefühl. Mein Nacken prickelte, die feinen Härchen auf meinen Armen stellten sich auf, das Blut in meinem Innern schien zu kochen, und meine Haut fühlte sich zu eng für meinen Körper an. Die Vorboten einer Panikattacke?

»Das ist der Geist«, brachte mein Vater zwischen zusammengebissenen Zähnen hervor und tastete nach dem Tablett mit den vorbereiteten Instrumenten, während er gleichzeitig Isaac im Auge behielt, der sich immer wieder gegen die Fesseln warf und vollkommen außer sich wirkte.

»Nimm das Salz«, wies er mich an, doch ich reagierte nicht, zu sehr erschüttert vom Anblick der Eisenzange in seinen Händen. Lieber Gott, er würde doch nicht …

»Faye! Das Salz!«

Wieder ging eine Welle rastloser Energie durch den Raum, dieses Mal so stark, dass die Folterinstrumente mit einem metallischen Kratzen über das Tablett rutschten. Das Licht der Öllaterne flackerte und ließ verzerrte Schatten an den Wänden tanzen.

»Faye!«

Aus seinem Mund klang mein Name hart wie ein Peitschenknall, doch ich löste mich noch immer nicht aus meiner Erstarrung. Stattdessen stiegen Wut und Ekel in mir auf. Egal, welche Rechtfertigungen mein Vater für sein Tun hatte – das hier war falsch. Schrecklich falsch. Isaac hatte lediglich Pech gehabt. Er hatte nichts von dem verdient, was hier geschah, und ich hasste es, dass wir ihn derartig quälten. Es musste einen anderen Weg geben.

Mit einem Knirschen lösten sich einige Regalbretter und brachen nach vorne, sodass weitere Teile von Vaters Ausrüstung mit ohrenbetäubendem Lärm auf den Steinen landeten. Die Luft schien zu vibrieren, und der Gestank nach Tod und Verfall war nun so stark, dass er alles andere überlagerte.

Ich zögerte noch immer, stand neben dem Holztisch, die Finger um die Salzschale gekrampft, vollständig eingenommen von dem Chaos in meinem Innern.

In diesem Moment schien der Geist seine letzten Kräfte zu mobilisieren. Wieder bäumte sich Isaacs Körper auf, seine Muskeln wölbten sich, und er stieß ein animalisches Knurren aus. Mit einem Knall rissen die Lederriemen, unfähig, seinem wütenden Ansturm standzuhalten.

Er richtete sich auf, dann wandte er mir das Gesicht zu. Seine Augen waren das Schlimmste, was ich je gesehen hatte. Dunkel. Kalt. Seelenlos. Ich hatte den Eindruck, durch sie bis in den tiefsten Schlund der Hölle zu blicken. Seine Lippen verzogen sich zu einem Lächeln, eine hämische Fratze, deren Abscheulichkeit durch die Blutfäden, die sich von den Mundwinkeln über sein Kinn zogen, weiter verstärkt wurde.

Vater stieß einen Fluch aus und zog die Hand zurück. Ich wusste, dass ich mich ebenfalls in Sicherheit bringen sollte, doch ich war wie versteinert.

Erst als Isaac Anstalten machte, den Tisch zu verlassen, schaffte ich es, einige Schritte nach hinten zu wanken. In grotesken ruckartigen Bewegungen, die wirkten, als würden seine Gliedmaßen unabhängig voneinander handeln, kam er näher, das verstörende Grinsen noch immer im Gesicht. Sein Oberkörper war blutüberströmt, trotzdem war ihm nichts von den unerträglichen Schmerzen anzumerken, die unsere Behandlung nach sich gezogen hatte. Er streckte eine zur Klaue geformte Hand nach mir aus und bleckte die Zähne.

Bevor er mich berühren konnte, wurde er an der Schulter gepackt und herumgewirbelt. Mein Vater stand hoch aufgerichtet da, eine eindrucksvolle Gestalt in seiner schwarzen Kutte, und hielt das Messer über seinen Kopf.

Für einige Sekunden geschah gar nichts, und ich begann zu hoffen, dass der Horror rechtzeitig ein Ende gefunden hatte.

Dann ließ mein Vater die Klinge niederfahren und stieß sie Isaac zielsicher mitten ins Herz.

Mein Schrei vermischte sich mit dem Brüllen Isaacs, und es war, als würden die Klagelaute verstärkt werden von unzähligen Stimmen. Alle Geister außerhalb des Dorfes schienen bei uns zu sein, bei Isaacs Seele, die soeben ausgelöscht wurde.

Vater verlor keine Zeit. Noch während Isaac taumelte und schließlich in die Knie brach, griff er nach der Flasche und sprenkelte Salzwasser auf den sterbenden Körper. Obwohl ich wusste, dass ich ihn unterstützen sollte, konnte ich mich nicht dazu überwinden, nach der Salzschale zu greifen.

Reglos beobachtete ich Isaacs Todeskampf vom letzten verzweifelten Aufbäumen bis zum letzten Schlag seines Herzens.

Es war vorbei.

10 – EZRA

Jenseits der Salzlinie

»Es gefällt mir nicht, dass du dich regelmäßig in Lebensgefahr bringst.« Millard warf mir von der Seite einen ernsten Blick zu, machte aber keine Anstalten, seine Schritte zu verlangsamen. »Und ich bin ein Idiot, dass ich dir dabei helfe.«

»Es ist meine Aufgabe als zukünftiger Hüter der Chronik«, erwiderte ich nur, während ich einem Ast auswich, der beim letzten Sturm von einem der Bäume abgebrochen sein musste.

»Du könntest mit deinem Großvater sprechen und die Aufgabe verweigern …«

Ich blieb ruckartig stehen, sodass Millard erst nach einigen Metern mein Zurückbleiben bemerkte und ebenfalls anhielt.

»Immer die gleiche Diskussion«, fuhr ich ihn an, nachdem er sich zu mir umgedreht hatte. »Was ist die Alternative? Einen alten Mann in den Nebel schicken, damit ich in Sicherheit bin? Großvater ist der Dorfälteste. Er ist nicht mehr in der Verfassung, inmitten einer Meute von Geistern herumzuwandern.«

Mein bester Freund seufzte. »Du weißt genau, dass es nicht so gemeint war, Ez. Es geht um die Sinnlosigkeit dieser Ausflüge. Seit Generationen rennen die Blackmores blindlings durch den Nebel, um einen Ausweg zu finden. Nie haben sie es geschafft. Vielleicht haben deine geliebten Bücher gelogen. Vielleicht sind sie bloß Träume und Hirngespinste der Verfasser, die alles erfunden haben, um sich mit der grauen Wirklichkeit abzufinden. Vielleicht gibt es kein Leben außerhalb. Vielleicht gibt es nicht einmal ein Außerhalb.«

Ich schüttelte den Kopf. »Das spielt keine Rolle. Hat es nie getan.«

»Ihr jagt einer Fantasie nach, und es ist nur eine Frage der Zeit, bis wieder etwas geschieht. Denk an deinen Va…«

»Mein Vater ist seinem Auftrag nachgekommen, und ich werde es ebenfalls tun.« Meine Stimme klang kühl, verriet nichts über den Aufruhr, den Millards Worte in meinem Innern ausgelöst hatten. Die Erwähnung Vaters tat weh, das hatte sich in all den Jahren nicht geändert.

»Der Hüter der Chronik bewahrt das Wissen und berät den Ältestenrat bei seinen Entscheidungen«, zitierte ich aus der Schrift. »Ebenso soll er alles daran setzen, die Bewohner Salwoods aus dem Nebel in die Freiheit zu führen.«

»Himmel, Ezra. Das weiß ich, verdammt noch mal!«

Millard fuhr sich frustriert durch sein dunkles Haar. »Ich mache mir einfach Sorgen.«

»Du musst nicht mitkommen. Ich kann das Garn ebenso um einen Baum binden.«

»Natürlich begleite ich dich. Ich habe versprochen, dich zu unterstützen. Das wird sich nicht ändern, nur weil du ein erbärmlicher Sturkopf bist, der die Realität nicht akzeptieren kann.«

»Warte es ab.« Ich zuckte mit den Schultern. »Irgendwann werde ich es schaffen, den Nebel zu verlassen. Und dann wird Salwood frei sein … und dir wird es leidtun, dass du ein solches Arschloch warst.«

Millard verdrehte die Augen, murmelte etwas Unverständliches, dann schickte er sich an, mir zu folgen.

Einige Minuten bahnten wir uns schweigend einen Weg zwischen den Tannen hindurch, und ich stellte erneut fest, in welch verwildertem Zustand der Westwald war. Im Gegensatz zu dem Waldstück, wo ich vor wenigen Tagen Faye und die anderen angetroffen hatte, gab es hier keine geschnitzten Zeichen an den Stämmen oder kleine Pfade, die durchs Unterholz führten. Die Bäume standen so dicht, dass sie kaum Tageslicht durchließen, die Luft war kühl und schwer, und der dicke Teppich aus Moos und Tannennadeln unter unseren Füßen war so weich, als wolle er uns verschlucken.

Mittlerweile war ich erfahren genug, um an der Umgebung zu erkennen, wie weit es noch zur Grenze war. Mit jedem Schritt wurden die typischen Waldgeräusche weniger, als würde sich ein dämpfender Schleier über unsere Sinne legen. Dann war die letzte Vogelstimme verklungen, das letzte Rascheln eines verschreckten Tieres im Gebüsch verstummt. Tiefe Stille.

»Zum Kotzen ist das. Als wäre man schon tot«, meldete sich Millard von der Seite. »Weißt du eigentlich, wie ekelhaft es ist, mit dem Garn in diesem Nichts zu stehen und sich um dein Wohlbefinden zu sorgen?«

Ich nickte. Natürlich war mir das klar, und ich hasste es, Millard immer wieder in diese Situation zu bringen. Andererseits verschaffte er mir so die Möglichkeit, den Nebel flexibel zu betreten und mich in einer geraden Linie von meinem Ausgangspunkt wegzubewegen, ohne von einem Baum an passender Stelle abhängig zu sein, um den ich das Garn knoten konnte.

»Im Nebel ist es auch nicht besser«, entgegnete ich, woraufhin Millard schnaubte.

»Glaub ich dir sofort. Das Angebot eines Tauschs steht nach wie vor.«

»Obwohl ich nur einer Fantasie nachjage?«, stichelte ich, drehte dann aber entschuldigend die Handflächen nach oben. »Tut mir leid. Ich bin einfach mit den Nerven runter. Das sollte ich nicht an dir auslassen.«

»Wegen Faye?«

Stirnrunzelnd registrierte ich Millards breites Grinsen.

»Das auch«, gab ich zu. »Sie musste ihrem Vater gestern Abend bei einem Exorzismus assistieren.«

»Ach du Scheiße.« Millard verzog das Gesicht.

»Du sagst es. Verständlich, dass der Reverend wütend über die Mutprobe war. Großvater hat auch getobt vor Zorn. Aber dass er sie dazu zwingt? Du hättest sie sehen müssen, als sie mir davon erzählt hat, Mil. In ihren Augen stand blankes Entsetzen.«

»Und du hast sie natürlich *getröstet*.«

Ich schnalzte entnervt mit der Zunge. »Ich habe es zumindest versucht. Spar dir den vielsagenden Unterton. Nachdem sie gerade von Hunt bedrängt worden war, wollte ich sicher nicht der Nächste sein. Ich habe ihr zugehört und ihr mein Hemd geliehen. Mehr habe ich nicht getan.«

»Du hast sowieso bisher nicht viel getan, obwohl du einige Chancen gehabt hättest. Statt ihren Kuss zu erwidern oder sie mal in den Arm zu nehmen, hältst du sie auf Abstand.«

»Der Reverend hasst Großvater und mich. Eine Rutherford und ein Blackmore passen nicht zusammen.«

»Du sollst sie ja nicht heiraten. Es reicht, wenn du sie vögelst. Wen hast du vorgestern erwählt, nachdem du sie aus den Fängen Hunts befreit hattest? Ich war mit Lilly Elridge in der alten Scheune zugange. Was die mit ihren Lippen anstellen kann, Ez, ich schwöre dir …«

»Niemanden«, erwiderte ich leise. »Ich habe niemanden erwählt.«

Es war das erste Mal, dass ich es offen zugab, die Nacht anders verbracht zu haben als von mir erwartet.

Keine Ahnung, wie mein bester Freund auf das Geständnis reagieren würde, dass ich anders als alle anderen Männer meines Alters noch keine Frau gehabt hatte. Ich beugte mich dem Wunsch meines Großvaters, der mir die Teilnahme an der Salzwende so vehement verbot, dass es undenkbar war, mich seinem Willen zu widersetzen. Mittlerweile war ich geübt darin, mich sehen zu lassen und anschließend mein Verschwinden in Gesellschaft einer Frau vorzutäuschen.

»Ist das dein Ernst?« Millard sah so entsetzt aus, dass ich mir ein Grinsen verkneifen musste. Es schien nicht der richtige Zeitpunkt zu sein, um meinem Freund von meinen mangelnden Erfahrungen zu erzählen.

»Gott, Millard. Nicht bei jedem Kerl steht dessen Schwanz im Zentrum seiner Überlegungen«, sagte ich mit mildem Spott. »Nach der vergangenen Woche war mir einfach nicht danach, okay? Hana ist vor meinen Augen gestorben, weil ich diese Idioten nicht von dieser beschissenen Mutprobe abbringen konnte. Faye und Rowan waren für kurze Zeit ohne Talisman inmitten der Geister. Amber und Vince sind nur mit einer Menge Glück unversehrt zurückgekehrt. Das Dorf hasst mich wegen der verfluchten Lügengeschichten. Hunt und seine Speichellecker wollten mich zusammenschlagen und mir den Talisman abnehmen, weil sie der Meinung sind, ich sei ein Schwächling. Bin ich vielleicht auch, immerhin habe ich mich von Faye verteidigen lassen, was wiederum dazu geführt hat, dass Hunt einen solchen Hass auf sie entwickelt hat, dass er sich auf sie stürzen wollte. Ich hatte einfach keine Lust, mir eine Frau zu suchen!«

Erst jetzt fiel mir auf, dass ich mit jedem Wort lauter geworden war, was die uns umgebende Stille noch drückender machte. Mittlerweile schien sogar das Rascheln der Tannennadeln unter unseren Füßen leiser geworden zu sein. Wir hatten die Grenze fast erreicht, und aus dem Augenwinkel konnte ich einige feine Nebelfäden sehen, die zwischen den Stämmen waberten.

»Eine Menge vorgeschobener Gründe für einen einfachen Sachverhalt.«

Millard blieb stehen und musterte mich ernst. Das amüsierte Glitzern war aus seinem Blick verschwunden. »Du willst sie. Faye.«

»Das stimmt wohl.« Ich nahm die Garnrolle aus meiner Hosentasche und spannte den Faden mehrfach, um mich von seiner Unversehrtheit zu vergewissern. Sollte er reißen, wenn ich mich mitten im Nebel befand, wäre das mein Ende; Talisman hin oder her.

»Sie ist etwas Besonderes«, fuhr ich fort. »Ernsthaft und nicht so albern. Sie zieht die Gesellschaft von Büchern der anderer Menschen vor, und sie ist …«

»Ziemlich heiß«, beendete Millard meinen Satz.

»Das auch«, räumte ich ein und dachte für einige Sekunden an Fayes blonde Locken, in denen ich zu gerne meine Hände vergraben würde, an ihre großen, blauen Augen und an die zarte Haut ihres Rückens. Dieser Kuss in unserem Haus …

»Ez?« Millard versetzte mir einen unsanften Stoß mit dem Ellbogen. »Du solltest dich konzentrieren. Und zwar nicht auf Fayes Vorzüge, sondern auf deine Aufgabe.« Er nahm mir das Garn aus der Hand, überprüfte es ebenfalls auf seine Reißfestigkeit, dann sah er sich suchend um. »Wo willst du starten?«, wollte er wissen. »Beim letzten Mal stand ich deutlich weiter nördlich.«

Ich deutete auf einen großen Findling, der knapp 100 Meter entfernt lag und sich kaum gegen die wirbelnden Nebelschwaden abhob.

Millard nickte, und wir setzten uns unmittelbar in Bewegung. Mit jedem Schritt stieg die nervöse Anspannung, und als wir schließlich bei dem Felsen ankamen, war von der lockeren Stimmung, die zuvor geherrscht hatte, nichts mehr übrig.

Nachdem ich das Fadenende sorgfältig um mein Handgelenk geknotet hatte, tauschte ich einen Blick mit Millard.

Der Abschied und die ersten Schritte in den Nebel hinein waren am schlimmsten, und obwohl ich seit meinem siebzehnten Geburtstag nach einem Ausweg suchte, wurde es nicht leichter.

»Pass auf dich auf«, sagte er mit einem bemühten Lächeln, das nicht über die Sorge in seinen Augen hinwegtäuschen konnte.

»Pass auf mich auf«, erwiderte ich, bevor ich ihm die Garnrolle reichte und mein Leben damit zum unzähligsten Mal in seine Hände legte.

Ohne ein weiteres Wort wandte ich mich ab und berührte den Talisman, der an einer Kette um meinen Hals hing, als wollte ich ihn um Schutz bitten. Dann trat ich über die Salzlinie.

Sofort umfing mich der Nebel von allen Seiten, löste die goldenen Sonnensprenkel, die durch die Wipfel der Tannen gefallen waren, durch das kränkliche Leuchten ab, das ich in den letzten Jahren zu hassen gelernt hatte. Der süßliche Geruch von fauligem Obst stieg mir in die Nase, sodass ich mich zusammenreißen musste, um nicht die Luft anzuhalten.

Entschlossen und zielstrebig kämpfte ich mich durch die wabernde Masse, wobei ich versuchte, mich in einer geraden Linie von meinem Ausgangspunkt wegzubewegen und zusätzlich meine Schritte zählte, um die zurückgelegte Entfernung abschätzen zu können.

Der Nebel schien meine Sinne zu betäuben und meine Wahrnehmung auf ein Minimum zusammenschrumpfen zu lassen. Es fühlte sich an, als wäre ich allein auf der Welt. Lediglich das Garn, das weiterhin um mein Handgelenk gewunden war und straff gespannt hinter mir im Dunst verschwand, zeigte mir, dass Millard zuverlässig die Stellung hielt.

Nachdem ich eine scheinbare Ewigkeit durch das Nichts geschritten war, spürte ich eine Veränderung. Eine Veränderung, die ich mehr als alles andere fürchtete und der ich mich doch nicht entziehen konnte.

Ein hochfrequentes Sirren kratzte an meiner Wahrnehmung und sorgte dafür, dass sich meine Nackenhaare aufstellten.

Die Seelen. Sie kamen. Das taten sie früher oder später immer.

Ich unterdrückte den Wunsch, mein Tempo anzuziehen, und konzentrierte mich stattdessen darauf, weiterhin meinen Weg mit Sorgfalt zu wählen. Trotzdem vergaß ich keine Sekunde lang die sich unaufhaltsam nähernde Bedrohung.

Viel zu früh strich der eisige Hauch über meine Haut, der die unmittelbare Anwesenheit der Seelen verriet, und in dem Gestank nach Fäulnis befand sich jetzt eine beißende Schwefelnote. Die Geister umhüllten mich, verbanden sich mit dem Nebel, durchdrangen ihn, atmeten ihn, erfüllten mein gesamtes Bewusstsein mit ihrer Präsenz. Es fühlte sich an, als befände ich mich im Zentrum eines stillen Sturms, der um mich herum toste und an jeder Faser meines Seins riss. Trotzdem gelang es mir, ruhig zu bleiben und mich nicht von dem lautlosen Kreischen, das meine Nerven qualvoll vibrieren ließ, beirren zu lassen.

Das war nichts Neues, nichts Unerwartetes. Ich hatte das schon oft durchgestanden. Alles verlief wie immer. Alles verlief nach Plan – zumindest bis mein Fuß an einem Hindernis hängen blieb. Ich geriet ins Taumeln, kämpfte vergeblich um mein Gleichgewicht. Meine Hände griffen ins Leere, ich stolperte und schrammte mit der Wange schmerzhaft über die schartige Rinde eines Baums, dessen Wurzel mich offensichtlich zu Fall gebracht hatte. Ein plötzlicher scharfer Schmerz auf der Höhe meines Kehlkopfes ließ mich aufstöhnen, aber immerhin gelang es mir, mich wieder zu fangen.

Heftig atmend stützte ich mich mit der Schulter am Stamm ab. Sowohl meine Wange als auch mein Hals brannten, und ich strich mit den Fingerspitzen vorsichtig über die verletzte Haut. Eine Welle Adrenalin gepaart mit ohnmächtiger Angst durchzuckte mich, als mir klar wurde, woher der Schmerz stammte.

Mein Talisman. Ich hatte ihn verloren, ebenso wie es meinem Vater vor zehn Jahren passiert war. Die Kette war gerissen, und ich befand mich schutzlos inmitten einer Geistermeute.

Das Sirren um mich herum wurde intensiver, ein Triumphschrei aus Hunderten Kehlen, ohrenbetäubend laut und doch unhörbar. Sie glitten um mich herum, streiften mich mit ihrem faulig-eisigen Hauch und suchten nach einem Weg, mich in Besitz zu nehmen. Wie immer vor einem Ausflug in den Nebel hatte ich stark gesalzenes Brot gegessen, sodass ich auch ohne Talisman geringfügig geschützt war. Trotzdem war mir klar, dass ich nicht lange standhalten würde.

Ich ließ mich auf die Knie fallen und gab mein Bestes, um das aggressive Summen um mich herum auszublenden. In der schwefeligen Dämmerung war der Boden kaum zu erkennen, sodass ich fast blind mit den Händen über die Mischung aus feuchten Tannennadeln,

Erde und Moos tastete. Wo war der verdammte Talisman? Das Zerren wurde stärker. Die Zeit verrann mir förmlich zwischen den Fingern.

Lieber Gott, ich wollte nicht so enden wie Hana, gnadenlos erstickt und innerlich zerrissen von den Geistern, die sich nicht einigen konnten, wem von ihnen der Körper gehören sollte, und ebenso wenig wollte ich das Schicksal von Isaac Fletcher, Gabriel Mill oder einem der anderen Verblassten teilen, die nach dem Exorzismus nichts als seelenlose Hüllen waren. Ich hatte Angst. Zum ersten Mal in meinem Leben hatte ich pure, unverfälschte Angst. Mehr noch als vor wenigen Tagen, denn da war mein Schutz intakt gewesen.

Fieberhaft suchte ich weiter, ließ keinen Zentimeter aus, doch von dem verfluchten Talisman fehlte jede Spur. Scheiße. Das war unmöglich. Genau hier hatte ich ihn verloren. Er musste einfach da sein.

Mittlerweile hatte der Ansturm weiter zugenommen. Ich konnte die Wut der Geister spüren, weil ich widerstand, weil sie bisher keinen Weg in mich hinein gefunden hatten. Meine Knochen vibrierten, und meine Ohren schmerzten, aber ich war nicht bereit, aufzugeben. Noch nicht.

Ich unternahm einen neuen Versuch, doch wieder fanden meine Fingerspitzen nur den klammen Waldboden. Den Waldboden und die Wurzel des Baumes, die mich zu Fall gebracht hatte.

Die darauffolgende Erkenntnis rettete mir vermutlich

das Leben. Mit einer schnellen Bewegung kam ich in den Stand hoch, während ich die Handflächen über die Rinde gleiten ließ. Die Kette mit dem Talisman hatte sich nicht einfach gelöst, sie war gerissen.

Ich streckte die Arme aus, um die Umgebung auf Schulterhöhe zu prüfen, und wurde Sekunden später fündig. Der Talisman befand sich nicht einmal einen halben Meter von meinem Kopf entfernt und hatte sich wie erhofft in einem Ast verfangen. Als sich meine Finger um die dünne Kette schlossen, wurde mir fast schwindlig vor Erleichterung. Ich drückte das kleine Fläschchen mit den kostbaren Salzkristallen an meine leicht geöffneten Lippen, fast als wollte ich es küssen, und genoss das allmähliche Abebben des infernalischen Lärms. Noch immer tosten die Geister in gleichbleibender Stärke um mich herum, doch sie hatten keine Chance gegen den Schutz des Fläschchens und das Salz, das in meinem Körper zirkulierte.

Unvermittelt spürte ich ein Brennen an meinem Handgelenk.

Millard.

Vermutlich hatte er durch die unregelmäßigen Bewegungen des Garns erkannt, dass etwas nicht in Ordnung war, und wollte sich nun von meiner Unversehrtheit vergewissern.

Ich zog in kurzen Abständen fünf Mal an dem Faden, unser Zeichen dafür, dass ich okay war, dann machte ich mich auf den Rückweg. Zwar war ich bei Weitem nicht so lange unterwegs gewesen wie sonst, doch der Vorfall mit dem verlorenen Talisman hatte mich eine Menge Energie gekostet. Erst jetzt registrierte ich, wie schnell mein Herz schlug und wie zittrig meine Knie waren. Um ein Haar wäre ich nie wieder aus dem Nebel zurückgekehrt. Es war unfassbar knapp.

Während ich mich Schritt für Schritt in Richtung des Schutzkreises tastete, wurde mir erneut bewusst, wie abhängig ich von meinem besten Freund war und wie sehr ich ihm vertraute. Vermutlich hatte ich deshalb den Fehler, der zu Hanas Tod geführt hatte, begangen. Ich hatte das Garn bereitwillig an Vince abgegeben, weil ich nicht damit gerechnet hatte, dass er die ihm übertragene Verantwortung missbrauchen würde.

Nach einer scheinbaren Ewigkeit spürte ich endlich die leichte Veränderung des Nebels, welche die nahe Grenze ankündigte. Es hatte Monate, wenn nicht Jahre gedauert, diesen Instinkt zu entwickeln, doch jetzt war er untrüglich und äußerst wertvoll.

Ich verließ den Nebel an genau derselben Stelle, an der ich ihn betreten hatte, und als ich Millards vertrautes Gesicht sah, erfüllte mich solche Erleichterung, dass ich an einem Baumstamm Halt suchen musste.

»Verdammt, Ez. Du siehst grauenvoll aus. Bleich wie der Tod. Was ist passiert?«

Ich hielt ihm die Faust entgegen, die ich noch immer um den Talisman gekrampft hatte.

»Die Kette ist gerissen?«, vergewisserte er sich entsetzt.

»Sie hat sich in einem Zweig verfangen«, bestätigte ich. »Und zwar nachdem mich die Geister bereits entdeckt hatten. Ich hatte unwahrscheinliches Glück, sie rechtzeitig zu finden.«

Millard war merklich blasser geworden. »Scheiße«, murmelte er. »Als das Garn plötzlich so geruckelt hat, dachte ich mir schon, dass etwas passiert ist. Es ist einfach so verflucht gefährlich, was du tust, Ez.« Mit jedem Wort verdüsterte sich seine Miene. »Und es ist fahrlässig von deinem Großvater, es immer wieder zuzulassen.«

»Millard …«

»Nein, Ezra! Es ist höchste Zeit, dass mal jemand für dich Partei ergreift. Und da du es nicht selbst tust, werde ich derjenige sein.«

11 – EZRA

Nur sie

Den Weg zum Dorf legten wir schweigend zurück. Ich war nach wie vor damit beschäftigt, die Geschehnisse im Nebel zu verarbeiten, und Millard war wütend, weil ich fest entschlossen war, meiner Aufgabe weiterhin nachzukommen. Ich wusste, dass sein Zorn nur seiner Sorge um mich entsprang, und ich war ihm dankbar dafür.

»Mil«, fing ich an, kurz bevor wir die ersten Häuser Salwoods erreichten. »Können wir uns darauf einigen, dass du vorerst nicht für mich in die Bresche springst?«

Er blieb ruckartig stehen und starrte mich fassungslos an. »Ist das dein Ernst? Du willst das geheim halten? Du willst deinem Großvater nicht erzählen, dass du fast im Nebel umgekommen wärst? Warum?«

Ich zuckte mit den Schultern. »Es spielt keine Rolle.«

Millard atmete scharf ein und setzte zu einer Erwiderung an, doch ich ließ ihn nicht zu Wort kommen.

»Ich will Großvater nicht zusätzlich beunruhigen. Ja, es war verdammt knapp. Ja, ich hatte eine Scheißangst.

Aber was würde es ändern? Ich wusste auch schon vorher, dass diese Aufgabe gefährlich ist.«

»Es kotzt mich an. Die Salzträger werden im Dorf gefeiert, weil sie einmal in der Woche zur Salzmine gehen. Und du, Ez? Du bist fast jeden verdammten Tag da draußen unterwegs, und niemand weiß es. Niemand schätzt es.«

»Lass es gut sein, Mil«, versuchte ich, ihn zu besänftigen. »Mein Großvater weiß das sehr wohl zu würdigen, und ebenso will er mich schützen. Und deshalb kann ich ihn nicht damit belasten.«

»Wie du meinst.« Millard drückte mir die Garnrolle in die Hand, drehte sich um und ließ mich stehen.

Ich sah ihm hinterher, während mich Bedauern erfüllte. Ich konnte sowohl seine Sorge als auch die hilflose Wut nachvollziehen. Umgekehrt würde es mir nicht anders gehen.

Den Großteil des restlichen Montags verbrachte ich im Archiv, wo ich mich zuerst mit einem Buch ein wenig ablenkte und im Anschluss an der Übertragung einiger regionaler Sagen arbeitete. Mit Ausnahme der Familie des Reverends waren Großvater und ich die einzigen Bewohner Salwoods, die sowohl flüssig lesen als auch schreiben konnten, deshalb lag es in unserer Verantwortung, die Geschichten aus der Vergangenheit zu bewahren und dafür zu sorgen, dass regelmäßig Kopien angefertigt wurden. Lediglich für die Dorfchronik, in der

Geburten, Hochzeiten, Todesfälle und sämtliche besonderen Ereignisse verzeichnet wurden, war mein Großvater allein zuständig, und er hütete sie wie seinen Augapfel. Diese Aufgabe würde mir erst übertragen werden, wenn ich seinen Posten als Hüter der Chronik übernahm.

Heute fiel es mir deutlich schwerer als sonst, mich auf meine Arbeit zu konzentrieren. Der Zwischenfall am Vormittag hatte mich gründlich aus dem Konzept gebracht, außerdem wanderten meine Gedanken immer häufiger zu Faye. Seit der Nacht von Samstag auf Sonntag hatte ich sie nicht mehr gesehen, und ich wusste, dass für gestern ihre Assistenz bei Isaacs Exorzismus geplant gewesen war. Es verlangte mir einiges ab, nicht einfach zum Haus der Rutherfords zu gehen, um mich von ihrem Wohlbefinden zu überzeugen.

Nachdem ich gemeinsam mit Großvater zu Abend gegessen hatte, verabschiedete sich dieser, um mit Nate Harris und weiteren Mitgliedern des Ältestenrats Karten zu spielen.

Ich räumte das Geschirr zusammen und machte mich auf den Weg zum Fluss. Eigentlich wäre es nicht nötig, sich sofort darum zu kümmern, aber ich hatte Lust auf ein wenig frische Luft, nachdem ich den kompletten Nachmittag im Archiv verbracht hatte. Mittlerweile war die Dämmerung hereingebrochen, sodass es denkbar unwahrscheinlich war, jemandem zu begegnen. Insbesondere auf Graham Hunt und die anderen Arschlöcher hatte ich nicht die geringste Lust.

Bereits wenige Meter, nachdem ich die Dorfgrenze verlassen hatte, stellte ich fest, dass ich nicht allein war. Ich unterdrückte ein Stöhnen. Seit Hanas Tod war mir außerhalb des Hauses kaum eine ruhige Minute vergönnt gewesen, und es schien, als würde sich dieses Muster auch heute Abend fortsetzen.

Ohne mir anmerken zu lassen, dass ich meinen Schatten bemerkt hatte, folgte ich dem schmalen Pfad, der zuerst entlang des Feldrands und dann ein Stück durch den Wald führte. Hinter der baufälligen Hütte, die sich kurz vor der Salzgrenze befand und die Großvater als Lager für Pilze und Kräuter nutzte, bog ich ab und lief ein Stück querfeldein, bis ich am Fluss angelangt war. Sobald das Plätschern des Wassers meine Schritte übertönte, trat ich nicht wie geplant ans Ufer, sondern verbarg mich stattdessen hinter der großen Weide, deren Zweige bis fast auf den Boden reichten, und stellte den Geschirrkorb neben meine Füße.

Nur wenige Minuten später schälte sich eine Gestalt aus dem Halbdunkel der Bäume, und ich zögerte nicht länger.

Ich spannte meine Muskeln an und stieß mich mit voller Kraft ab, sodass ich mit meinem gesamten Körpergewicht auf meinem Verfolger landete und ihn mit mir zu Boden riss. *Sie* mit mir zu Boden riss.

»Faye?«, vergewisserte ich mich ungläubig. »Was zum Teufel tust du hier? Weshalb verfolgst du mich? Hast du dir wehgetan?«

Sie riss die Augen auf, deren klares Blau trotz des herrschenden Dämmerlichts deutlich zu erkennen war.

»Ezra. Ich wollte … Dein Hemd …«

Ich stützte mich auf den Oberarmen ab, sodass ich sie nicht länger unter mir begrub, dann rollte ich mich von ihr herunter und kam in den Stand hoch. Dabei versuchte ich, nicht daran zu denken, dass ich gerade so ziemlich alles von ihr unter mir gespürt hatte. Die Rundung ihrer Brüste, ihre schlanke Taille, ihr warmer Atem, der mein Gesicht gestreichelt hatte.

»Es tut mir leid«, entschuldigte ich mich, während ich ihr die Hand hinstreckte, um ihr beim Aufrichten behilflich zu sein. »Ich hatte mit jemand anderem gerechnet.«

»Graham Hunt«, sagte sie leise. »Ich kann verstehen, dass du vorsichtig bist. Ich bin es auch. Jedenfalls wollte ich dir nur dein Hemd zurückgeben. Danke.«

Sie hielt mir den gefalteten Stoff entgegen, als würde ich ihr sonst keinen Glauben schenken, und ich ergriff ihn und klemmte ihn unter meinen Arm, obwohl ich viel lieber ihre Hand genommen hätte.

»Faye.«

Bei meinem ernsten Tonfall sah sie auf.

»Der Exorzismus. War er schlimm?«

Für einen Moment war sie so reglos, dass es wirkte, als wolle sie meine Frage einfach ignorieren.

»Er war die Hölle«, erwiderte sie dann. »Ich wusste ja, dass es heftig werden würde, aber … oh Gott, Ezra. Ich hatte keine Ahnung. Er hat so gelitten, und ich habe dazu beigetragen. Und zum Schluss …« Sie hielt inne und biss sich auf die Lippe. »Zum Schluss hat es nichts gebracht.«

»Er hat es nicht geschafft?«, vergewisserte ich mich, weil ein Teil von mir hoffte, sie hätte sich nur missverständlich ausgedrückt.

Sie schüttelte den Kopf, während sie noch immer vor mir am Boden kniete. »Vater hat ihn erstochen. Ein Messer mitten ins Herz.« Sie schauderte, dann stand sie unvermittelt auf.

»Das … tut mir leid.« Ich hatte gehofft, Isaac würde den Exorzismus überstehen. Ich hatte es wirklich gehofft. Er war ein netter Kerl, hilfsbereit und nicht so arrogant wie die meisten anderen Salzträger. Nein. Er war ein netter Kerl *gewesen*.

»Er war immer so nett«, sagte Faye, als habe sie meine Gedanken gelesen. »Aber vom ursprünglichen Isaac war nichts mehr übrig. Auch vor dem Exorzismus nicht. Vielleicht …« Sie schloss für einige Sekunden die Augen, als wollte sie die Erinnerung vertreiben. »Vielleicht war es wirklich eine Gnade, die Vater ihm erwiesen hat.«

Obwohl sie nichts erwiderte, konnte ich ihre Zweifel spüren. Zweifel, die ich ebenfalls empfand, die uns aber hier nicht weiterbringen würden.

»Faye. Hör auf damit. Hör auf, dir Vorwürfe zu machen wegen einer Sache, für die du nichts kannst. Isaac war ein Salzträger, und er war es aus voller Überzeugung. Er kannte das Risiko, und er ist es bewusst eingegangen. Dein Vater hat seine Arbeit getan und das Dorf etwas sicherer gemacht.«

»Der Exorzismus …«

»Der Exorzismus wäre ohne deine Anwesenheit genauso verlaufen«, unterbrach ich sie. »Vermutlich war es sogar ein glücklicher Zufall, dass du dabei warst, weil du deinen Vater unterstützen konntest.«

»Oder es war ein schrecklicher Zufall«, murmelte sie, während ihre Hände rastlos über den Rockteil ihres Kleides glitten.

Ich musterte sie aus zusammengekniffenen Augen.

»Es war, als könnte ich den Geist spüren. Oder er mich«, fuhr sie fort, und ein unangenehmes Kribbeln lief über meine Wirbelsäule. »Als hätte er auf mich reagiert.«

»Geister sind empfänglich für Stimmungen«, sagte ich. »Sie nehmen diese auf und verstärken sie.«

Erst als die letzte Silbe verklungen war, realisierte ich, dass diese Erklärung nicht zur Besänftigung von Fayes Gewissen beitrug.

»Also ist alles so eskaliert, weil ich meine Emotionen nicht im Griff hatte«, zog sie Sekunden später den entsprechenden Schluss. »Angst, Wut und Entsetzen über das, was Vater ihm angetan hat … das war es, was letztendlich dazu geführt hat, dass der Geist Isaac genug Stärke verliehen hat, um sich loszureißen. Er hat sich mühelos von den Lederriemen befreit.«

Er hatte sich losgerissen?

Das ungute Gefühl in meinem Innern nahm weiter zu, doch ich hakte nicht nach. Stattdessen beschloss ich, bei der nächsten Gelegenheit im Archiv nach Berichten zu suchen, die ihr möglicherweise weiterhelfen und mir einige Fragen beantworten würden.

Das Schweigen schien sich zu einer Ewigkeit auszudehnen, aber keiner von uns beiden machte Anstalten, es zu brechen.

Schließlich kniete ich mich hin, um den Korb mit dem Geschirr zu nehmen und ihn zum Flussufer zu tragen. Obwohl ich es in den letzten Minuten vollkommen vergessen hatte, war ich hier, um den Abwasch zu machen.

Als ich die Arme ausstreckte, landete mein frisch gewaschenes Hemd, das ich unter den Arm geklemmt hatte, am Boden.

Mit einem entnervten Stöhnen wollte ich es aufheben und erstarrte, als ich statt des Stoffes auf die warme Haut von Fayes Handrücken traf.

Mein Kopf ruckte hoch, und ich stellte fest, dass sie ebenso überfordert wirkte wie ich. Unwillkürlich drängte sich die Erinnerung an den Kuss in den Vordergrund und legte alle anderen Gedanken lahm. Mein Blick glitt über ihr Gesicht, saugte sich kurz an ihren Lippen fest und zuckte dann zurück zu ihren Augen. Nach wie vor hatte ich meine Hand nicht weggenommen, hielt den federleichten Kontakt weiter aufrecht. Zumindest ein Teil von mir wusste, dass ich zurückweichen, sogar aufstehen sollte, doch mein Körper entschied sich für das Gegenteil. Ich neigte mich ihr entgegen, verkleinerte die Distanz zwischen uns Zentimeter für Zentimeter, bis ich ihren Atem auf meinem Gesicht spüren konnte. Die Sekunden, bevor wir uns berührten, waren wie aufgeladen, voller verheißungsvoller Spannung. Dann lagen unsere Lippen aufeinander, verschmolzen in einem Kuss, der meinen Puls schlagartig in die Höhe trieb und Hitze durch meine Adern jagte. Ich kostete es voll aus, genoss die Annäherung in vollen Zügen, während ich spürte, wie mein Körper mehr und mehr auf Fayes Tun reagierte.

Nein. Ich musste mich zusammenreißen. Ganz sicher wollte ich sie weder bedrängen noch befremden, wenn sie herausfand, was sie in mir auslöste. Es kostete meine gesamte Selbstbeherrschung, doch irgendwie gelang es mir, zurückzuweichen. Aufmerksam sah ich sie an, unschlüssig, wie ich mit der heiklen Situation umgehen sollte. Unvermittelt blitzte in ihren Augen ein Funke auf, den ich nicht zuordnen konnte. Noch während ich mich aufrichtete, umschloss sie mein Handgelenk und zog mich mit erstaunlicher Kraft zu sich. Gerade so schaffte ich es, mich am Boden abzustützen, um nicht auf sie zu fallen. Sie nutzte meine Abgelenktheit und schob mir eine Hand in den Nacken.

Ich wollte widersprechen, ich wollte es wirklich, wollte ihr sagen, dass eine erneute Annäherung keine gute Idee war, insbesondere, da ich ohnehin schon innerlich brannte. Bevor ich aber auch nur einen der Einwände formulieren konnte, überwand sie den letzten Abstand zwischen uns und küsste mich. Wie wenige Minuten zuvor und wie auch beim letzten Mal in unserer Stube lösten sich all meine Vorbehalte blitzschnell in Luft auf. Ich lebte bloß noch für das Gefühl ihrer warmen Lippen auf meinen, für ihren Duft nach Lavendel und wildem Honig und für die Weichheit ihrer Zunge, die meinen Mund eroberte und dabei Hitzestöße in alle Richtungen aussandte.

Sie küsste mich voller Entschlossenheit, während sie mich gleichzeitig näher an sich heranzog, und in ihren Berührungen konnte ich keinen Hauch Unsicherheit erkennen. In meinem Hinterkopf meldete sich eine warnende Stimme, doch Faye brachte sie erfolgreich zum Schweigen, indem sie die Finger von meinem Handgelenk löste und stattdessen damit begann, mein Hemd aufzuschnüren. Als ihre Fingerspitzen auf meinen Bauch trafen und sich ohne Umschweife einen Weg weiter nach unten suchten, hielt ich kurz die Luft an. Ich wusste nicht, woher sie dieses Selbstbewusstsein nahm, aber es war ziemlich heiß. Innerhalb kürzester Zeit war mein Hemd komplett offen, und sie schob es mir über die Schultern. Der Nachtwind, der mir vorhin noch kühl erschienen war, streichelte jetzt angenehm über meine erhitzte Haut.

Nachdem sie einmal mit den Handflächen über meinen Oberkörper gefahren war, drückte sie mich an den

Schultern nach hinten, sodass ich wenig später rücklings am Boden lag.

»Faye.« Meine Stimme klang atemlos und rau. Mit geweiteten Augen verfolgte ich, wie sie ihr Kleid ein wenig anhob und sich auf mich setzte. »Ich glaube nicht, dass …«

»Still, Ezra«, schnitt sie mir das Wort ab. »Sei einfach still.«

Und ich war still und blieb es auch, während sie sich nach und nach ihrer Kleidung entledigte, sodass ihre milchweiße Haut zum Vorschein kam. Gott, sie war noch viel schöner als in meiner Vorstellung. Langsam beugte sie sich nach vorne und küsste mich erneut so intensiv, dass mir fast schwindelig wurde. Faye. Das hier war Faye, die mir seit Monaten im Kopf herumspukte. Wie oft hatte ich mir das vorgestellt? Wie oft hatte ich es mir gewünscht? Wie oft hatte ich davon geträumt, nur um mir ins Gedächtnis zu rufen, wie unwahrscheinlich es war, dass sie ausgerechnet mich wollte?

Am Rande registrierte ich, dass sie sich Schuhe und Strümpfe abstreifte, zu sehr war ich abgelenkt von ihren Küssen, die meine Vernunft und mein logisches Denken zuverlässig außer Kraft setzten. Ihre Hände begaben sich wieder auf Wanderschaft, erkundeten meinen Körper, und kurz darauf glitt das erste Stöhnen über meine Lippen. Es sollte nicht das einzige bleiben. Sie küsste mich um den Verstand, bedachte mich mit Zärtlichkeiten, während meine Hände über ihre samtige Haut strichen und jeden Zentimeter liebkosten, den ich erreichen konnte. Ich bekam kaum mit, dass sie sich an meiner Hose zu schaffen machte; umso größer war meine Überraschung, als ich plötzlich *dort* ihre Berührung spürte. Ohne den Kuss zu unterbrechen, schnappte ich nach Luft, füllte meine Lungen mit ihrem Atem, war nur noch auf sie konzentriert und das, was sie mit mir tat. Sie nahm meinen Mund mit ihrer Zunge in Besitz, so tief, dass mich ein erneuter Schauer überlief, dann löste sie sich von meinen Lippen und richtete sich auf.

Wie von selbst legten sich meine Hände an ihre Seite, unterstützten ihre Bewegungen. Noch vor wenigen Minuten hatten wir über ernste Themen gesprochen, und jetzt war ich im Begriff, ihr so nahezukommen, wie ich keiner Frau zuvor nahegekommen war. Ich wusste nicht, was den Wandel ausgelöst hatte, und es war mir egal. In diesem Augenblick war mir alles egal. Lediglich Faye zählte.

Stück für Stück senkte sie sich auf mich herab, und als sie vollständig auf mir saß, atmete ich zittrig aus. Ich hatte mit allem gerechnet; Vorsicht, Nervosität, plötzliche Verlegenheit, aber nicht mit diesem unfassbaren Selbstbewusstsein, das jede ihrer Handlungen durchdrang. Sie war nachdrücklich, entschlossen, fast bestimmend, und ich gab mich hin, überließ mich komplett ihrer Führung.

Glühende Stromstöße durchzuckten mich, setzten meine Nervenbahnen in Brand, und ich verstärkte den Griff um ihre Taille, ergab mich ihrem Rhythmus, nahm ihn auf und unterstützte ihn. Ich spürte das kühle Gras unter mir, hörte das Rauschen der Weide, die uns von der Außenwelt abschirmte, und ich sah sie. Nur sie, und, verdammt, sie war wunderschön. Silbrige Haarsträhnen umrahmten ihr Gesicht und schimmerten im letzten Licht des Abends. Sie hatte die Lider halb geschlossen und die Lippen leicht geöffnet.

»Ezra«, flüsterte sie, und das dunkle Timbre ihrer Stimme ließ meine Erregung weiter ansteigen. »Ezra.«

Wieder neigte sie sich nach vorne und küsste alle Laute von meinen Lippen, dämpfte mein Stöhnen mit ihrem Mund. Es fühlte sich so gut an, was sie tat. Ich wollte nicht, dass es schon vorbei war. Ich wollte weiter durchhalten, wollte weiter in ihr sein.

»Faye«, murmelte ich. »Mein Gott, Faye.«

Ein Hitzestoß explodierte in mir, mein Inneres ging in Flammen auf, ließ mich erbeben und raubte mir sämtliche mühevoll aufrechterhaltene Beherrschung. Ich rang nach Sauerstoff, und mein Herz schlug so heftig, dass sie es vermutlich unter ihren Handflächen spüren konnte. Gleichzeitig bäumte sie sich auf, legte ihren Kopf in den Nacken und sank schließlich auf mir zusammen, ihr Oberkörper auf meinem, ihre Wange an meinem Hals. Die absolute Nähe. Ich legte die Arme um sie und strich ihr vorsichtig über den Rücken, unsicher, ob diese Zärtlichkeit zu viel war. Erst allmählich nahm mein Verstand seinen Dienst wieder auf, und mir wurde klar, was gerade geschehen war.

Ich hatte mein erstes Mal erlebt. Mit einer jungen Frau, fast noch einem Mädchen, das noch keine einzige Salzwende erlebt hatte und das ich noch vor zwei Tagen davor bewahrt hatte, seine Unschuld zu verlieren.

Ich biss mir auf die Lippe. War es unser gemeinsames erstes Mal gewesen? Aber wie konnte das sein?

Wie konnte die unschuldige Faye, die sich noch vor wenigen Tagen entsetzlich für einen Kuss geschämt hatte, plötzlich zu einer selbstbewussten Verführerin werden? Es passte nicht zu ihr. Kein bisschen.

Ich wurde aus meinen Gedanken gerissen, als sich Faye unvermittelt aufsetzte und sich im nächsten Moment von mir löste.

»Es tut mir leid«, sagte sie, ohne mich anzusehen. »Es tut mir so leid.«

»Faye«, fing ich an, noch immer leicht benommen von dem zurückliegenden Höhepunkt. Ich stützte mich auf den Ellbogen ab und sah zu, wie sie hektisch ihre Kleider einsammelte und dabei jeglichen Blickkontakt mit mir vermied.

»Ich will nicht darüber sprechen«, murmelte sie, während sie sich ihr Kleid über den Kopf zerrte und in ihre Schuhe schlüpfte. »Nicht jetzt. Es tut mir wirklich leid.«

Ihre plötzlichen Entschuldigungen irritierten mich, zumal es nichts gab, was diese nötig gemacht hätte. Überhaupt nichts. Schweigend sah ich ihr dabei zu, wie sie ihre restlichen Sachen aufsammelte und so schnell verschwand, dass es einer Flucht glich.

Ganz in meine Überlegungen vertieft richtete ich meine Kleidung und machte mich auf den Weg zum Flussufer, um endlich das Geschirr zu spülen. Was Faye da mit mir getan hatte, war verdammt reizvoll gewesen, das war nicht zu leugnen. Gleichzeitig war es aber beunruhigend. Sehr beunruhigend.

Der Angriff auf Graham Hunt. Der Kuss. Der heutige Überfall, wenn man ihn denn so nennen wollte. Die zurückhaltende, fast schüchterne Faye war plötzlich ungestüm und impulsiv. Ein Spielball ihrer Emotionen und unfähig, diese unter Kontrolle zu halten. Ich erkannte sie nicht wieder. Als wäre sie nicht mehr sie selbst.

Die folgende Erkenntnis traf mich mit solcher Wucht, dass mir sekundenlang die Luft wegblieb. Reglos kniete ich am Boden und starrte blind auf das dahinfließende Wasser.

Faye hatte sich verändert.

Und die Veränderung hatte ihren Anfang genommen, als wir aus dem Nebel zurückgekehrt waren.

12 – FAYE

Zerstörerisches Feuer

Mein Gott. Was hatte ich getan? Was war nur in mich gefahren? Ich war Ezra gefolgt, weil ich ihm sein Hemd zurückgeben wollte. Stattdessen war ich über ihn hergefallen wie ein wildes Tier. Ich hatte ihn geküsst wie eine Verdurstende, hatte ihm die Kleider vom Leib gerissen und hatte ihn …

Ich schloss gequält die Lider, während ich meine Hände erneut in das kalte Wasser der Waschschüssel tauchte, um mich von den Spuren der vergangenen Stunde zu säubern. Die rötlichen Schlieren sorgten dafür, dass leichte Übelkeit in mir aufstieg. Es war nicht viel Blut, und ich hatte gewusst, dass dies beim ersten Mal geschehen konnte. Trotzdem erschütterte es mich, denn es hielt mir meine Taten erbarmungslos vor Augen, ebenso wie die klebrige Nässe und das Brennen zwischen meinen Beinen. Ich hatte meine Unschuld verloren.

Den Nachhauseweg hatte ich im Laufschritt zurückgelegt und war erst langsamer geworden, als ich die

Dorfgrenze erreicht hatte. Mit mühevoller Ruhe hatte ich einige Worte mit meinen Eltern gewechselt und ihnen eine Gute Nacht gewünscht. Es war mir unbegreiflich, dass sie mir nicht ansahen, dass etwas geschehen war. Ich hatte mich verändert. *Alles* hatte sich verändert, und ich hatte niemanden, mit dem ich darüber sprechen konnte.

Das Schlimmste an der Sache war, dass ich mich selbst nicht wiedererkannte. Es war, als hätte mein Unterbewusstsein die Kontrolle an sich gerissen, als wäre ich meinen Trieben hilflos ausgeliefert. Als würde mein gesunder Menschenverstand nicht mehr funktionieren. Graham Hunt hatte mich provoziert – ich hatte zugeschlagen. Ezras Lippen waren so verlockend – ich hatte ihn geküsst. Ezras Berührung hatte sich so gut angefühlt – ich hatte ihn verführt. Dazu kamen meine ständigen Stimmungsschwankungen und Tränenausbrüche. Und in welchem Ton ich mit ihm gesprochen hatte … Was war nur mit mir los? Ich konnte mir selbst nicht mehr trauen, und das war verstörend.

Obwohl ich damit gerechnet hatte, dass mich meine Gedanken lange wach halten würden, schlief ich ein, noch bevor mein Kopf das Kissen richtig berührt hatte. Die Anstrengungen der vergangenen Tage forderten ihren Tribut, sodass ich erst erwachte, als ich die Schritte meiner Mutter auf der Stiege hörte.

Für einige Sekunden erinnerte ich mich an gar nichts, dann brach alles wieder über mich herein. Verlegenheit gepaart mit leiser Sehnsucht stieg in mir auf, während die Erinnerung Stück für Stück zurückkam; Ezras zarten Küsse. Das Gefühl des Ausgefülltseins. Der scharfe Schmerz, der von einer immer weiter zunehmenden Hitze abgelöst worden war. Mein Höhepunkt. Sein Höhepunkt. Die Art, wie er mich danach in den Armen gehalten hatte. Meine kopflose Flucht, als wäre er es gewesen, der mich bedrängt hatte. Mist. Da war ein Gespräch samt einer Entschuldigung fällig. Mal wieder.

Ich quälte mich aus dem Bett, machte mich fertig und wurde, sobald ich die Wohnküche betreten hatte, von meiner Mutter zum wöchentlichen Hausputz herangezogen, der mich den kompletten Tag über in Atem hielt. Ich war dankbar dafür, denn die dauerhafte Beschäftigung hielt meine Gedanken im Zaum, sodass ich mich nicht mit der anstehenden Entschuldigung auseinandersetzen musste.

Kurz nach dem Abendessen fand mein scheinbarer Friede ein Ende, denn es klopfte an der Tür. Während Vater noch am Tisch saß und ich die Teller zusammenräumte, durchquerte Mutter die Stube, um zu öffnen.

»Guten Abend«, grüßte eine männliche Stimme, die ich im ersten Moment nicht zuordnen konnte.

»Millard?« Mein Vater sah auf und maß den unangekündigten Besucher mit einem misstrauischen Blick. »Millard Keaton?«

»Bitte verzeihen Sie mein überraschendes Auftauchen, ich wollte nicht beim Abendessen stören.«

»Tust du nicht«, entgegnete meine Mutter schnell und musterte Millard mit sichtlichem Wohlgefallen. »Wir sind gerade fertig geworden. Komm doch rein.«

Millard schob sich eine seiner dunkelbraunen Locken aus der Stirn und trat verlegen von einem Fuß auf den anderen. »Ehrlich gesagt hatte ich gehofft, dass mich Faye auf einen kleinen Spaziergang begleiten könnte.«

»Ein Spaziergang?« Die Miene meines Vaters war undurchdringlich. »Du weißt, dass die letzte Salzwende erst vor wenigen Tagen war und dass meine Tochter noch keine siebzehn ist?«

»Vater!«, brachte ich erstickt hervor, während ich dem Wunsch widerstehen musste, mein Gesicht in den Handflächen zu vergraben oder wahlweise nach oben in mein Zimmer zu flüchten. Beschämung und Verlegenheit überrollten mich wie eine Sturmflut, und es dauerte einige Sekunden, bis ich mich wieder im Griff hatte.

»… bei der Salzwende so nett unterhalten«, sagte Millard gerade und schenkte mir ein charmantes Lächeln, das ich sogleich erwiderte. Da seine Worte kompletter Blödsinn waren, ging ich davon aus, dass er im Auftrag Ezras unterwegs war, und ich wusste nicht, ob mich das freuen oder beunruhigen sollte. Natürlich war eine Aussprache fällig, doch ich hatte keine Ahnung, ob ich dafür schon bereit war. Vermutlich würde ich nie dafür bereit sein.

»Ist es nicht ein wenig spät für diesen *kleinen Spaziergang*?«, erkundigte sich Vater. »Es dämmert bereits.«

»Ich habe den gesamten Tag bei meinem Vater in der Werkstatt verbracht«, gab Millard genau die richtige Antwort, woraufhin sich die Miene meines Vaters aufhellte.

»Richard Keaton«, brummte er, und ich erinnerte mich, dass dieser ihm vergangenen Monat beim Abschleifen der Kirchenbänke zur Hand gegangen war. »Ein tüchtiger und rechtschaffener Mann. Richte ihm meine Grüße aus.« Er drückte den Rücken durch, und schon bevor er seine Erlaubnis gab, sah ich das kleine Lächeln, das um die Mundwinkel meiner Mutter spielte. »In Ordnung, Millard. Zwei Stunden, nicht mehr.«

»Danke, Mr Rutherford.« Ezras bester Freund deutete eine Verbeugung an, dann bot er mir den Arm. »Wiedersehen, Mrs Rutherford.«

Ich widerstand dem Impuls, die Augen zu verdrehen, und hängte mich bei ihm ein, wobei ich das beifällige Seufzen meiner Mutter ignorierte.

»Zwei Stunden«, erinnerte mein Vater, woraufhin Millard beflissen nickte.

»Natürlich, Sir.« Er führte mich nach draußen, schloss die Tür hinter uns und stieß dann hörbar den Atem aus. »Mann«, murmelte er. »Das war krass.«

»Krass?«, wiederholte ich amüsiert. »Du hast sie mühelos um den Finger gewickelt.«

»Dafür schuldet mir Ez etwas.« Millard zuckte mit den Schultern. »Ihn selbst hätte dein Vater garantiert nicht mal ins Haus gelassen.«

»Stimmt wohl«, erwiderte ich, während ich an das

Gespräch am Morgen nach der Katastrophe im Nebel dachte.

Denk nicht, mir wäre nicht aufgefallen, wie du ihn ansiehst.

Millard hatte vollkommen recht. Vater hätte Ezra nicht einmal zugehört, so groß schien seine Abneigung gegenüber der Familie Blackmore zu sein.

Für einige Minuten gingen wir schweigend nebeneinanderher, während ich verzweifelt darüber nachdachte, wie ich auch nur eine der tausend Fragen formulieren sollte, die in meinem Kopf herumschwirrten.

»Ezra hat dich geschickt«, durchbrach ich irgendwann die Stille und hoffte, dass meine Bemerkung ausreichen würde, um Millard zum Reden zu bringen.

Es funktionierte, allerdings ein wenig anders als geplant.

»Ja. Natürlich hat er das. Er wirkte durcheinander. Was auch immer du mit ihm angestellt hast, es hat ihn ziemlich aus dem Gleichgewicht gebracht.«

Ich spürte, wie meine Wangen glühend rot wurden und neigte ein wenig den Kopf, sodass sich einige Strähnen aus meinem Zopf lösten und mein Gesicht zumindest ansatzweise verbargen.

»Tatsächlich«, murmelte ich vage, während ich Millard einen verstohlenen Seitenblick zuwarf. Was wusste er? Hatte ihm Ezra vom vergangenen Abend berichtet? Bestimmt hatte er das, immerhin kam es nicht alle Tage vor, dass man von einer Jungfrau förmlich angefallen wurde.

»Du musst nicht so verschreckt gucken.«

Anscheinend konnte man mir meine Gedanken mühelos ansehen.

»Er hat mir nichts erzählt. Nichts Konkretes zumindest.« Millard setzte ein schelmisches Grinsen auf. »Obwohl ich zu gerne ein paar Details erfahren hätte. Aber dafür ist er zu gut erzogen. In meiner Fantasie habt ihr …«

»Stopp«, bremste ich ihn halb irritiert, halb amüsiert. »Ich will nichts über deine Fantasie hören, und ganz sicher will ich auch kein Teil davon sein.«

»Komisch. Das hat Ezra auch gesagt.«

Ich schnaubte, folgte aber Millard weiter durch die fortschreitende Dämmerung.

»Wohin gehen wir?«, hakte ich nach, nachdem wir die letzten Häuser hinter uns gelassen hatten. Mit zusammengekniffenen Augen sah ich mich um, während plötzliche Besorgnis in mir emporwallte. War er wirklich im Auftrag Ezras unterwegs oder war ich zu leichtgläubig? Würde er mich vielleicht ebenso bedrängen wie Graham Hunt? Oder … hatte ihm sein bester Freund doch alles erzählt, und er nahm jetzt an, ich sei leicht zu haben?

»Keine Panik.« Millards Stimme klang eindeutig belustigt, und ich entspannte mich ein wenig. »Wir gehen zu Pettersons Scheune. Ezra hat mich gebeten, dich dort hinzubringen, damit ihr in Ruhe reden könnt, ohne dass irgendjemand dazwischenfunkt.«

Ich nickte leidlich beruhigt. Die alte Scheune befand sich kurz vor den Ausläufern des Westwaldes, dem verwildertsten Bezirk Salwoods, und war Ziel zahlreicher ungefährlicher Mutproben unserer Kindheit gewesen. Kein Vergleich zu dem Ausflug in den Nebel, aber trotzdem schickte mir der Gedanke an das baufällige und zugige Gebäude einen unangenehmen Schauer über den Rücken. Ich konnte verstehen, weshalb Ezra einen so abgelegenen Ort gewählt hatte, aber wohl fühlte ich mich damit nicht.

Im Gegensatz zu mir schien Millard keine Bedenken zu haben. Mit überraschender Zielstrebigkeit führte er mich über Wiesen und Felder, bis der große Schatten der Scheune vor uns auftauchte.

»Wirkt fast so, als wärst du öfter hier unterwegs«, murmelte ich, während ich meine Röcke raffte, um über einen kniehohen Zaun zu steigen. »Du hast dich trotz Dunkelheit mühelos orientiert.«

»Das liegt daran, dass ich momentan fast täglich hier bin.«

»Fast täglich?«, wiederholte ich verständnislos. Wie passte das mit seiner Arbeit in der Schreinerei seines Vaters zusammen? Was tat er hier?

»Ez beginnt seine Suche aktuell vom Westwald aus«, erklärte Millard, der stehen geblieben war und auf mich wartete.

»Seine Suche?« Ich war so irritiert, dass mir nicht einmal auffiel, dass ich erneut seine Worte wiedergab.

»Die Suche nach einem Ausweg? Blindes Herumstapfen im Nebel, tobende Geister und lauernde Gefahren?«

Ich schüttelte den Kopf, während mir allmählich klar wurde, was Ezra als zukünftiger Hüter der Chronik tat und weshalb er jedes Recht hatte, einen Talisman zu tragen, ja, diesen sogar brauchte, um zu überleben.

»Mein Gott«, murmelte ich. »Er hatte so etwas angedeutet.«

»Oh.« Millard machte eine kurze Pause und rieb sich den Nacken. »Das hat er dir nicht erzählt, oder?«

»Hat er nicht.«

»Verdammt.« Millard setzte seinen Weg fort, und wie vorhin lief ich wieder an seiner Seite. »Typisch Ez, dass er damit hinterm Berg hält. Ich hätte längst die Gelegenheit genutzt, die Frauenwelt damit zu beeindrucken. Sag ihm nicht, dass du es weißt«, fügte er plötzlich ernst hinzu. »Oder warte damit zumindest, bis ich außer Reichweite bin. Vielleicht kannst du ihn ja auch auf andere Gedanken bringen …«

Ich spürte, wie sich meine Wangen erwärmten. War das eine Anspielung gewesen?

»Deine Rolle dabei …«, startete ich eine Ablenkung, doch Millard stoppte mich mit einer Handbewegung, die ich im Halbdunkel nur erahnen konnte.

»Ich denke nicht, dass es Ez recht ist, wenn ich darüber spreche.«

»In Ordnung«, erwiderte ich knapp, woraufhin für den restlichen Weg Schweigen herrschte. Offensichtlich hatte er ein schlechtes Gewissen, weil er die Privatangelegenheiten seines besten Freundes ausgeplaudert hatte.

Wenig später schälte sich der Umriss der alten Scheune aus der Dunkelheit und mit ihm die Silhouette Ezras.

»Da seid ihr ja.«

Seine tiefe Stimme schickte mir einen Schauer über den Rücken, der angesichts des anstehenden Gesprächs mehr als unpassend war.

»Danke, dass du sie abgeholt hast, Mil. Hallo, Faye.«

Ich mochte die Art, wie er meinen Namen aussprach, und natürlich suchte sich die Erinnerung an den gestrigen Abend exakt diesen Moment aus, um an die Oberfläche zu kommen.

Faye. Mein Gott, Faye.

»Ezra«, murmelte ich und war froh, dass es mittlerweile dunkel war – zumindest hier draußen, denn im Innern der Scheune konnte ich den warmen Schein einer Öllampe ausmachen.

»Dann lasse ich euch beiden Hübschen mal allein«, meldete sich Millard von der Seite. »Ich wünsche euch viel Spaß bei eurer *Aussprache.*«

Mit einem leisen Lachen verschwand er in der Nacht, während ich erneut gegen die beißende Scham ankämpfte. Ich atmete einige Male tief durch und zwang mich schließlich dazu, die Scheune zu betreten. Gestern war ich über ihn hergefallen, dann würde es mir heute auch gelingen, dazu zu stehen.

»Es tut mir leid, was gestern geschehen ist«, begann ich

unvermittelt, während ich an Ezra vorbei in die Scheune ging.

Ein Krachen ließ mich herumfahren, und ich stellte fest, dass er das Holztor geschlossen hatte.

»Mir nicht«, sagte er, während er langsam auf mich zuschlenderte. Seine Augen waren dunkel, und sein geschmeidiger Gang erinnerte an ein Raubtier auf der Pirsch.

»Ezra …« Verkrampft schluckte ich gegen den Kloß in meiner Kehle an. »Unter der Weide … ich weiß nicht, was in mich gefahren ist.«

»Ich dachte, es sei recht offensichtlich, was da in dir war«, entgegnete er mit einem anzüglichen Lächeln.

Mittlerweile hatte er die wenigen Meter zwischen uns überwunden und stand direkt vor mir. Obwohl mein Herz bei seinem Anblick wie gewohnt im doppelten Tempo schlug, verschaffte mir sein Unterton ein mulmiges Gefühl, und ich spähte verstohlen Richtung Tür.

»Ach, komm schon, Faye.« Ezra streckte den Arm aus und streichelte über meine Wange, doch die Berührung war nicht so angenehm wie sonst. Irgendetwas an ihm war anders, und das beunruhigte mich.

»Willst du jetzt wirklich so tun, als seist du nicht leicht zu haben, nachdem du mir gestern fast den Verstand aus dem Kopf gevögelt hast?« Seine Finger wanderten weiter, und ich traute mich nicht, ihm Einhalt zu gebieten. Ich war wie erstarrt, schockiert von dieser neuen Seite, die ich an Ezra nicht zu finden geglaubt hätte.

»Schon als du mich zum ersten Mal geküsst hast, war mir klar, was du in Wirklichkeit von mir wolltest«, fuhr er fort und begann damit, mein Kleid aufzuschnüren.

»Das stimmt nicht«, protestierte ich leise. »Ich wollte nicht …«

Er legte die Hand auf meine Brust und strich provozierend über den rauen Stoff.

»Ezra. Bitte. Ich will das nicht.«

Sofort zog er seine Hand zurück, doch bevor ich aufatmen konnte, hatte er nach dem Rockteil meines Kleids gegriffen und zerrte es nach oben. Ich spürte die kalte Luft auf meiner Haut, und ich drückte mich gegen die Wand in meinem Rücken. War es nicht offensichtlich, dass ich nicht wollte? Weshalb machte er trotzdem weiter?

»Warum bist du dann hier?«, fragte er, während er sich an mich drängte und gleichzeitig ein Bein zwischen meine Schenkel schob. »Mil hat dir doch gesagt, wohin er dich bringt. Was hast du gedacht, das wir hier tun?«

»Reden«, brachte ich hervor, mittlerweile den Tränen nahe. »Ich dachte, wir würden reden. Hör auf damit, Ezra. Bitte.«

Das hier war so falsch. Wie konnte er plötzlich so abstoßend sein? Wie konnte er nicht merken, dass er mir wirklich Angst machte?

Ezra lachte. Es klang kalt und höhnisch zugleich.

»So dämlich kannst selbst du nicht sein, Faye. Wer

trifft sich in einer alten Scheune zum Reden? Jetzt hör auf, dich zu zieren, allmählich wird es anstrengend.«

Seine Worte weckten neben Angst und Beklommenheit ein weiteres Gefühl in mir, das ich gerade mehr als willkommen hieß. Wut. Glühende Wut schoss durch meine Adern, zwang alle anderen Emotionen zurück.

»Mir ist auch klar geworden, dass ich die Situation am Abend der Salzwende vollkommen falsch eingeschätzt habe.« Ezra schien nichts von der Veränderung in meinem Inneren bemerkt zu haben und gab meinem Zorn weitere Nahrung.

»Du hast ihn angemacht und dann die Unberührbare gespielt, oder? Das kommt mir bekannt vor. Wobei es gestern ja du warst, die handgreiflich wurde. Heute also umgekehrt, ja?«

In dieser Sekunde sah ich rot. »Was läuft bei dir falsch, Ezra?«, fragte ich und legte beide Hände auf seine Brust. »Was genau kapierst du nicht? Ich will nicht, okay? Ich. Will. Nicht.«

Bei meinem letzten Wort versetzte ich ihm einen Stoß, der so heftig war, dass er nach hinten taumelte. Sofort setzte ich nach und packte ihn am Kragen, bevor er zu Boden gehen konnte. Ich hatte keine Ahnung, woher die plötzliche Kraft kam, und es war mir auch egal. Wichtig war nur, ein Ventil zu finden für den Hass und das zerstörerische Feuer in mir.

Ohne meinen Griff von Ezras Hemd zu lösen, drehte ich mich um, sodass er Sekunden später unsanft gegen die Scheunenwand prallte. Er gab ein schmerzerfülltes Ächzen von sich, das mich aber nicht im Geringsten beeindruckte. Ich war so wütend. So verdammt wütend auf ihn und sein unsägliches Benehmen. Er hatte mich ebenso bedrängt wie Graham Hunt. Schlimmer noch, denn ich hatte ihm vertraut. Dafür würde er jetzt büßen.

Ich gab seinen Kragen frei, doch bevor er mir ausweichen konnte, schlossen sich meine Finger um seine Kehle.

»Du verdammtes Arschloch«, zischte ich und zog ihn ein wenig zu mir, nur um seinen Kopf mit Wucht gegen die Bretter hinter ihm zu knallen. Wieder kam ein Stöhnen über seine Lippen, das ich effektiv beendete, indem ich meinen Griff um seinen Hals festigte und ihm damit die Luft abschnitt.

Er streckte die Arme nach mir aus, versuchte sich zu befreien, doch es gelang ihm nicht. Ich war viel stärker als er. Testweise erhöhte ich die aufgewendete Kraft. Eine Winzigkeit mehr und sein Kehlkopf würde zerquetscht. Der Gedanke erfüllte mich mit grimmiger Befriedigung. Er hatte es nicht anders verdient. Wie konnte er mich so in die Enge treiben?

»Ich hatte dir gesagt, dass ich nicht will, und du machst weiter? Fasst mich an mit deinen dreckigen Fingern?« Gnadenlos drückte ich fester zu und registrierte erfreut, dass sein Ächzen zu einem erstickten Röcheln geworden war. Sein Kehlkopf zuckte unter meinen Fingern. Es fehlte nicht mehr viel, und er würde nachgeben.

Adrenalin rauschte wie Lava durch meine Adern, setzte jeden Winkel meines Körpers in weißglühende Flammen. In mir war nur noch Raum für Hass. Kein Mitleid, keine Zweifel. Lediglich Wut, die alles andere verzehrte und zu Asche zerfallen ließ. Ezra würde sterben. Durch meine Hand. Jetzt und hier.

13 – EZRA

Gefäß

Ich hatte mich überschätzt. Das wurde mir klar, als sich Fayes Hand um meine Kehle schloss und mit zerstörerischer Kraft zudrückte. Meine Lunge brannte wie Feuer, flehte um Sauerstoff, während sich in meinem Kopf ein quälendes Pochen ausgebreitet hatte. Ich hätte sie bereits besänftigen sollen, als sie mich gegen die Wand geschmettert hatte. Zu lange. Ich hatte zu lange gewartet.

Verzweifelt versuchte ich, mich zu befreien oder ihr zumindest einen Stoß zu versetzen, damit sie ihren Griff lockerte, aber es war vergeblich. Meine Finger glitten nutzlos über den Stoff ihres Kleides, schafften es nicht mal, sich daran festzuhalten.

Meine Gedanken verschwammen, wurden zu einer wabernden Masse aus Angst, Reue und Resignation. Ich hatte mich selbst in diese Situation hineinmanövriert, war sehenden Auges ins Verderben gelaufen, weil ich mir eingebildet hatte, dass mich das, was zwischen Faye und mir war, irgendwie schützen würde.

Ich hatte mich getäuscht, und diesen Irrtum würde ich mit meinem Leben bezahlen.

»Ez?«, hörte ich wie durch einen dicken Nebel eine Stimme, die ich nicht zuordnen konnte. »Verdammt, Ez! Faye! Lass ihn los! Bist du total irre geworden?«

Zuerst geschah gar nichts, dann verschwand der gnadenlose Druck auf meine Kehle. Faye ließ mich los, trat einen Schritt zurück, und ich sank kraftlos in mich zusammen. Rasselnd atmete ich ein und begann umgehend zu husten, weil sich meine Luftröhre zu klein anfühlte für den Sauerstoff, der hindurchströmte. Meine Kehle brannte wie Feuer, und ich hatte Mühe, meinen Blick scharf zu stellen. Kurz davor. Ich war so kurz davor gewesen.

»Ezra.«

Nur allmählich nahm mein Verstand seine Arbeit wieder auf. Ich blinzelte. Einmal. Zweimal.

»Mil«, krächzte ich, und im selben Moment wurde ich in eine Umarmung gezogen. Wo war sie? Wo war Faye?

»Verdammter Idiot!«, murmelte mein bester Freund, während er mich umklammerte, dass mir erneut die Luft knapp wurde. »Verdammter, leichtsinniger Idiot!«

»Es tut …« Der nächste Hustenanfall schüttelte mich, was immerhin dafür sorgte, dass mich Millard freigab.

Ich richtete mich ein wenig auf, lehnte mich mit dem Rücken gegen die Scheunenwand und schloss die Augen. Für einige Minuten genoss ich einfach das Gefühl, am Leben zu sein, während ich mit halbem Ohr den

Vorwürfen lauschte, die Millard auf Faye niederprasseln ließ und die eigentlich allesamt auf meine Kappe gingen.

»Du hättest ihn fast umgebracht! Nein, verflucht! Du *hättest* ihn umgebracht, wenn ich nicht rechtzeitig aufgetaucht wäre! Gestern hast du ihn gevögelt, und heute setzt du alles daran, ihn zu erwürgen? Wie kann man bloß so unbeherrscht sein?«

»Millard.« Ich kämpfte darum, die Lider offen zu halten. »Hör auf. Es ist nicht ihre Schuld.«

»Das stimmt.« Mein bester Freund bebte vor Zorn. »Es ist deine Schuld, du dämlicher Schwachkopf! Reicht es nicht, täglich im Nebel herumzurennen und sich dort in Gefahr zu begeben? Hast du es darauf angelegt, deinem Leben ein möglichst effektvolles Ende zu setzen?«

Er ließ sich neben mich auf die Knie fallen und sah mir forschend ins Gesicht. Anscheinend beruhigte ihn das, was er vorfand, denn er lehnte sich mit einem Seufzen zurück.

»Ezra …«

Ich hob den Kopf und wischte mir fahrig mit der Hand übers Gesicht. Faye stand in einigen Metern Entfernung und musterte mich unschlüssig. Über ihre Wangen zogen sich Tränenspuren, und sie wirkte vollkommen aufgelöst.

»Ich wollte das nicht. Bitte … ich weiß nicht, weshalb ich das getan habe. Die Wut hat mich überrollt wie eine Flutwelle. Ich wollte nicht …« Sie schluchzte auf. »Es tut mir so leid. Ich verstehe nicht …« Sie verstummte und kämpfte erneut mit den Tränen.

»Mir tut es leid«, entgegnete ich heiser, was ein zustimmendes Schnauben von Millard zur Folge hatte. »Ich habe eine Menge ekelhafter Dinge zu dir gesagt, habe dich absichtlich provoziert und deine Wut befeuert, damit du dich immer weiter hineinsteigerst. Ich wollte diese Eskalation, um die letzten Zweifel auszuräumen.«

»Aber warum, Ezra?« Fayes Stimme zitterte, woraufhin mein Gewissen mit voller Stärke ausschlug. Das alles war für Faye schlimm genug, auch ohne dass sie sich mit einer Gewalttat auseinandersetzen musste. »Warum das alles? Wovon sprichst du?«

»Hast du das immer noch nicht begriffen?«, warf Millard gereizt von der Seite ein, doch ich achtete nicht auf ihn. Schonungslose Offenheit, etwas anderes blieb mir ohnehin nicht mehr übrig.

»Als ich euch in den Nebel begleitet habe, hast du dich von mir losgerissen, um Hana beizustehen. Dadurch warst du für mehrere Sekunden schutzlos inmitten einer tobenden Geistermeute. Einer von ihnen …« Ich schluckte und zwang mich, ihr in die Augen zu sehen. In ihre schönen blauen Augen, in denen ein schrecklicher Verdacht stand, den meine nächsten Worte bestätigen würden. »Einer von ihnen hat Besitz von dir ergriffen. Du bist ein Gefäß, Faye.«

14 – FAYE

Ein sanfter Sommerregen

Seiner Offenbarung folgte erdrückendes Schweigen. Es war, als wäre die Zeit stehen geblieben. Ich starrte ihn an, bewegungslos, die Augen weit aufgerissen, während ich allmählich begriff, was er mir da gerade enthüllt hatte. Für einige Sekunden traute ich mich nicht einmal zu atmen, weil es sich anfühlte, als würde beim kleinsten Geräusch die Welt über mir zusammenstürzen. Nicht einmal Millard, der sich noch irgendwo im Innern der Scheune befinden musste, gab einen Laut von sich.

»Faye«, wisperte Ezra, und es klang wie ein Peitschenknall in der Stille. Er streckte eine Hand nach mir aus, und ich wich zurück. Ein vergeblicher Versuch, der Wahrheit zu entkommen.

Die Zeit lief weiter, und ich tat einen tiefen Atemzug. Meine Lungen fühlten sich beengt an, mein ganzer Körper wirkte zu klein für den Sturm an Empfindungen, die Ezras Worte hervorgerufen hatten.

Du bist ein Gefäß, Faye.

Teilnahmslos sah ich zu, wie er sich zuerst auf die Knie und dann in den Stand hochkämpfte. Es strengte ihn sichtlich an, und bei jedem Atemzug erklang ein pfeifendes Geräusch. Ich war schuld an seinem Zustand. Ich und … das, was da in mir war.

»Nein«, flüsterte ich und schlang die Arme um meinen Oberkörper, weil ich sonst auseinanderbrechen würde. »Das kann nicht … Ich bin nicht …«

Fahrig vergrub ich meine Finger im Stoff meines Kleides, suchte Halt, um nicht davongerissen zu werden. Verzweiflung, Angst, Beschämung – alles verband sich zu einem explosiven Gefühlscocktail, der mein Inneres in heilloses Durcheinander stürzte.

Dann wurde ich unvermittelt in eine Umarmung gezogen. Zuerst verkrampfte ich mich, wollte mich entziehen, doch schließlich gab ich mich der Wärme von Ezras Körper hin. Es war, als würde er die tobenden Emotionen in mir besänftigen. Ausgerechnet er, der mir eben noch so zugesetzt hatte, dass er es um ein Haar mit dem Leben bezahlt hätte.

»Wie kannst du das tun, obwohl ich dich gerade fast getötet hätte?«, fragte ich leise, während ich meine Wange an seine Schulter schmiegte. »Wieso hast du keine Angst vor mir?«

»Weil ich weiß, dass du die Kontrolle hast und diese zerstörerische Seite unterdrücken kannst.«

Seine Erwiderung erfüllte mich mit Fassungslosigkeit.

Wie konnte er das sagen? Nachdem er nur durch Millards Eingreifen am Leben war?

»Eben wusstest du nicht, was Sache ist. Ich vertraue darauf, dass ein Teil von dir erkennt, welche Regung von dir stammt und welche nicht, sodass du den Impulsen des Geistes widerstehen kannst.«

»Aber wie lange?«, hielt ich entgegen, obwohl ich die Antwort nicht hören wollte. »Wie lange wird das der Fall sein?«

»Bis du das nächste Mal von deinen Gefühlen überwältigt wirst«, warf Millard von der Seite ein, und ich zuckte unwillkürlich zusammen. Er hatte recht. Natürlich hatte er recht. Ich war eine tickende Zeitbombe, die jederzeit detonieren konnte.

Am schlimmsten aber war, dass ich mich fühlte wie immer. Ich konnte nicht erspüren, dass da etwas Fremdes in mir war. Alle Empfindungen, die Raserei, der Zorn fühlten sich an, als hätten sie ihren Ursprung in mir. Ich konnte nicht unterscheiden, was von dem Geist kam und was von mir.

Schaudernd dachte ich an den Vorfall zurück, den Ezra am Abend der Salzwende angesprochen hatte. Ich konnte mich noch genau daran erinnern, wie Vater blutüberströmt in die Stube gewankt war und von Alistairs Tat berichtet hatte, der zwei der Ältesten zum Opfer gefallen waren. Alle hatten bemerkt, dass der alte Holzfäller in den Tagen zuvor reizbarer und aufbrausender als sonst gewesen war, doch niemand hatte es auf eine

Besessenheit zurückgeführt. Niemand hatte die Gefahr gesehen, bis es zu spät war. Bis seine Axt zwei Leben genommen hatte. Vater war es nur mit der Hilfe zweier weiterer Männer gelungen, den tobenden Alistair in den Keller der Kapelle zu bringen. Er hatte den nächsten Morgen nicht überlebt, weil der Geist bereits zu viel Stärke erlangt hatte. Ebenso wie es bei Isaac der Fall gewesen war. Ebenso wie es bei mir der Fall sein würde.

Ich schluckte mehrfach und kämpfte gegen die Tränen an. Diese niederschmetternde Resignation, die lähmende Verzweiflung … kamen sie von mir oder wurden sie durch den Geist verstärkt?

»Was nun?« Millards Stimme riss mich aus meinen Gedanken, und erst jetzt wurde mir bewusst, dass ich noch immer in Ezras Armen lag, mich regelrecht an ihm festklammerte.

»Ich muss es meinem Vater anvertrauen«, sagte ich, obwohl sich alles in mir dagegen sträubte.

Ezra löste sich von mir und trat abrupt einen Schritt zurück. »Auf gar keinen Fall«, widersprach er scharf, woraufhin sowohl Millard als auch ich selbst ihn anstarrten. Millard voller Irritation, ich mit einem Funken Hoffnung.

»Ezra!« Millard hatte sich zuerst gefangen. »Das kann nicht dein Ernst sein. Du willst es geheim halten? Und dann? Hast du nicht eben eine Demonstration bekommen, was geschieht, wenn der Geist die Kontrolle an sich reißt? Willst du einfach untätig abwarten?«

»Verdammt, Mil.« Ezra stützte sich an einer alten Futterraufe ab. Nach wie vor wirkte er angegriffen, doch das schien seine Entschlossenheit nicht zu schmälern. »Du weißt, in welchem Zustand die ehemaligen Gefäße sind, wenn der Reverend mit ihnen fertig ist.« Er warf mir einen entschuldigenden Blick zu. »Natürlich will ich *nicht* untätig abwarten. Ich werde versuchen, eine Lösung zu finden. *Wir* werden es versuchen«, fügte er hinzu, woraufhin ich zögerlich nickte. Ich war ihm dankbar für seinen Rückhalt, nichtsdestotrotz überforderte mich die Situation.

»Tut mir leid, Faye«, wandte sich Millard an mich. »Es ist nichts Persönliches, aber dieser Schwachkopf da ist mein bester Freund. Und ich hätte ihn gerne noch ein wenig länger.«

Er ging zu Ezra und legte beide Hände auf dessen Schultern, als wollte er ihn schütteln. Seine Miene war ernst, und aus seinen Augen war das schelmische Funkeln komplett verschwunden. »Du machst einen Fehler, Ez«, sagte er beschwörend. »Du lässt dich da von Gefühlen leiten, die deinen gesunden Menschenverstand beeinträchtigen. Was ist mit deinem Plan? Du wolltest dich vergewissern, ob sie wirklich besessen ist, und sie anschließend zu ihrem Vater bringen. Nun, das Ergebnis deines Tests war eindeutig.«

Für einige Sekunden fochten die beiden ein stilles Blickduell aus, dann senkte Millard die Lider und trat einen Schritt zurück.

»Ich werde nicht immer da sein, um dich zu retten. Verstehst du das nicht, Mann? Ich habe eine Scheißangst um dich. Wenn du sie versehentlich provozierst …«

Er verstummte, und seine Pupillen zuckten zu mir, als würde er damit rechnen, dass ich ihn jederzeit anfallen könnte.

»Alles okay«, sagte ich schlicht und drehte die Handflächen nach oben, um zu signalisieren, dass zumindest für den Moment keine Bedrohung von mir ausging. War der Geist möglicherweise erschöpft von seinem letzten Ausbruch? Ich hatte keine Ahnung.

»Du bringst das ganze Dorf in Gefahr«, wechselte Millard die Taktik, und obwohl er gegen mich argumentierte, bewunderte ich ihn für seine Beharrlichkeit. »Früher oder später wird Faye ausflippen, und du hast gesehen, welche Kräfte dann am Werk sind. Mein Gott, Ezra, wie kannst du das überhaupt in Erwägung ziehen? Das Risiko ist viel zu groß.«

»Sie ist es wert«, erwiderte Ezra leise, woraufhin mich solche Dankbarkeit erfüllte, dass meine Kehle eng wurde. Gleichzeitig stieg Beklommenheit in mir auf. Stammte diese grenzenlose Erleichterung von mir oder hatte der Geist seine Finger im Spiel? Ich konnte mir selbst nicht mehr trauen.

»Verflucht«, murmelte Millard, während er zwischen mir und seinem besten Freund hin und her sah. »Das ist Wahnsinn.«

»Ich will einfach nicht sofort aufgeben. Vielleicht finde ich etwas im Archiv. Die Bücher …«

»Die Bücher haben uns in den letzten Jahrzehnten nicht weitergeholfen, weshalb sollten sie es jetzt tun?«, unterbrach Millard heftig. »Denkst du nicht, dass auch vor dir jemand auf diese Idee gekommen ist? Dein Großvater zum Beispiel? Frag doch ihn um Rat.«

»Er wird sich an den Reverend wenden«, wehrte Ezra ab. »Der Schutz des Dorfes steht an erster Stelle. Dafür wird er sogar den persönlichen Zwist beiseitelassen.«

»Der Schutz des Dorfes steht an erster Stelle«, wiederholte Millard. »Genau. Und deshalb wirst du in die Wege leiten, was nötig ist. Wenn du es nicht tust, dann tu ich's.«

»Millard. Bitte … Gib mir zumindest ein wenig Zeit.«

»Das ist verrückt, Ez. Vollkommen verrückt. Es grenzt an Selbstmord.«

»Zwei Wochen«, forderte Ezra unbeirrt.

»Eine Woche«, entgegnete Millard.

Ich ballte die Hände zu Fäusten und atmete gegen den aufsteigenden Ärger an. Es fühlte sich an, als würden sie über mein Leben verhandeln.

»Okay.« Ezra schloss kurz die Augen und atmete tief durch. Wieder erklang das leise Röcheln, das mich daran erinnerte, wozu ich fähig war. Der Anflug von Wut verschwand so schnell, wie er gekommen war. Vielleicht war ich wirklich eine größere Bedrohung, als ich selbst – oder Ezra – wahrhaben wollte.

»Okay«, sagte auch Millard und wandte sich ab. »Hoffentlich machst du keinen Fehler.«

Das hoffte ich auch. Mehr als alles andere.

Nachdem Millard in der Nacht verschwunden war, herrschte unangenehme Stille. Ob Ezra seine Entscheidung bereits bereute?

»Danke«, sagte ich schließlich zögerlich. »Für deine Unterstützung und deinen Schutz. Auch wenn ich nicht genau weiß, weshalb.«

Ezra wandte mir das Gesicht zu, und der Ausdruck seiner schiefergrauen Augen entfachte ein warmes Kribbeln in meinem Magen, das sich nach dem vergangenen Schrecken einfach wunderbar anfühlte.

»Hast du das immer noch nicht begriffen?« Seine Stimme klang dunkel und ein wenig heiser, aber dieses Mal lag es nicht an dem zurückliegenden Angriff. »Ich mag dich, Faye. Sehr. Und das nicht erst seit der Nacht im Nebel.« Er räusperte sich und fuhr sich durchs Haar, während die Wärme in mir weiter zunahm.

»Der Kuss am Freitag hat mich irritiert, aber das bedeutet nicht, dass es mir nicht gefallen hat. Ich war total überfordert, weil ich diese Seite von dir nicht kannte. So bestimmt und selbstbewusst. Das war ungewohnt, aber ziemlich heiß.«

Der Anflug eines Lächelns huschte um seine Mundwinkel, war aber viel zu schnell wieder verschwunden. Für ein richtiges Lächeln waren wir beide zu angegriffen.

»Und was gestern angeht«, fuhr er fort, »mache ich mir Vorwürfe, nicht dir. Aber nicht, *weil* es geschehen ist, sondern *wie* es geschehen ist. Mein Wunsch, dir näherzukommen, dich zu küssen, mit dir zu schlafen, war so groß, dass ich nicht widerstehen konnte. Ich habe ausgeblendet, dass etwas nicht in Ordnung ist, und habe stattdessen genossen, was du mit mir angestellt hast. Obwohl ich geahnt habe, was los ist, weil das gesamte Vorgehen nicht zu deiner eigentlichen Art gepasst hat. Das tut mir wirklich leid, Faye.«

Bevor ich etwas entgegnen konnte, griff er nach meiner Hand und suchte gleichzeitig meinen Blick. Erst als ich nickte, verflocht er unsere Finger miteinander.

Ich ging zögerlich einen Schritt auf ihn zu und überwand die letzte Distanz zwischen uns. Jegliche Erwiderung war unnötig. Er wusste auch so, wie es um mich und meine Empfindungen stand, denn diese hatte ich ihm in den letzten Tagen immer wieder eindrucksvoll präsentiert. So schmiegte ich mich einfach an ihn, genoss die Wärme, die von seiner Haut ausging, atmete seinen Duft ein und konzentrierte mich auf das Gefühl seiner Fingerspitzen, die zart über meine Knöchel streichelten. Es war ein perfekter Moment, der noch perfekter wurde, als Ezra den Kopf senkte und sein Atem über mein Gesicht strich. Ich konnte nicht verstehen, wie er nach allem, was war, nach allem, was er über mich wusste, weiterhin meine Nähe ertragen konnte, aber ich nahm es dankbar an.

Als seine Lippen meine fanden, schloss ich die Augen, während ich mich darauf vorbereitete, in der nächsten Sekunde von einem Sturm an Emotionen überwältigt zu werden, der meinen Verstand vollkommen lahmlegen und mir die Kontrolle entreißen würde.

Er blieb aus, zumindest in der Stärke, in der ich ihn erwartet hatte. Ein sanfter Sommerregen, der meinen Körper umhüllte, statt einer alles mit sich reißenden Flut.

Erst als ich sicher war, bewusst zu handeln, erwiderte ich seinen Kuss. Eine Hand blieb mit seiner verschränkt, die andere legte ich an seine Wange; eine federleichte Berührung. Ich streckte mich ihm entgegen, ganz konzentriert auf seinen Geschmack, während ich förmlich in seinem Kuss ertrank. Anders als bei den letzten Malen war er weniger fordernd und brennend, stattdessen zärtlich, fast liebevoll. Es war wie eine Versicherung, dass er mich nicht allein lassen würde.

Während ich bereitwillig zuließ, dass er meine Lippen mit der Zunge teilte, wurde mir klar, dass die Initiative zum ersten Mal von ihm ausgegangen war. Ezra hatte mich geküsst. Aus freiem Willen, und das machte mich so glücklich, dass ich zumindest kurzzeitig sämtliche Angst vergaß.

Erst nach einer scheinbaren Ewigkeit schafften wir es, uns voneinander zu lösen. Mit geröteten Wangen und rasendem Puls trat ich zurück, während auch Ezra wieder die Lider aufschlug und mich ansah. Kurz versank ich in dem intensiven Grau seiner Sturmaugen, dann straffte ich die Schultern.

»Hast du das vorhin ernst gemeint? Glaubst du wirklich, wir könnten in den Büchern eine Lösung finden?«

Ezra musterte mich für einige Sekunden schweigend. »Ja, Faye«, sagte er schließlich, woraufhin ich ihm am liebsten erneut um den Hals gefallen wäre. »Das glaube ich wirklich. Salwood hat nicht seit Anbeginn der Zeit unter einem Nebelschleier gelegen, und ebenso wenig wurde es schon immer von Geistern bedroht. Es muss ein ›Vorher‹ gegeben haben. Irgendein Ereignis, das dies alles ausgelöst hat und in dem sich die Lösung verbirgt.«

»Du willst nicht nach einer Möglichkeit suchen, den Geist loszuwerden, sondern herausfinden, woher er stammt. Woher sie alle stammen«, stellte ich fest, während mich zum ersten Mal seit Beginn dieses Albtraums Zuversicht erfüllte.

»Nicht Wirkung, sondern Ursache bekämpfen«, bestätigte Ezra. »Vielleicht bin ich die Recherche bisher nur falsch angegangen, weil ich mich lediglich auf einen Ausweg aus der Besessenheit fokussiert habe. Ich werde die Sache aus einer anderen Perspektive angehen.«

»Kann ich dir dabei helfen?«

»Faye …« Er betrachtete mich unschlüssig und biss sich auf die Lippen.

»Ezra, bitte! Wir sind doch zu zweit viel schneller. Ich kann lesen und schreiben. Ich bin dir eine Hilfe. Wenn wir es geschickt anstellen, merkt niemand, dass wir uns heimlich treffen.«

»Solange du nicht von deinen Emotionen überwältigt wirst und durchdrehst«, ergänzte er trocken und versetzte damit meinem Eifer einen heftigen Dämpfer.

Während ich einige Male tief durchatmete und meine Empfindungen sortierte, wurde mir klar, dass die Begeisterung, die ich eben empfunden hatte, zu intensiv gewesen war. »Schon wieder«, murmelte ich, woraufhin mich Ezra besorgt ansah. »Nicht so überwältigend wie vorhin, aber dennoch …« Ich fuhr mir mit beiden Händen übers Gesicht. »Kannst du dir vorstellen, wie es sich anfühlt, dieses … dieses Ding in sich zu haben und nicht mehr unterscheiden zu können, was echt ist und was eingegeben?«

»Es ist erst eine knappe Woche her, dass du in Besitz genommen wurdest«, erwiderte Ezra. »In den ersten Tagen der Besessenheit kann der Geist nur auf deine Emotionen zugreifen und diese verstärken. Mit zunehmender Dauer kann er dir immer mehr eigene Empfindungen eingeben, bis er dich letztendlich völlig kontrolliert.«

Obwohl ich das alles in der Theorie gewusst hatte, traf mich seine Erklärung mit voller Wucht.

»Mein Gott«, flüsterte ich, während eisige Kälte in mir emporstieg.

»So weit werden wir es nicht kommen lassen.« Erneut griff Ezra nach meiner Hand und drückte sie besänftigend. »Wir werden etwas finden, Faye. Gemeinsam. Okay? Aber du musst mir jede stärkere Gefühlsregung mitteilen, insbesondere wenn du nicht sicher bist, ob sie von dir stammt. Versprichst du mir das?«

»Ich verspreche es«, stimmte ich zu und ergab mich bereitwillig seiner Umarmung. Ich wollte seine Nähe auskosten, bevor ich mich der Realität stellen musste. Nur noch ein wenig.

15 – EZRA

Es wird schlimmer

Mit den Fingerspitzen fuhr ich über die schmerzenden Stellen an meinem Hals. Auch ohne Spiegel war mir klar, dass Fayes Angriff Spuren hinterlassen hatte, die ich in den kommenden Tagen sorgfältig mit einem Tuch verbergen musste. Ich hatte gestern mehr Glück als Verstand gehabt. Ohne das Eingreifen meines bestens Freundes wäre ich jetzt nicht mehr am Leben. Ich hatte mich gnadenlos selbstüberschätzt, hatte angenommen, ich könnte Faye zuerst bis aufs Blut reizen und dann besänftigen. Es war mir so wichtig gewesen, jeglichen Irrtum auszuschließen, dass ich dafür viel zu weit gegangen war. Millard hatte schon zuvor seine Zweifel geäußert und darauf bestanden, in der Nähe zu bleiben, und ich Idiot war deshalb tatsächlich verärgert gewesen. Jetzt war ich nur noch dankbar dafür, dass er mich gerettet hatte – und nicht zum ersten Mal.

Nachdem ich mich fertig gemacht und sichergestellt hatte, dass die Male an meinem Hals von meiner Kleidung verdeckt wurden, nahm ich am Küchentisch Platz, wo Großvater mit seinem üblichen Becher Tee saß und dabei die Nase in einem Buch vergraben hatte.

»Morgen, Ezra«, sagte er, hob den Kopf und musterte mich aufmerksam. Obwohl er mich immer so ansah, wach und voller Interesse, war mir sein Blick heute unangenehmer als sonst.

»Großvater«, grüßte ich und griff nach dem Becher, der bereits auf mich wartete.

Stumm tranken wir unseren Tee; ein allmorgendliches Ritual, bevor wir über die täglichen Aufgaben sprachen. Heute jedoch war es anders, denn Großvater durchbrach die Stille deutlich früher als gewohnt.

»Du bist spät heimgekommen gestern Abend. Wo warst du?«

Ich nahm einen Schluck Tee und mahnte mich innerlich zur Ruhe. Er hatte nur eine schlichte Frage gestellt. Das musste nicht bedeuten, dass er Verdacht geschöpft hatte. Ganz davon abgesehen stimmte es, was er sagte, denn wir hatten die zwei Stunden, in denen Faye angeblich mit Millard spazieren gewesen war, voll ausgeschöpft. Nachdem endlich nichts mehr zwischen uns stand und alles ausgesprochen war, konnte ich von ihrer Nähe nicht genug bekommen.

»Ich war länger mit Mil unterwegs«, erwiderte ich und beschloss, eine Ablenkung zu starten. »Gestern Nachmittag gab es einen Zwischenfall, über den wir in Ruhe reden mussten. Momentan nehmen wir uns ja das Gebiet um den Westwald vor, und ich bin mit dem Talisman an einem Ast hängen geblieben.«

Großvater erstarrte in der Bewegung, und in seinen grauen Augen, die die gleiche Farbe aufwiesen wie meine, flackerte Sorge auf. »Hängen geblieben?«, wiederholte er alarmiert und klappte das Buch zu, ein eindeutiges Zeichen dafür, dass ein Gespräch anstand; glücklicherweise nicht über meine Erkenntnisse Faye betreffend.

»Die Kette ist gerissen«, offenbarte ich, woraufhin Großvater scharf die Luft einzog. »Aber ich habe sie wiedergefunden, bevor mich die Geister erreichen konnten«, sprach ich sofort weiter.

»Das ist gut«, murmelte Großvater, wirkte aber nur leidlich entspannter. »Meine Güte, Ezra. Du musst besser aufpassen. Warum hast du mir nicht sofort davon erzählt? Nicht auszudenken, wenn du …« Er räusperte sich und griff über den Tisch nach meiner Hand. »Du bist das Einzige, was mir geblieben ist. Vielleicht solltest du deine Besuche im Nebel etwas reduzieren.« Er drückte meine Finger und taxierte mich forschend. »Werdet ihr leichtsinnig? Ist es das?«

»Wir sind ebenso vorsichtig und gewissenhaft vorgegangen wie immer«, erwiderte ich, obwohl ich insgeheim zugeben musste, dass ich durchaus etwas abgelenkter gewesen war als sonst. »Die Kette hat sich in einem Zweig verfangen, den ich im Nebel nicht gesehen hatte. Sie ist hängen geblieben, ich habe sie wieder eingesammelt. Alles in Ordnung.«

»Hast du …«

»Ja«, unterbrach ich ihn. »Scott Harris hat sie bereits repariert.«

Großvater nickte zufrieden. »Er ist ein würdiger Nachfolger für den alten Nate. Gut, dass du dich darum gekümmert hast. Aber trotzdem. Pass auf dich auf, Ezra. Ich bitte dich. Natürlich wollen wir einen Weg aus dem Nebel finden, aber nicht um jeden Preis. Dein Wohlergehen ist mir wichtiger. Ich habe schon deinen Vater an die Geister verloren. Richte auch Millard meinen Dank aus, weil er wieder an deiner Seite war. Es ist viel wert, einen Freund zu haben, dem man vollständig vertrauen kann.«

»Das stimmt. Allerdings ist es schwierig, weil er der Meinung ist, ich wäre zu risikobereit. Er sagte, ich solle es nicht übertreiben.«

»Das habe ich dir auch geraten«, entgegnete Großvater mit einem halben Lächeln. »Gerade eben, genaugenommen. Ezra, ich weiß, wie ernst du diese Aufgabe nimmst, und du bist deinem Vater ein mehr als würdiger Nachfolger. Aber wenn du nicht auf deinen alten Großvater hörst, dann vielleicht auf deinen besten Freund.«

»Du selbst hast mir den Auftrag gegeben«, beharrte ich.

Großvater seufzte. »Ich erwarte nicht, dass du ganz damit aufhörst. Ich will lediglich, dass du vorsichtiger bist als bisher. *Noch* vorsichtiger. Als zukünftiger Hüter der Chronik ist es deine Pflicht, den Nebel zu erkunden und darüber Stillschweigen zu bewahren. Ich weiß, wie frustrierend und unbefriedigend es sein kann. Denkst du, ich wäre damals nicht angegangen worden, weil ich einen Talisman besaß, ohne Salzträger zu sein? Das ist das Schicksal der Blackmores. Wir tun das alles im Verborgenen. Zum Schutz Salwoods und dessen Bewohner. Irgendwann wirst du der Hüter der Chronik sein, und dann wirst du mit deinem Sohn das gleiche Gespräch erleben, das wir gerade führen.«

Ein Sohn. Lieber Himmel, daran hatte ich noch gar nicht gedacht, zumindest nicht in den letzten Tagen. Meine Gedanken wanderten zu Faye und den Dingen, die wir unter der alten Weide miteinander getan hatten. Wenn Großvater wüsste, dass ich gegen seinen ausdrücklichen Wunsch mit einer Frau zusammengewesen war und mich ausgerechnet mit einer Rutherford eingelassen hatte, sogar deren Besessenheit verschleierte, wären die Gefahren im Nebel mein geringstes Problem. Ein unangenehmes Kribbeln lief meine Wirbelsäule hinab. Und wenn Faye schwanger war?

»Worüber denkst du nach?«

Es fiel mir schwer, bei Großvaters Frage nicht zusammenzuzucken.

»Über die letzten Tage«, entschied ich mich zumindest für einen Teil der Wahrheit. »Es war einiges los. Die gerissene Kette, Hanas Verlust, der Berg Lügen, der dazu geführt hat, dass Hunt hier aufgetaucht ist …«

»Und Faye Rutherford, die ebenfalls hier aufgetaucht

ist«, ergänzte Großvater scheinbar harmlos, und ich schaffte es nur mit Mühe, meinen Gesichtsausdruck zu kontrollieren. »Hast du sie seitdem noch mal gesehen?«

»Kurz bei der Salzwende, sonst nicht«, erwiderte ich knapp, bevor mir klar wurde, dass dies die perfekte Gelegenheit für einige Nachfragen war.

»Woher kommt diese Feindschaft? Zwischen den Blackmores und den Rutherfords?«

Großvater griff erneut nach seinem Becher und nahm bedächtig einen Schluck. »Es gibt zwei Gründe«, begann er dann. »Einer davon, der triftigere, liegt weit in der Vergangenheit. Alles nahm seinen Anfang mit dem tragischen Vorfall in der Mine. Es war, als hätte Salwood an diesem Tag sämtliches Glück verlassen. Viele Männer waren gestorben, der Nebel senkte sich auf das Dorf, und mit ihm kamen die Geister. Plötzlich waren unsere Vorfahren gefangen und völlig überfordert mit der Situation. Fynneas Rutherford war damals Reverend und gleichzeitig Oberhaupt des Dorfes; alle Entscheidungen lagen in den Händen der Kirche. Er weigerte sich, die unfreiwillige Gefangenschaft Salwoods zu akzeptieren. Stattdessen ignorierte er alle Warnungen und scharte eine Gruppe Gläubige um sich, die er durch den Nebel in die Freiheit führen wollte.«

»Es hat nicht funktioniert«, mutmaßte ich.

Großvater schnaubte geringschätzig. »Natürlich nicht. Fynn war ein verblendeter Schwachkopf und ein unverbesserlicher Optimist. Seine Überzeugungskraft und sein

Charisma hatten allerdings dafür gesorgt, dass ihm eine Menge Menschen folgten – direkt in den Untergang. Es war ein schwarzer Tag für Salwood, als rund zwanzig Seelen Rutherfords Selbstüberschätzung und falschem Glauben zum Opfer fielen. Mehrere Familien waren ausgelöscht oder stark dezimiert. Die Macht des Glaubens war erschüttert, und ein Gremium aus den Dorfältesten wurde gegründet, um in Zukunft Fehlentscheidungen wie diese zu verhindern. Und an der Spitze des Rats stand ein Blackmore. Zum ersten Mal in der Geschichte wurden die Geschicke Salwoods nicht von der Kirche gelenkt. Jahrelang musste das Dorf ohne geistliche Führung zurechtkommen, und es dauerte weitere Jahrzehnte, bis ein Nachkomme Fynneas Rutherfords den Exorzismus entwickelte, weil er erkannt hatte, wie stark die Besessenen auf Salz reagierten. Die ersten unbeholfenen Versuche wurden schnell zur Regel, sodass die Salwooder zumindest ein wenig Handlungsspielraum hatten. Nichtsdestotrotz hatte sich das Machtgefüge verschoben, die damalige Freundschaft zwischen den Familien war zerstört, und das prägt uns bis heute.«

»Und der andere Grund?«, fragte ich nach einigen Sekunden des Schweigens und hielt mich absichtlich kurz, um Großvater nicht aus seinem Redefluss zu reißen. Es war selten, dass er so viel preisgab.

»Die andere Geschichte spielt sich auf einer viel persönlicheren Ebene ab.« Großvater verlagerte leise ächzend sein Gewicht und drückte den Rücken durch. In den vergangenen Monaten hatte er etwas abgebaut. Er war nicht mehr der Jüngste, das wurde mir in diesem Moment wieder bewusst.

»Deine Mutter war eine herzliche und liebenswerte Frau«, fuhr er fort. »Und damals nicht nur mit deinem Vater, sondern auch mit dem Reverend eng befreundet. Einige Jahre lang glaubte ich tatsächlich daran, dass es möglich wäre, die Streitigkeiten zwischen den Rutherfords und den Blackmores nach all der Zeit beizulegen; mit deiner Mutter als Bindeglied zwischen beiden Familien. Das ging so lange gut, bis sie sich in deinen Vater verliebte – und er sich in sie. Als sie ein Paar wurden, fand die langjährige Freundschaft ein Ende, denn Byron Rutherford hatte sich ebenfalls in Sarah verliebt. Er hat es nie verwunden, dass sie sich für deinen Vater und nicht für ihn entschieden hat. Alles eskalierte, als dein Vater von einem Geist in Besitz genommen wurde. Es war Byron Rutherford, sein ehemaliger bester Freund, der den Exorzismus ausführte, der ihn letztendlich das Leben kostete.« Großvater schwieg für einige Sekunden und runzelte die Stirn. »Ich muss zugeben, dass ich mich selbst auch schon gefragt habe, ob Rutherford damals wirklich sein Bestes gegeben hat, um Eric zu retten; immerhin liebte er dessen Frau. Aber diese Unterstellungen helfen nicht weiter, das alles ist lange vorbei. Nach dem Tod deines Vaters war Sarah außer sich vor Trauer, ließ niemanden an sich heran. Byron, der ja selbst verheiratet war und ein eigenes Kind hatte, versuchte dennoch alles, um sie zu trösten, doch es war vergeblich. Nur wenige Wochen nach dem Tod deines Vaters ging Sarah ebenfalls in den Nebel – und das hat Byron unserer Familie nie verziehen, so wie ich niemals vergessen kann, dass es im Endeffekt er war, der Eric durch den Exorzismus getötet hat. Vermutlich ist Rutherford noch heute davon überzeugt, dass Sarah an seiner Seite ihr Glück gefunden hätte, und macht die Blackmores für ihren Tod verantwortlich. So lebte der alte Konflikt wieder auf und die beiden Familien hassen sich mit derselben Inbrunst wie ihre Vorfahren.« Großvater warf mir einen unergründlichen Blick zu. »Und deshalb solltest du dich von den Frauen und insbesondere von der kleinen Rutherford fernhalten. Das kann nicht gut enden. Reiß dich zusammen, Ezra. Gerade bei ihr. Ganz sicher will ich nicht auf irgendeine Weise mit dieser Familie verbunden sein. Und auch sonst ist es viel zu früh.«

Ich deutete ein Schulterzucken an und bemühte mich um eine neutrale Miene, obwohl ich mich unglaublich ertappt fühlte. Großvater hatte mir gerade auf unmissverständliche Art zu verstehen gegeben, dass ich meine Finger – oder andere Körperteile – bei mir behalten sollte. Nun, dafür war es ein wenig zu spät. Er war nicht müde geworden zu betonen, wie wichtig ihm dieser Aspekt war, und mit jeder weiteren Salzwende steigerten sich Neugier und Ungeduld. Mittlerweile war ich ein Meister darin, mich zuerst am Feuer mit verschiedenen Frauen zu zeigen und es im Anschluss so aussehen zu lassen, dass man annahm, ich sei in Begleitung verschwunden. Nun war es geschehen; ich hatte mit Faye geschlafen, ohne einen Gedanken an mögliche Folgen zu verschwenden. Ich hatte weder vorher unauffällig in Erfahrung gebracht, wie lang die letzte Monatsblutung her war, noch sichergestellt, dass sie hemmende Kräuter einnahm. Das Ziel der Salzwende war die Fortpflanzung und damit der Fortbestand Salwoods. Das war allen klar, aber dennoch schützten sich viele junge Frauen gerade bei ihren ersten Feierlichkeiten durch entsprechende Kräutermischungen, und die Erwachsenen billigten es. Ich wusste, wie sehr Großvater der Gedanke, zum Urgroßvater gemacht zu werden, gegen den Strich ging, und ich akzeptierte es und war vorsichtig … gewesen.

Seufzend fuhr ich mir übers Gesicht. Allmählich wurde mir klar, dass die Sache zwischen Faye und mir noch komplizierter war, als ich es ohnehin schon angenommen hatte. Natürlich hatte ich mir zusammengereimt, dass der Ursprung für die Fehde der beiden Familien irgendwo in der Vergangenheit ihren Ursprung hatte, aber dass sowohl der Reverend als auch mein Großvater persönliche Gründe hatten, war neu. Und das war nicht gut. Gar nicht gut. Ganz abgesehen davon fragte ich mich jetzt auch, ob Rutherford beim Scheitern des Exorzismus ein wenig nachgeholfen hatte.

Noch ganz im Bann von Großvaters Erzählung trank

ich meinen Tee aus, dann griff ich nach einem der Salzbrötchen, die ich gestern Morgen gebacken hatte.

»Ezra?« Sein besorgter Tonfall ließ mich aufblicken. Er öffnete den Mund, dann schüttelte er den Kopf.

»Nichts weiter«, sagte er. »Sei einfach vorsichtig und bring dich nicht unnötig in Gefahr, ja?«

»Das bin ich«, versprach ich und schob den Gedanken daran, dass das geplante Treffen mit Faye alles andere als ungefährlich war, weit weg. Ich steckte ein weiteres Brötchen in die Tasche, vergewisserte mich, dass mein Talisman wie immer unter meinem Hemd verborgen auf meiner Brust lag und verließ mit einem Abschiedsgruß das Haus.

Statt durch die engen Straßen und Gassen Salwoods zu laufen, schlug ich die andere Richtung ein, sodass ich mich in einem großen Bogen der Stelle im Westwald näherte, wo ich mit Millard verabredet war. Für heute Morgen hatte ich einen weiteren Vorstoß in den Nebel geplant, um meine Pflichten nicht zu vernachlässigen. Außerdem war Großvater bis zum Nachmittag zu Hause, sodass ich erst dann Gelegenheit haben würde, unbeobachtet meine Recherchen anzustellen. Am liebsten hätte ich mich schon gestern in den Büchern vergraben und die Nacht durchgelesen, doch es war zu riskant. Mein Großvater war ein kluger Mann mit einer raschen Auffassungsgabe, der bei der geringsten Unregelmäßigkeit Verdacht schöpfen würde.

Ich schob die düsteren Gedanken vorerst beiseite und

genoss stattdessen die fahlen Sonnenstrahlen, die durch die Nebeldecke drangen. Der Schleier ließ Licht durch, an guten Tagen konnte man sogar den Mond oder die Sterne sehen, was dafür sprach, dass der Dunst über uns dünner war als die wirbelnden Schwaden um den Salzkreis herum. Leider nutzte die Erkenntnis wenig, denn eine Flucht in die Höhe war unmöglich.

Eine knappe halbe Stunde später erreichte ich unseren Treffpunkt, wo Millard bereits auf mich wartete. Er saß mit ausgestreckten Beinen am Fuß einer Tanne, den Rücken gegen den Stamm gelehnt, und lächelte bei meinem Anblick, als würde es ihn beruhigen, mich unversehrt zu sehen.

Nach einer kurzen Begrüßung drückte ich ihm das Brötchen in die Hand, das ich für ihn mitgenommen hatte, und wir begannen schweigend zu essen.

»Wie geht es dir heute?«, fragte er, nachdem er den letzten Bissen hinuntergeschluckt hatte.

Für einige Sekunden lauschte ich in mich hinein. »Gut«, erwiderte ich dann. »Mein Hals tut noch etwas weh, insbesondere beim Schlucken, und ich fürchte, an den Blutergüssen werde ich noch etwas länger meine Freude haben.«

»Deshalb das schicke Halstuch«, stichelte Millard, klang dabei aber eher anteilnehmend als spöttisch. »Habt ihr gestern noch an einer Lösung gearbeitet oder nur wild rumgeknutscht?«

»Beides«, gab ich mit einem halben Grinsen zu und fasste meinem besten Freund die wenigen Ansätze zusammen, die wir hatten.

»Wir wollen also gemeinsam die Bücher sichten«, schloss ich kurz darauf. »Aber wenn Faye zu oft allein unterwegs ist, werden ihre Eltern Verdacht schöpfen. Deshalb braucht sie deine Hilfe. *Wir* brauchen deine Hilfe, Mil.«

»Auf keinen Fall.« Er schüttelte kategorisch den Kopf. »Ich soll es unterstützen, dass du dich in Gefahr begibst? Schon wieder? Kannst du diese Recherche nicht ohne sie vornehmen? Ich könnte dich dabei unterstützen.«

Bevor ich etwas entgegnen konnte, hob er die Hände. »Ja, ich weiß. Ich lese weder sicher noch schnell genug, um dir eine Hilfe zu sein. Aber immerhin bin ich nicht besessen und werde dich auch nicht mit meinen körperlichen Vorzügen von der Arbeit abhalten.«

»Faye fühlt sich grauenvoll. Ohnmächtig, hilflos und ausgeliefert. Ist es nicht verständlich, dass sie auch irgendetwas tun will, statt abzuwarten, ob ich eine Lösung finde?«

»Das …«

»Die Rutherfords mögen dich, Mil«, fuhr ich fort, ohne ihm die Gelegenheit zu einer Antwort zu geben. »Wenn du sie abholst oder sie zu einem Treffen mit dir aufbricht, werden sie es nicht verbieten. Bitte.«

»Okay«, sagte Millard. »Ich mach's.«

Für einige Sekunden starrte ich ihn sprachlos an, während mich Erleichterung durchflutete.

»Ich mach's, wenn du mir im Gegenzug versprichst, deine Spaziergänge im Nebel einzustellen, bis dieser Spuk vorbei ist. Es reicht, wenn du dich durch Fayes Nähe in Gefahr begibst, dann muss das nicht auch noch sein.«

»In Ordnung«, bestätigte ich nach kurzem Nachdenken. »Keine Ausflüge in den Nebel, zumindest nicht in meiner Funktion als zukünftiger Hüter der Chronik.«

Millard kniff die Lider zusammen. »Diese Einschränkung ist verdächtig. Was hast du im Sinn, Ez? Versuche gar nicht erst zu lügen. Ich kenne dich besser als jeder andere im Dorf, du halsstarriger Vollidiot.«

»Wir suchen nach der Ursache des Nebels, nicht nach den Folgen«, erinnerte ich. »Deshalb kann ich dir nicht versprechen, in den nächsten Tagen keinen Fuß hineinzusetzen.«

Millard schnaubte und verdrehte die Augen, verzichtete aber auf eine Erwiderung.

Im Verlauf der nächsten beiden Stunden forschten wir weiter nach Lösungen und führten die Gedanken fort, die ich mit Faye gestern aufgeworfen hatte, wobei mein bester Freund nicht müde wurde, mich immer wieder auf das Risiko aufmerksam zu machen, das ich in ihrer Nähe einging.

Erst am frühen Nachmittag machten wir uns auf den Heimweg und trennten uns, kurz bevor die ersten Häuser in Sicht kamen.

Während sich Millard bei seinen Eltern zurückmelden und anschließend Faye abholen würde, nutzte ich Großvaters Abwesenheit, um mich in den Büchern zu vergraben und nach Anhaltspunkten zu suchen.

Je mehr Zeit verging, desto frustrierter wurde ich, denn ich musste mir eingestehen, dass die Suche nach den Ursachen zwar nach einem griffigen Plan klang, in Wirklichkeit aber halbblindes Herumgestochere in den Aufzeichnungen war. Ich las eine Menge über die Gründung des Dorfes, die Erschließung der Mine und ebenso über das Unglück, nahm mir sogar die Bücher vor, die ich selbst übertragen hatte und daher fast auswendig konnte. Mehr als einmal musste ich niesen, weil mich der Staub, der im schwachen Licht der Nachmittagssonne flirrte, in der Nase kitzelte. Ich liebte diesen Raum, die deckenhohen Bücherregale, den Geruch nach Holz, Papier und Graphit. Obwohl ich fast täglich an Großvaters wuchtigem Schreibtisch in der Zimmermitte saß, hatte sein Arbeitszimmer in all den Jahren nichts von seinem Zauber verloren. Noch immer faszinierten mich die Schriften und die darin enthaltenen Überlieferungen, und nicht nur einmal hatte ich darüber nachgedacht, wie gerne ich dem Keller der Kapelle einen Besuch abstatten würde, um dort nach Herzenslust in den Büchern herumzustöbern. Während im Archiv lediglich Geschichten und Sagen rund um Salwood aufbewahrt wurden, befand sich in der Kapelle eine überschaubare Sammlung von Schriftstücken, die von der Welt außerhalb des Nebels erzählten. Leider war gerade ich bei den Rutherfords nicht willkommen, und ich ging nicht davon aus, dass sich das in naher Zukunft ändern würde.

Als Faye an der Tür klopfte, war ich gerade dabei, mich in einen Text zu vertiefen, der den Tag vor dem Minenunglück beschrieb. Ich legte das Buch zur Seite, atmete einmal tief durch, dann ging ich durch die Stube, um sie hereinzulassen.

»Ezra.« Sie schenkte mir ein zögerliches Lächeln, warf einen verstohlenen Blick über ihre Schulter, um auszuschließen, dass ihr jemand gefolgt war, dann betrat sie das Haus.

Für einige Sekunden standen wir etwas unbeholfen voreinander, dann überwand ich den Raum zwischen uns und zog sie in eine Umarmung.

»Schön, dich zu sehen«, flüsterte ich in ihr Ohr.

Sie drehte den Kopf, ihr warmer Atem strich über meine Haut, und nur Sekunden später fanden sich unsere Lippen. Ich legte eine Hand auf Fayes Rücken und zog sie etwas enger an mich heran, woraufhin sie sich unmittelbar versteifte. Bevor ich darauf reagieren konnte, drehte sie den Kopf zur Seite, legte beide Handflächen an meine Schultern und drückte mich weg.

Sofort gab ich sie frei und wich zurück. »Tut mir leid«, entschuldigte ich mich, obwohl ich selbst nicht genau verstand, was ich falsch gemacht hatte. »War das zu aufdringlich?«

»Nein.« Faye strich sich eine Haarsträhne hinters Ohr, die sich aus ihrem Zopf gelöst hatte, den sie wie üblich trug. »Ich … Es war unangenehm.«

»Du fandest es unangenehm, mich zu küssen?«, vergewisserte ich mich so entrüstet, dass ein Lächeln über Fayes Gesicht huschte.

Sekunden später setzte die Erkenntnis ein, und ich rieb mir verlegen über den Nacken. »Es war das Salz«, sprach ich das Offensichtliche aus, woraufhin Faye unglücklich mit den Schultern zuckte.

»Du trägst deinen Talisman, oder?«, vergewisserte sie sich.

Ich nickte. »Immer. Gestern auch schon.«

»Dann wird der Geist stärker.« Sie schluckte hart. »Gestern hat sich deine Umarmung noch nicht so … falsch angefühlt.«

Obwohl ich wusste, dass es lediglich um den Talisman, nicht um mich selbst ging, trafen mich ihre Worte.

»Und deine Lippen ebenso wenig«, fügte sie hinzu.

»Ich hatte etwas stark Salzhaltiges zu Mittag«, erwiderte ich und hoffte, dass es nicht zu sehr nach einer Verteidigung klang. »Das ist bei uns die Regel, weil ich fast täglich nach draußen gehe. Bei der Salzwende hast du nichts bemerkt? Immerhin waren die Speisen dort auch entsprechend gewürzt.«

Sie schüttelte den Kopf. »Übelkeit und etwas Bauchweh, aber das hatte ich auf den Stress zurückgeführt, nicht auf das Essen.«

Ich nickte nachdenklich. Es wunderte mich nicht, dass Faye stark genug war, um sich gegen die Inbesitznahme deutlich länger zur Wehr zu setzen, als es bei anderen der Fall war. Das verschaffte uns zumindest den Hauch einer Chance, auch wenn uns die Zeit förmlich zwischen den Fingern zerrann.

»Dann werden wir nachher testen, ob da meine Küsse immer noch *unangenehm* sind«, beschloss ich lässig. »Dann dürften meine Lippen genießbarer sein, und den Talisman kann ich ausziehen. Alles andere übrigens auch.«

Fayes Augen weiteten sich leicht, und auf ihren Wangen breitete sich ein rosiger Schimmer aus. Ihre Verlegenheit war verdammt niedlich und auf andere Art ebenso reizvoll wie das Selbstbewusstsein, das sie neulich an den Tag gelegt hatte.

Ich lachte und strich ihr mit den Fingerspitzen über die Wange. »Schon klar, wir haben eine andere Mission. Komm mit nach hinten, dann kannst du dir das Archiv ansehen. Großvater dürfte bis zum Abend unterwegs sein.«

Ich verflocht meine Finger mit ihren und vergewisserte mich mit einem kurzen Blick davon, dass meine Berührung für sie okay war, dann zog ich sie hinter mir her in den rückwärtigen Teil des Hauses.

Faye trat an mir vorbei in das Archiv hinein und blieb kurz hinter der Türschwelle stehen.

»Das ist beeindruckend«, hauchte sie, während ihre

Augen über die mit Schriften gefüllten Regale glitten, die den Großteil der Wände einnahmen. »Die hast du alle gelesen?«

»Teilweise sogar abgeschrieben«, stimmte ich zu, woraufhin sie zu einem der Regale ging und mit den Fingerspitzen über die Einbände fuhr.

»Ist die Sammlung in der Kapelle nicht noch umfassender?«

»Das schon. Aber die Schriften bei uns sind ausnahmslos aus Pergament und nur lose zusammengefasst. Und das hier …« Sie nahm ein Buch und strich andächtig über den Schnitt. »Es ist gebunden. Und es ist aus Papier.«

»Großvater hütet sie wie seinen Augapfel«, erwiderte ich, während ich sie aufmerksam beobachtete. Es gefiel mir, wie respektvoll sie mit dem gesammelten Wissen mehrerer Generationen umging und dass sie den Schatz, den sie vor sich hatte, zu würdigen wusste. »Er hat die Regale absichtlich so positioniert, dass sie nicht vom Sonnenlicht getroffen werden.«

»Die einzigen Bücher Salwoods«, murmelte Faye, noch immer ganz im Bann unserer überschaubaren Bibliothek.

»Das dickste gebundene Buch ist die Chronik.« Ich ging zum Schreibtisch hinüber und legte eine Hand auf das raue Holz. »Großvater hält sie sorgsam unter Verschluss, und ich habe noch nie einen Blick hineingeworfen. Erst wenn er seinen Posten als Hüter an mich abgibt, erhalte ich den Schlüssel und damit Einsicht in die Chronik. Dann bin ich zuständig für das Erfassen von Geburten, Todesfällen, Hochzeiten, Ernennungen zum Salzträger und …« Ich verstummte und musterte sie befangen.

»Exorzismen«, führte sie meine Aufzählung zu Ende.

»Du musst mich nicht behandeln, als sei ich aus Salz, Ezra. Ich könnte nicht weiter davon entfernt sein.« Sie lächelte mich an, doch in ihren Augen konnte ich dieselbe Sorge erkennen, die auch ich empfand. Wir hatten beide keine Ahnung, worauf wir uns einließen, das wurde mir in diesem Moment erneut schmerzhaft bewusst.

»Wie bist du bisher vorgegangen?«, wollte Faye wissen, während sie sich unschlüssig im Raum umschaute. »Nach welchem System sind die Bücher geordnet?«

»Es gibt verschiedene Themengebiete«, erklärte ich, während ich zur linken Wand ging. »Vorhin habe ich etwas über die Gründungsgeschichte Salwoods gelesen, habe aber wenig Neues erfahren. Unsere Vorfahren haben sich nicht nur wegen des Salzvorkommens niedergelassen, sondern auch wegen des Baches, der in den Wiesensee mündet, und der Kombination aus Wald und Weideland. Perfekt für Ackerbau und Viehzucht. Ansonsten habe ich Informationen über die Erschließung und Inbetriebnahme der Mine gefunden.«

Ich nahm das entsprechende Buch aus dem Regal, in dem ich zuvor gelesen hatte, und hielt es Faye hin. »Wenn du möchtest, kannst du beim Tag vor dem Minenunfall beginnen«, schlug ich vor. »Die Texte habe ich vor Kurzem erst übertragen, sodass die knappe Auffrischung vorhin genügt hat.«

Als Faye das Buch entgegennahm, trafen sich unsere Finger, und obwohl ich wusste, wie unpassend es war, breitete sich vom Punkt der Berührung kribbelnde Wärme in mir aus. Am liebsten hätte ich sie an mich gezogen und dafür gesorgt, dass sie sämtliches Unbehagen vergaß.

Nachdem sie sich den Titel angesehen hatte, ging sie wortlos in eine Ecke und sank anmutig in den Schneidersitz. Mit routinierten Bewegungen ordnete sie ihr Kleid, dann vertiefte sie sich in die Lektüre, ohne mir weitere Beachtung zu schenken. Zu meinem Glück, ansonsten hätte sie sicher bemerkt, wie sehr mich ihr Anblick gefangen nahm. Ihr weißblondes Haar glänzte silbern in den Strahlen der Nachmittagssonne, was ihr eine ätherische, fast unwirkliche Schönheit verlieh.

Es dauerte einige Sekunden, bis ich mich losreißen konnte. Nachdem ich mir ebenfalls ein Buch genommen hatte, ging ich zu ihr und setzte mich neben sie auf den Boden. Es kostete mich einige Mühe, mich auf den Inhalt und nicht auf Fayes Nähe zu konzentrieren.

Für längere Zeit arbeiteten wir schweigend, nur unsere leisen Atemzüge und das vorsichtige Umblättern der Seiten war zu hören. Die Stimmung war entspannt, fast friedlich, und bis Faye scharf die Luft einzog, hatte ich fast vergessen, dass es einen verdammt unerfreulichen Grund für diese scheinbare Idylle gab.

»Eine Karte.«

Ich beugte mich zu ihr, woraufhin mir ihr blumigweicher Duft in die Nase stieg.

»Das ist ein Grundriss der Mine«, stellte sie fest, und ich nickte.

»Alle Zugänge, Schächte sowie Stollen sind gekennzeichnet, ebenso die instabilen Abschnitte.« Ich deutete auf die entsprechenden Markierungen. »Eine veraltete Version der Karte, die die Salzträger nutzen, um sich in der Mine zu orientieren.«

Faye fixierte weiterhin den Plan und zog dabei die Unterlippe zwischen die Zähne. »In der Legende sind Ab- und Aufstiege sowie Zufluchtsräume vermerkt.« Sie tippte auf die entsprechenden Zeichnungen. »Außerdem Lagerplätze für Öl und Werkzeuge. Aber was bedeuten diese Kreuze?«

Ich runzelte die Stirn, während ich die acht Symbole in Augenschein nahm, deren Anordnung auf den ersten Blick rein willkürlich erschien. Dann registrierte ich jedoch, dass sich eines unmittelbar neben dem Öldepot und je zwei in der Nähe der Ausgänge befanden. Leider hatte ich keine Ahnung, was das zu bedeuten hatte.

»Ich weiß es nicht. Allerdings bin ich mir ziemlich sicher, dass sie auf den neueren Karten nicht auftauchen.«

»Sie sind hauchdünn«, murmelte sie. »Und sie haben einen anderen Grauton als der Rest der Skizze, als wären sie nachträglich hinzugefügt worden.« Sie zuckte mit den Schultern. »Vermutlich hat das nichts zu bedeuten.«

»Das ist mir bisher nicht einmal aufgefallen«, gab ich zu und fuhr über die verblassten Linien. »Allerdings habe ich diese Karte nicht übertragen, weil sie von vor dem Unglück stammt. Viele Stollen sind nicht mehr benutzbar.«

»Was genau ist damals geschehen? Bei diesem Unfall?«

»Während die Minenarbeiter unter Tag waren, ist ein Feuer ausgebrochen«, erwiderte ich. »Es hat ihnen die Ausgänge abgeschnitten.«

Faye verkrampfte sich umgehend und ballte die Hände zu Fäusten. Innerhalb weniger Sekunden hatte ihr Gesicht an Farbe verloren, und sie zitterte unterdrückt, als könnte sie es kaum ertragen, noch mehr zu hören. Ob es der Geist in ihr war, der sie zu dieser heftigen Reaktion brachte?

»Irgendwann hat die Decke nachgegeben und einen Teil der Arbeiter unter sich begraben, sogar regelrecht zerquetscht«, fuhr ich absichtlich brutal fort und beobachtete Faye unauffällig. Nicht um sie zu quälen, sondern um vielleicht der Seele in ihr einige Informationen abzuzwingen.

Ihre Augen schienen zu glühen, und sie bohrte die Fingernägel in die Handflächen, als müsste sie sich davon abhalten, mich anzugreifen und so dafür zu sorgen, dass ich schwieg.

»Die Bergleute, die nicht durch den Einsturz gestorben sind, fielen dem Rauch und den Explosionen zum Opfer. Ich nehme an, einige von ihnen wurden richtig zerfetzt und …«

»Hör auf!«, brüllte sie unvermittelt, drehte sich in meine Richtung und schlug zu. Mit voller Kraft.

Da ich damit gerechnet, es sogar darauf angelegt hatte, konnte ich ausweichen, sodass ihre Faust nicht in mein Gesicht, sondern gegen die dahinterliegende Wand krachte.

Faye stöhnte schmerzerfüllt auf, und in mir kochte das schlechte Gewissen hoch.

»Ezra«, flüsterte sie, während sie mehrfach blinzelte und die Hand senkte. Der fiebrige Glanz ihrer Augen verschwand so schnell, wie er gekommen war, und sie betrachtete fassungslos ihre aufgeschürften Knöchel.

»Das war …« Sie schluckte mehrfach. »Das war nicht ich. Es tut mir leid.«

Ohne zu zögern, griff ich nach ihrer Hand, achtete aber darauf, die frische Verletzung nicht zu berühren.

»Alles okay, Faye. Ich bin es, der sich entschuldigen sollte.«

Ihr Kopf schnellte hoch, und kurzzeitig hatte ich Mühe, mich nicht in ihrem Blick zu verlieren.

»Ich habe den Geist absichtlich provoziert«, sagte ich dann, »weil ich herausfinden wollte, wie stark er auf die Vorfälle von damals reagiert.«

»Sehr stark«, erwiderte Faye trocken, streckte mehrmals die Finger und ballte sie anschließend wieder zu Faust. »Du wolltest prüfen, ob der Geist persönlich betroffen war?«

»Das stimmt«, bestätigte ich, erleichtert, dass sie sofort meine Absicht verstand. »Ich habe keine Ahnung, wie viele Geister mittlerweile im Nebel herumschwirren. Aber ich glaube, dass die stärksten von ihnen die Seelen der Bergleute sind, die bei dem Unglück in der Mine ihr Leben gelassen haben.«

»Die Mine«, murmelte Faye und griff erneut nach dem Buch, das neben ihr auf dem Boden lag. »Alle Spuren führen zur Mine. Immer wieder.«

»Und deshalb werde ich genau dort nach weiteren Anhaltspunkten suchen«, entschloss ich mich für den direkten Weg.

»Wir«, verbesserte mich Faye sofort. »Wir werden nach weiteren Anhaltspunkten suchen.«

Ich schüttelte entschlossen den Kopf. »Auf keinen Fall. Faye, es ist eine Salzmine! Erinnere dich mal an deine Reaktion an eine bloße Umarmung mit Talisman. Du wirst umgeben sein von Salz. Und abgesehen davon habe ich keine Ahnung, was geschieht, wenn du dich in den Nebel begibst.«

»Ein Gefäß im Nebel.« Faye lächelte schwach. »Was soll schon passieren? Besessen bin ich ohnehin schon.«

»Aber …«

»Denkst du nicht, dass es hier für mich viel gefährlicher ist?«, unterbrach sie mich forsch. »Ein falsches Wort und ich gehe in die Luft. Ich bin schon jetzt meinen Emotionen hilflos ausgeliefert, und es wird immer stärker.«

»Trotzdem ist das Risiko zu groß«, beharrte ich. »Faye, ich meine es doch nur gut. Ich will dich schützen.«

In einer geschmeidigen Bewegung richtete sie sich auf, stemmte die Hände in die Seiten und sah auf mich herab.

»Kannst du mal mit dem Scheiß aufhören?«, fuhr sie mich an. »Dass ich gerade den Körper mit einem Geist teile, heißt nicht, dass ich schwachsinnig geworden bin. Ich kann sehr wohl meine eigenen Entscheidungen treffen, du selbstgerechtes Arschloch! Wenn du mich nicht mitnimmst, gehe ich eben allein. Ich brauche keinen schwanzlosen Vollidioten als Kindermädchen!«

Sie drehte sich um und machte Anstalten, aus dem Raum zu stürmen, woraufhin es mir endlich gelang, mich aus meiner halb schockierten, halb amüsierten Starre zu befreien.

»Stopp«, sagte ich scharf, während ich ebenfalls auf die Beine kam. Zu meiner Überraschung hielt sie tatsächlich inne, sodass ich mich ihr nähern konnte; dieses Mal deutlich vorsichtiger als vorhin, denn ich hatte nicht die Absicht, Bekanntschaft mit ihrer Faust zu machen.

»Beruhige dich, Faye«, sagte ich leise, um sie nicht weiter aufzuregen. »Kämpfe dagegen an. Diese Wut, diese Aggression … das bist nicht du.«

»Das bin nicht ich«, wiederholte sie und atmete mehrfach tief durch, während ich stumm darauf wartete, dass sie sich entspannte.

»Es wird schlimmer.« Sie rieb sich mit beiden Händen übers Gesicht. »Die Übergänge sind so fließend, dass ich es nicht einmal merke. In einem Moment bin ich gelassen, im nächsten rasend vor Zorn.«

Ich wartete einige Sekunden, um sicher zu sein, dass sie wieder sie selbst war, dann zog ich sie in eine Umarmung. Es war offensichtlich, dass eine weitere Diskussion in einem neuerlichen Wutausbruch münden würde. So konnte ich sie auf keinen Fall zurücklassen.

»Und jetzt?«, wollte sie wissen.

Ich drückte ihr einen Kuss auf die Schläfe, dann schenkte ich ihr ein schiefes Grinsen.

»Sieht so aus, als würdest du den schwanzlosen Vollidioten in die Mine begleiten.«

16 – FAYE

Blind für die Gefahren

Es fühlte sich ekelhaft an, nach einer Übernahme des Geistes wieder bei klarem Verstand zu sein und zu realisieren, dass die vergangenen Handlungen nicht dem eigenen Willen entsprungen waren. Unsicherheit und Fassungslosigkeit verbanden sich mit beißender Scham, weil ich Ezra zuerst angegriffen und ihn kurz darauf mit Schimpfworten bedacht hatte, die normalerweise niemals über meine Lippen kommen würden. Glücklicherweise schien er Verständnis zu haben und nicht nachtragend zu sein, nichtsdestotrotz war die ganze Situation fast unerträglich.

»Es tut mir leid«, entschuldigte ich mich erneut, doch Ezra schüttelte den Kopf.

»Ist okay«, wehrte er ab, während er zum Schreibtisch hinüberging und dort aus einem Fach einen Bogen Pergament sowie einen Graphitsplitter herausnahm. »Ich finde, du schlägst dich erstaunlich gut.«

»Denkst du das wirklich?«

Er hob den Kopf und sah mich an, was ein Flattern in meinem Magen zur Folge hatte. Noch immer konnte ich nicht fassen, dass er mich anscheinend ebenso mochte, wie es umgekehrt der Fall war. Es war traurig, dass wir das erst unter solch furchtbaren Umständen herausgefunden hatten. Während ich in seine sturmgrauen Augen blickte, stellte ich mir vor, wie es wäre, wenn wir uns als ganz normales Paar bei der Salzwende getroffen hätten. Wenn mein Vater keinen Hass auf die Familie Blackmore hätte und Ezra mit dem gleichen Wohlgefallen mustern würde, wie er es bei Millard tat. Wenn ich einfach nur bis über beide Ohren in ihn verliebt und meine größte Sorge wäre, ob er ebenfalls so empfand. War es so? War ich verliebt?

»Ja, Faye«, sagte Ezra schließlich, und ich war froh, dass ich ihm meine Gefühle ausnahmsweise nicht offenherzig präsentiert hatte. »Das denke ich wirklich. Du hast eine starke Persönlichkeit, die der Geist nicht einfach so zur Seite schieben kann. Du hast deinen eigenen Kopf, hast dich noch nie verbogen, um anderen zu gefallen. Das mochte ich schon immer an dir.«

Ich spürte, wie warme Freude in mir emporstieg, die sich sofort mit Beklommenheit mischte, weil ich nicht unterscheiden konnte, ob diese von mir oder doch von der Seele in meinem Innern stammte. Ezras folgende Worte waren wie ein kalter Regenguss.

»Faye …« Er griff sich mit einem Anflug von Verlegenheit in den Nacken, stieß dann aber entschlossen die

Luft aus. »Besteht die Gefahr, dass du … dass unser Beisammensein nicht folgenlos geblieben ist?«

Es dauerte einige Sekunden, bis ich begriff und in der Lage war, ihm zu antworten. »Nein«, sagte ich, meine Stimme kaum mehr als ein Hauch. Lieber Himmel, war das peinlich. »Ich hatte gerade erst … also die Tage, an denen …« Ich verstummte und biss mir auf die Lippe, woraufhin Ezra erleichtert lächelte.

»Alles klar«, erwiderte er lediglich, und ich war ihm mehr als dankbar, dass er nicht nur sofort verstanden hatte, sondern das Thema auch nicht weiter vertiefte.

Er setzte sich an den Schreibtisch, legte das Buch mit der Minenkarte neben sich und machte sich daran, eine Kopie zu erstellen. Während er arbeitete, herrschte friedliche Stille, die nur von dem leisen Kratzen des Graphits auf dem Pergament geschmälert wurde. Nachdem ich ihm einige Minuten lang über die Schulter gesehen hatte, nahm ich auf der Schreibtischplatte Platz, sodass ich gleichzeitig perfekte Sicht sowohl auf die Skizze als auch auf ihn selbst hatte. Die Sonne verlieh seinem Haar einen goldenen Schimmer, und ich erinnerte mich unwillkürlich daran, wie weich es sich unter meinen Fingerspitzen angefühlt hatte. Er hatte die Augenbrauen leicht zusammengezogen, die Unterlippe zwischen die Zähne geklemmt und wirkte, als habe er die Welt um sich herum vergessen. Seine schlanken, aber dennoch kraftvollen Finger lagen um den Graphitsplitter und führten ihn mit sicheren, präzisen Bewegungen. Innerhalb kürzester Zeit entstand ein exaktes Abbild der Minenkarte, in das er zum Schluss die Markierungen übertrug. Viel zu früh war er fertig, und es kostete mich einige Überwindung, den Blick von ihm zu lösen, den erholsamen Frieden der letzten Minuten aufzugeben und mich erneut der Wirklichkeit zu stellen.

Ezra hielt die Kopie neben das Original und unterzog seine Arbeit einer letzten Prüfung. Erst als sich seine konzentrierte Miene entspannte, wagte ich es, ihn anzusprechen.

»Das war ziemlich beeindruckend«, sagte ich und ließ mich von der Tischplatte rutschen, um neben ihn zu treten. Ohne wirklich darüber nachzudenken, legte ich eine Hand in seinen Nacken und schob die Fingerspitzen in sein dichtes Haar. Es fühlte sich so gut an, ihn zu berühren, und trotzdem traute ich mich nicht, es wirklich zu genießen oder mich darauf einzulassen. Kamen diese Empfindungen von mir oder von dem Geist?

»Neben dem Erkunden des Nebels sind diese Übertragungen meine Hauptaufgabe«, erwiderte er. »Ich mache das, seit ich alt genug bin, einen geraden Strich zu ziehen.« Er wandte mir halb das Gesicht zu. »Aber es gefällt mir, dass ich dich damit beeindrucken konnte«, fuhr er fort, während er sich ein wenig nach hinten lehnte. Er betrachtete mich unter halb geschlossenen Lidern, während ein verschmitztes Lächeln um seine Mundwinkel spielte. Für einige Sekunden schien er meine Berührung zu genießen, dann kam unvermittelt Leben in ihn. Bevor ich realisierte, was geschah, war er aufgesprungen, hatte mich in eine Umarmung gezogen und meine Lippen mit seinen verschlossen. Ein Ball aus Wärme und Licht explodierte in meinem Innern, und ich erwiderte seinen Kuss, ohne zu zögern, während ich mich gleichzeitig dicht an ihn schmiegte.

Leider beendete er die Annäherung ebenso schnell, wie er sie begonnen hatte.

»So«, sagte er, während er zurückwich und mich so durchdringend musterte, als würde er damit rechnen, dass ich ihn jederzeit anfallen könnte. »Wir können mit ziemlicher Sicherheit davon ausgehen, dass der Geist keine Chance hatte, die Initiative zu ergreifen. Es war also ein Kuss nur von uns beiden.«

Die offensichtliche Zufriedenheit in seiner Stimme brachte mich zum Lächeln, trotzdem lauschte ich aufmerksam in mich hinein. Ich fühlte mich gut – natürlich tat ich das nach einem solchen Kuss –, und noch immer schien kribbelnde Wärme durch meine Adern zu fließen. Trotzdem war ich weit davon entfernt, Ezra die Kleider vom Leib zu reißen. Offensichtlich hatte es funktioniert, und der Kuss war kurz genug gewesen, um die emotionale Bombe in meinem Innern nicht zu zünden.

»Du solltest nicht solche Risiken eingehen«, sagte ich. »Wir sind im Archiv deines Großvaters. Ich glaube nicht, dass es ihm gefallen würde, wenn wir hier …«

Ich schloss den Mund, während Verlegenheit in mir aufstieg.

Ezra grinste und drückte mir einen Kuss auf die Wange, dann machte er sich daran, den Schreibtisch aufzuräumen und im Anschluss die Bücher wieder in die Regale einzusortieren.

Nachdem er sämtliche Spuren, die auf unsere Recherche hindeuteten, entfernt hatte, verstaute er die Kopie der Karte sorgfältig in seiner Hosentasche und ging zum Fenster hinüber.

»Großvater wird bald nach Hause kommen«, sagte er, bevor er sich wieder zu mir umdrehte. Erst jetzt bemerkte ich, dass die Sonnenstrahlen in einem flacheren Winkel durchs Fenster fielen und den goldenen Glanz des späten Nachmittags angenommen hatten.

»Wir sehen uns morgen, um weitere Bücher zu sichten?«, fragte ich.

Ezra nickte, vermied es aber, mir in die Augen zu sehen. Es dauerte lediglich einen Wimpernschlag, bis ich verstand, woher seine Befangenheit kam.

»Du willst zur Mine«, mutmaßte ich. »In Kürze. Und du hast gerade in Erwägung gezogen, ohne mich zu gehen.«

Ezra starrte mich für einige Sekunden wortlos an, dann drehte er entwaffnend die Handflächen nach oben. »Ein letzter Versuch, dich zu schützen, Faye«, sagte er besänftigend, während ich gegen die jäh aufflammende Wut in meinem Innern ankämpfte. »Aber ja, es stimmt. Ich werde zur Mine gehen … *wir* werden zur Mine gehen, sofern du mich vorher nicht erwürgst.«

»Okay.« Ich atmete mehrfach tief durch, bis ich sicher war, nicht aus der Haut zu fahren. Der Gedanke, im Nachhinein herauszubekommen, dass Ezra allein im Nebel gewesen war, hatte das Potenzial, mir im Rekordtempo die Kontrolle zu rauben. Der Geist in mir schien förmlich darauf zu warten, ein konkretes Gefühl zu erspüren, auf das er sich stürzen konnte.

»Wann willst du aufbrechen? Gibt es noch etwas zu tun?«, erkundigte ich mich, während ich hinter Ezra das Archiv verließ.

»Nur eins noch«, sagte er, während sich ein übermütiges Funkeln in seine Augen schlich. »Ich werde heute Abend wieder stark salzhaltig essen und meinen Talisman tragen.« Er griff nach der Kette, zerrte sie sich über den Kopf und legte sie auf das Regal neben sich.

»Wir müssen es ausnutzen, dass das Mittagessen bereits einige Stunden zurückliegt«, fuhr er fort, zog mich an sich und erstickte jeden klaren Gedanken mit seinen Lippen, die zärtlich, fast schüchtern über meine strichen. Ich seufzte leise, schmiegte mich an ihn und erwiderte den Kuss. Wenig später spürte ich, wie sich das Flattern in meinem Magen zu einem sehnsüchtigen Ziehen in meinem Unterleib steigerte, und obwohl ich alles tat, um dagegen anzukämpfen, wurde mir mit jeder Sekunde heißer. Ich legte eine Hand an Ezras Wange, damit er nicht auf die Idee kam, den Kuss zu beenden, dann trat ich bestimmt einen Schritt vor. Um nicht das Gleichgewicht zu verlieren, musste er meiner Bewegung folgen, sodass er mit dem Rücken gegen die Wand prallte. Als ich sein unterdrücktes Ächzen hörte, gab es für mich kein Halten mehr.

Ich öffnete seine Lippen mit der Zunge, drang in seinen Mund ein und erschauerte, als er mir entgegenkam. Meine Fingerspitzen wanderten über seine Wange und seinen Hals, glitten über den rauen Stoff seines Hemdes, während sie sich den Weg weiter nach unten suchten. An meinem Bauch konnte ich spüren, dass ihn meine Annäherung alles andere als ungerührt ließ, was das Feuer in mir nur weiter schürte. Mit zitternden Fingern machte ich mich an seiner Hose zu schaffen und hielt irritiert inne, als sich sein Griff fest um meine Handgelenke schloss.

»Faye.« Sein heiserer Tonfall jagte mir einen Schauer über den Rücken. »Warte. Tu das nicht.«

Er schob mich von sich, und ich ließ es geschehen, völlig perplex von seiner plötzlichen Zurückweisung. Scham wallte in mir empor, vermischt mit Überforderung und dem bitteren Geschmack der Ablehnung. Wollte er mich nicht? Warum wollte er mich nicht?

Ezra wich einige Schritte nach hinten und zog seine Kleidung zurecht. Seine Pupillen waren geweitet, und seine Brust hob und senkte sich in schnellem Tempo.

Da er nicht mehr in meiner unmittelbaren Nähe war, ließ auch bei mir der Rausch der Erregung nach. Mit jedem Atemzug, den ich tat, klarte sich mein Verstand weiter auf, und schließlich musste ich mir eingestehen, dass ich erneut die Kontrolle verloren hatte. Ich drehte mich zur Seite und rieb mir übers Gesicht. Lieber Gott. Ich war im Begriff gewesen, seine Hose zu öffnen, um wer weiß was mit ihm anzustellen. Was würde er jetzt von mir denken?

Ezra schien sich mittlerweile beruhigt zu haben und ging zum Schreibtisch, wo er nachdenklich seinen Talisman betrachtete.

»Tut mir echt leid«, sagte er, ohne meinem Blick auszuweichen, und in mir stieg eine neue Welle Verlegenheit auf, die meine Wangen rot färbte. Wäre es nicht an mir, mich für den unangemessenen Überfall zu entschuldigen?

»Es tut mir leid, dass ich die Übernahme des Geistes provoziert habe«, beendete er meine Mutmaßungen. »Es war dämlich, den Talisman abzulegen und dich anschließend zu küssen. Ich hätte vorausschauender sein müssen, statt einfach diesem Wunsch nachzugeben. Dass wir fast die Kontrolle verloren hätten, war nicht deine Schuld. Wenn man überhaupt von Schuld sprechen kann.«

»Warum hast du …« Ich räusperte mich. »Warum hast du es abgebrochen? War es nicht … Wolltest du nicht …«

Ich verstummte, noch immer mit dem Gefühlschaos in meinem Innern beschäftigt.

»Fragst du mich das im Ernst?«

Ich nickte befangen und schämte mich umso mehr für meine Frage, weil es eigentlich gar keine Rolle spielen sollte, immerhin war ich nicht ich selbst gewesen.

»Verdammt, Faye.« Ezra stellte sich vor mich, legte eine Hand an meine Wange und zwang mich so dazu, ihn anzusehen. »Das eben zu beenden ist mir alles andere als leichtgefallen. Aber wenn du dich zu einem solchen Schritt entscheidest, dann will ich sicher sein, dass es aus freiem Willen geschieht. Ich will nicht ausnutzen, dass der Geist deine Emotionen verstärkt, um etwas von dir zu bekommen, was du mir nicht geben willst – zumindest nicht in diesem Moment.«

Ich nickte und kämpfte gegen die aufsteigende Rührung an, die meine Kehle eng werden ließ. Verflucht, auch diese Reaktion war zu heftig. Ezras Verhalten war mehr als anständig, doch das war kein Grund, in Tränen auszubrechen.

»Ich sollte gehen, damit ich wieder einen klaren Kopf bekomme«, murmelte ich, bevor ich mich dazu zwang, ihn anzusehen. In seinen grauen Augen erkannte ich Mitgefühl und Verständnis, was schließlich dazu führte, dass ich mich dazu entschloss, weiterzusprechen.

»Ich weiß, dass du keine große Sache daraus machen willst, aber mir ist das, was geschehen ist, ziemlich peinlich. Du sollst nicht denken, dass ich nur das eine im Kopf habe.« Ich befeuchtete nervös meine Unterlippe. Gott, das klang, als wäre ich ein Typ, der sich für eine unangemessene Annäherung rechtfertigte. »Schon klar, am Sonntag habe ich dich überfallen, und auch das gerade war ziemlich eindeutig. Aber trotzdem bist du mehr für mich als eine schöne Hülle.«

Die Stille, die meinem letzten Wort folgte, war extrem unangenehm, und ich realisierte mit Verspätung, dass ich mich äußerst unglücklich ausgedrückt hatte. Wenn wir nicht bald eine Lösung fänden, würde ich bald eine Hülle sein – und dieses Wissen stand schwer im Raum.

Unruhig zuckte mein Blick umher und blieb an dem Talisman hängen, der noch immer zwischen uns auf dem Tisch lag.

»Du solltest ihn wieder überstreifen.«

»Noch nicht.«

Bevor ich nachfragen konnte, trat Ezra erneut auf mich zu und zog mich, ohne zu zögern, in seine Arme.

»Ich möchte, dass du die Augen zumachst, Faye«, sagte er so leise, dass es kaum mehr als ein Raunen war. »Konzentriere dich auf meine Körperwärme. Konzentriere dich auf das, was meine Berührung in dir auslöst.« Er senkte den Kopf, drückte die Lippen auf mein Haar und strich gleichzeitig sanft über meinen Rücken.

Ich kam seinem Wunsch nach, schloss die Lider, schmiegte mich an ihn und überließ mich ganz seiner Umarmung. Ich spürte das gleichmäßige Schlagen seines Herzens, das stete Heben und Senken seines Brustkorbs, das Echo seiner Atemzüge. Mit jeder Sekunde, die verging, wich meine Anspannung gelöster Ruhe. Sicherheit. Zuneigung. Hoffnung. Vertrauen. Anders als das wilde Feuer, das mich blindlings mitgerissen hatte. Intimer. Echter. Es war die absolute Nähe, und sie war umso kostbarer, weil ich wusste, dass ich in diesen Momenten ich selbst war.

Ich konnte nicht sagen, wie lange wir in enger Umarmung standen, und es spielte auch keine Rolle. Als wir uns voneinander lösten, blieb der Nachhall seiner Wärme in meinem Körper zurück. Am liebsten würde ich ihn für die Ewigkeit aufbewahren.

»Danke«, flüsterte ich, bevor ich mich auf die Zehenspitzen stellte und Ezra einen Kuss auf die Wange hauchte, der ihm ein Lächeln ins Gesicht zauberte.

»Jederzeit, Faye«, erwiderte er, bevor er die Schultern straffte. Die Atempause war vorbei, die Realität hatte uns wieder.

»Vielleicht solltest du dich ein wenig ausruhen«, schlug er unvermittelt vor. »Heute Nacht wirst du nicht viel Schlaf bekommen.«

Meine Augen weiteten sich, als ich begriff, was er vorhatte. »Heute Nacht?«, wiederholte ich. »Du willst im Dunkeln in den Nebel? Schon wieder?«

»Uns bleibt keine andere Wahl. Tagsüber kontrollieren die Salzträger die Unversehrtheit der Linie, und ich habe keine Lust, auf sie zu treffen. Du weißt, wie sie den Weg zur Mine finden?«

Ich schüttelte den Kopf.

»Der Salzpfad beginnt einige Schritte vor dem nördlichsten Punkt der Grenze. Dabei handelt es sich um ein Seil, das etwa auf Hüfthöhe verläuft. Teilweise ist es an Pfosten, die in den Boden gehauen wurden, befestigt, teilweise an Bäumen. Im Nebel verliert man innerhalb von Sekunden die Orientierung, deshalb nutzen die Salzträger das Seil als Wegweiser zur Mine. Und wir werden es ebenfalls tun.«

Seine Erklärung sorgte dafür, dass ich mir unglaublich dumm vorkam, weil ich bisher keine Gedanken daran verschwendet hatte, wie wir zur Mine finden würden. Vermutlich hatte ich unterbewusst angenommen, dass Ezra eine Lösung parat haben würde. Mal wieder.

Nachdem er mir eine Zeit und einen Treffpunkt genannt hatte, verabschiedete ich mich und machte mich tief in Gedanken versunken auf den Heimweg. Der Vorfall im Arbeitszimmer hatte gezeigt, dass es unmöglich war, etwaige Gefahrensituationen vorherzusehen oder sich darauf vorzubereiten. Allerdings hatte sich ebenso herausgestellt, dass ich mit Ezras Anleitung zu mir selbst finden konnte. Noch war es nicht zu spät.

Die Zeit bis zum Abend zog sich ewig hin. Ich half meiner Mutter im Haushalt und bei der Vorbereitung des Essens, erzählte mit sämtlicher Begeisterung, zu der ich fähig war, von meinem angeblichen Spaziergang mit Millard und schaffte es sogar irgendwie, meine aufkeimende Wut zu unterdrücken, als Vater davon sprach, dass Millard als zukünftiger Dorfschreiner eine viel bessere Wahl und von größerem Nutzen für Salwood sei als »der junge Blackmore«.

Nachdem ich mich um das Geschirr gekümmert hatte,

saß ich noch für eine Weile mit meinen Eltern zusammen. Obwohl ich gelassen wirkte, vibrierte mein Inneres vor Anspannung. Ich hatte unglaubliche Angst davor, im Gespräch überzureagieren und mich so zu verraten. Mittlerweile wusste ich, dass ein falsches Wort dazu führen konnte, dass mich meine Gefühle wie eine riesige Welle überfluteten und mit sich rissen. Zusätzlich wuchs mit jeder Sekunde die Gefahr, dass mir der Geist seine eigenen Empfindungen aufzwang. Früher oder später würde ich mich verraten. Vater kannte sich mit Besessenen besser aus als jeder andere im Dorf, er würde auch die kleinsten Anzeichen erkennen, und er würde nicht zögern. Der Schutz der Gemeinschaft stand über dem Schicksal eines Einzelnen, selbst wenn es sich dabei um seine Tochter handelte.

Als Vater schließlich aufstand, um sich zurückzuziehen, verkniff ich mir ein erleichtertes Aufatmen. Stattdessen murmelte ich ebenfalls etwas von einem anstrengenden Tag, woraufhin meine Eltern einen verständnisvollen Blick tauschten. Lieber Gott, wenn sie wüssten, was ich am Nachmittag getan hatte – und mit wem –, wären sie mit Sicherheit weniger nachsichtig.

Ich gab vor, mich fertig für die Nacht zu machen, dann stieg ich die Stufen zu meinem Zimmer empor, wo ich mich rücklings aufs Bett legte und in die Dunkelheit starrte. Angst, einzuschlafen, hatte ich nicht, dazu war ich zu aufgeregt. Obwohl es bereits der dritte nächtliche Ausflug innerhalb weniger Wochen war, erfüllte mich blanke Nervosität, die vermutlich durch den verdammten Geist in mir noch verstärkt wurde.

Irgendwann war es still im Haus, doch ich zwang mich dazu, trotzdem noch etwas zu warten. Ich musste absolut sichergehen, dass ich unbehelligt bleiben würde.

Nachdem ich mit bemühter Ruhe von tausend abwärts gezählt hatte und endlich bei null angekommen war, ließ ich mich vom Bett rutschen. Ich zog mich wieder an, schlang mir das grob gewebte Tuch um die Schultern und verknotete es vor der Brust in der Hoffnung, es würde mir zumindest ein wenig Wärme spenden. Auf leisen Sohlen bewegte ich mich zu der Luke, über die ich kurz darauf mein Zimmer verließ. Nachdem ich auch den Abstieg über den Schuppen gemeistert hatte, brachte ich mein Kleid in Ordnung, dann machte ich mich auf den Weg zum Salzpfad, dessen Lage mir Ezra am Nachmittag genau beschrieben hatte. Wie ein Dieb schlich ich mich durch das nächtliche Salwood und achtete darauf, im Schatten der Häuser zu bleiben, die noch schwärzer waren als die mich umgebende Dunkelheit.

Als ich die Dorfgrenze hinter mir zurückgelassen hatte, hielt ich inne und atmete einige Male tief durch, bevor ich mir Ezras Beschreibung ins Gedächtnis rief. Wenn ich mich nach Norden bewegte und darauf achtete, dass ich das ewige Licht im Rücken hatte …

»Für den Salzpfad bist du ein paar Hundert Meter zu weit westlich.«

Ich zuckte heftig zusammen und drehte mich in die

Richtung, aus der die Stimme ertönt war. Für einige Sekunden rechnete ich damit, dass mir Graham Hunt aufgelauert hatte, um zu beenden, was er in der Nacht der Salzwende begonnen hatte, dann wurde mir klar, dass der Sprecher eher spöttisch als bedrohlich geklungen hatte – und dass er über mein Ziel Bescheid wusste.

»Millard?«, vergewisserte ich mich im selben Augenblick, in dem Ezras bester Freund neben mich trat und die kleine Lampe hob, die er hinter seinem Rücken verborgen hatte.

»Hallo, Faye«, sagte er so unbekümmert, als sei es vollkommen normal, sich mitten in der Nacht außerhalb des Dorfes über den Weg zu laufen.

»Du … kommst mit?«, fragte ich, nachdem ich mich halbwegs von dem Schock erholt hatte. War es wirklich sinnvoll, eine weitere Person in Gefahr zu bringen? »Hast du überhaupt einen Talisman?«

Millard schüttelte den Kopf. »Ich komme nicht mit. Und ihr werdet auch nicht gehen. Das ist viel zu riskant! Kann sein, dass du nichts mehr zu verlieren hast. Aber was ist mit Ezra? Denk mal an ihn! Der Hin- und Rückweg zur Mine. Die ganzen Geister um ihn herum. Der Geist in dir … was ist, wenn ihn das Salz nicht ausreichend schützt? Wie kannst du ihn einem solchen Risiko aussetzen? Ich verstehe, dass du unter Druck bist, aber er ist mein bester Freund. Ich passe auf ihn auf, und das solltest du auch tun. Wie kannst du so egoistisch sein?«

»Ich denke *nur* an Ezra!«, zischte ich, während jäher Zorn in mir emporwallte. Wie kam er dazu, mir zu unterstellen, ich würde Ezras Leben gefährden? Ich würde alles für ihn tun, verflucht noch mal! »Vielleicht bist *du* es, der nachdenken sollte? Für den Anfang könntest du aufhören, dich in Dinge einzumischen, die dich nichts angehen.«

»Bist du bescheuert?«, fuhr mich Millard an. »Ich unterstütze euren Mist, versuche zu helfen, wo ich kann, weil du Ez so verdammt wichtig bist. Ich habe mich sogar bei deinen Eltern als perfekter Schwiegersohn ausgegeben, um euch gemeinsame Zeit zu verschaffen. Und jetzt kommst du mir so? Ich habe diese Aggressivität nicht verdient, Faye.«

Ich ballte die Hände zu Fäusten, so fest, dass sich meine Fingernägel schmerzhaft in meine Haut bohrten.

»Und was Ezras Sicherheit angeht«, ging Millard weiter auf mich los, ohne zu merken, dass ich mit aller Kraft um Beherrschung kämpfte. »Wusstest du, dass er am Montag um ein Haar nicht mehr aus dem Nebel zurückgekehrt wäre?«

Die plötzlich aufflammende Sorge nahm meiner Wut zumindest kurzzeitig die Spitze. »Was?«

»Er hat seinen Talisman fallen lassen«, erklärte Millard, »und hat ihn nur durch wahnsinniges Glück rechtzeitig wiedergefunden. Kapierst du nicht, dass jeder Ausflug in den Nebel sein letzter sein könnte? Ich bin seit Jahren an seiner Seite, stehe jedes Mal Todesängste um ihn aus. Jetzt kommst du daher und sorgst dafür, dass er noch wagemutiger wird als zuvor. Hindere ihn daran, Faye! Auf mich hört er nicht! Er ist so verrückt nach dir, dass ihn das blind macht für die Gefahren.«

Ich zögerte und überlegte, was ich auf seine anklagenden Worte erwidern sollte. Natürlich wollte ich nicht, dass sich Ezra für mich dieser Bedrohung aussetzte. Wie kam Millard darauf, mir zu unterstellen, ich würde das billigend in Kauf nehmen?

»Faye.« Millard packte mich an den Schultern; vermutlich, um mir besser ins Gesicht sehen zu können, doch nach seinen vergangenen Anfeindungen fühlte es sich an wie ein Angriff.

Die gleißende Wut, die ich nur mit Mühe im Zaun gehalten hatte, brach hervor, überflutete mich mit zerstörerischer Kraft.

»Du blödes Arschloch«, zischte ich ihn an, während ich ihm mit voller Kraft meine Faust in den Magen rammte. Millard keuchte auf, löste seinen Griff um meine Schultern und krümmte sich, was ich nutzte, um ihm mein Knie ins Gesicht zu knallen. Anders als bei Graham Hunt vor einigen Tagen traf ich dieses Mal genau sein Nasenbein. Das laute Knacken und sein erstickter Aufschrei erfüllten mich mit grimmiger Befriedigung, doch mein Zorn tobte mit gleichbleibender Kraft, hinderte mich daran, einen klaren Gedanken zu fassen. Ich hob den Arm, und bevor Millard in Deckung gehen konnte, knallte ich ihm den Ellbogen gegen die Schläfe.

Ein stechender Schmerz durchzuckte mich und mischte sich mit dem Triumph, den ich empfand, als Millard zur Seite taumelte. Die Laterne fiel ihm aus der Hand und landete ebenso am Boden wie Millard nur einen Atemzug später. Ein lautes Klirren, das Licht erlosch, dann war es still.

Ich blinzelte mehrfach, bemühte mich, meinen rasenden Puls zu beruhigen. Allmählich zog sich der beißende Ärger zurück und legte nach und nach die Gefühle frei, die er zuvor vollständig verhüllt hatte. Schuld. Bedauern. Sorge.

Lieber Gott, was hatte ich getan?

Das war Millard. Er war auf unserer Seite, hatte sich um seinen besten Freund gesorgt, war für ihn eingetreten. Und nun?

Zaghaft streckte ich den Arm nach ihm aus, legte zwei Finger an die Seite seines Halses und ließ zischend den Atem entweichen, als ich seinen Puls spüren konnte. Er lebte.

Wieder ließ ich zu, dass meine Instinkte übernahmen, mich mit Ungeduld und Missfallen erfüllten, weil mich Millards Theater so viel Zeit kostete. Ich zerrte ihn in eine sitzende Position hoch, griff von hinten unter seinen Achseln hindurch und schleppte ihn auf diese Weise zu einem nahegelegenen Baum, der ihm ein wenig Halt bot. Der metallische Geruch, der von ihm ausging, zeigte deutlich, dass seine Nase heftig blutete, und ich wollte vermeiden, dass er im bewusstlosen Zustand an seinem eigenen Blut erstickte. Er war nervig, aber den Tod hatte er nicht verdient.

Nachdem ich einen letzten Blick auf ihn geworfen hatte, machte ich mich auf den Weg zu dem von Ezra festgelegten Treffpunkt. Zumindest Millard würde mir jetzt nicht mehr in die Quere kommen und mich von dem Menschen fernhalten, mit dem ich mehr als alles andere zusammen sein wollte.

17 – EZRA

Auf dem Salzpfad

Ich beugte mich über die Waschschüssel und spritzte mir ein wenig kaltes Wasser ins Gesicht in dem vergeblichen Versuch, die Müdigkeit zu vertreiben. Dieser Tag war ziemlich heftig gewesen, und es sah nicht aus, als würde er in naher Zukunft ein Ende finden. Im Gegenteil, der anstrengendste Teil in Form des Marsches durch den Nebel und der anschließenden Durchsuchung der Mine stand noch bevor. Weiteres Kopfzerbrechen bereitete mir Fayes Anwesenheit bei der ganzen Sache. Ihr Benehmen am Nachmittag hatte deutlich gezeigt, dass ihr die Kontrolle mehr und mehr entglitt. Es war nur eine Frage der Zeit, bis sich der Geist für längere Zeit an die Oberfläche kämpfte. Ich wollte mir gar nicht ausmalen, was dann geschehen würde. Der Gedanke daran, mit ihr gemeinsam den schützenden Salzkreis zu verlassen, verschaffte mir eine Gänsehaut. Ich hätte am Nachmittag eine Möglichkeit finden müssen, ihr die Aktion auszureden. Sie jetzt zu versetzen, würde zweifelsohne zu einem Eklat führen. Vermutlich würde sie sich umgehend zu unserem Haus aufmachen und dort meinem Großvater unverblümt mitteilen, was für ein unzuverlässiger Scheißkerl ich war. Dieser würde eins und eins zusammenzählen, womit Fayes Schicksal besiegelt wäre.

Nein. Sie mit in den Nebel zu nehmen, war das kleinere Übel. Ich würde einfach aufpassen, mich so gut es ging von ihr fernhalten und vor allem meinen Talisman für keine Sekunde ablegen.

Ein letztes Mal tauchte ich meine Hände in die Schüssel, dann griff ich nach einem Tuch, trocknete mich notdürftig ab und kehrte in die Stube zurück.

Großvater war schon zu Bett gegangen, sodass ich nicht befürchten musste, bei meinem nächtlichen Ausflug erwischt zu werden. Selbst wenn – er war es gewöhnt, dass ich auch nachts meine Wanderungen im Nebel unternahm, weil dann die Gefahr geringer war, auf dem Weg zur Grenze auf einen der Dorfbewohner zu treffen.

Nachdem ich mich von der Unversehrtheit meines Talismans überzeugt und überprüft hatte, dass sich die Karte sicher verwahrt in meiner Hosentasche befand, griff ich nach der Öllampe, den Feuersteinen und den beiden dünnen Seilen, die ich bereitgelegt hatte, und steckte außerdem einen kleinen Beutel mit Salz ein. Großvater würde mich umbringen, wenn er wüsste, dass ich sein wertvollstes Gut einfach mitnahm und in den Nebel schleppte.

Ich atmete einmal tief durch, dann trat ich in die Nacht hinaus. Der kühle Wind fand ohne Schwierigkeiten einen Weg unter mein dünnes Leinenhemd, und ich zog fröstelnd die Schultern hoch. Nachdem ich die Haustür leise geschlossen hatte, machte ich mich schnellen Schrittes auf zum Treffpunkt, den ich mit Faye vereinbart hatte. Ich wusste nicht, ob sie bereits auf mich wartete, aber ich wollte vermeiden, dass sie länger als nötig allein in der Dunkelheit herumstand. Natürlich wusste ein Teil von mir, dass zumindest für den Augenblick die größte Gefahr von ihr selbst ausging, doch ich hatte beschlossen, das zu verdrängen. Es würde unweigerlich zu grauenvollen Zukunftsszenarien führen, mit denen ich mich jetzt weder auseinandersetzen konnte noch wollte.

Unser Haus lag am äußeren Dorfrand, sodass es nur wenige Meter bis zum Feld und dem angrenzenden Wald waren. Als ich zwischen die Stämme trat, schien die Temperatur noch weiter zu fallen, außerdem war es stockdunkel. Kurzzeitig zog ich in Erwägung, die Laterne zu entzünden, entschied mich dann aber dagegen. In der Schwärze der Mine war das Licht unverzichtbar, vielleicht sogar überlebensnotwendig. Besser ich sparte das Öl auf, denn ohne die Karte zur Orientierung würden uns die Stollen verschlucken und nie wieder freigeben.

Während ich durch die Nacht lief und versuchte, mich nicht verrückt zu machen wegen dem, was vor mir lag, erklang Millards Stimme in meiner Erinnerung.

Das ist reiner Selbstmord, Ez. Deine Gefühle beeinträch-

tigen dein Urteilsvermögen. Tu es nicht, hörst du? Das kann nicht gut ausgehen.

Seit Ewigkeiten hatten wir uns nicht mehr so gestritten wie heute Abend, und noch nie hatten wir uns ohne eine Versöhnung getrennt. Mittlerweile bereute ich, dass ich ihm von unserer geplanten Unternehmung berichtet hatte, denn verständlicherweise war er alles andere als begeistert gewesen. Er hatte sich wahnsinnig aufgeregt, hatte insistiert, bis ich ihm unverblümt mitgeteilt hatte, dass er sich nicht in meine Angelegenheiten einmischen sollte. Daraufhin hatte er sich wortlos abgewandt, war gegangen und hatte mich mit meinem schlechten Gewissen allein gelassen. Ich wusste, dass es die Sorge um mich war, die ihn so kompromisslos machte, dennoch blieb mir keine Wahl. Es war Fayes einzige Chance, und ich war nicht bereit, sie kampflos aufzugeben.

Nach einem etwa viertelstündigen Fußmarsch kam ich an der Gruppe von Birken an, die ich als Treffpunkt auserkoren hatte und die nur wenige Meter vom Anfang des Salzpfads entfernt war.

Faye wartete bereits auf mich, und als sie ohne Umschweife auf mich zutrat, erfüllte mich Erleichterung. Sie wirkte wie immer, und das beruhigte mich, obwohl mir klar war, dass sich das innerhalb weniger Sekunden ändern konnte.

»Du bist gekommen«, sagte sie, während sie nach meiner Hand griff und unsere Finger miteinander verflocht.

»Natürlich«, erwiderte ich verwundert. »Weshalb sollte das nicht der Fall sein?«

»Nicht so wichtig.«

Der Unterton in ihrer Stimme irritierte mich, doch ich beschloss, nicht näher nachzufragen. Vermutlich war sie ebenso nervös und angespannt wie ich selbst.

»Dann los«, sagte ich und drückte kurz ihre Hand, woraufhin wir uns beide in Bewegung setzten.

Bereits nach wenigen Minuten erreichten wir den massiven Pfosten, an welchem das Seil befestigt war, das hinaus in den Nebel und zur Mine führte.

»Ich war noch nie hier«, sagte Faye und strich über das spröde Holz. »Den Salzpfad hatte ich mir immer als Weg vorgestellt, der sich zwischen den Bäumen hindurchschlängelt. Ich habe überhaupt nicht darüber nachgedacht, dass man im Nebel auch tagsüber nichts sieht und deshalb eine andere Art der Orientierung braucht.«

»Oft befestigen die Salzträger eine weitere Kordel an ihrer Kleidung, die sie an das Führungsseil knoten. So erhalten sie Bewegungsfreiheit und finden zum Salzpfad zurück, selbst wenn sie kurzzeitig loslassen. Wir werden das auch tun.«

Ich löste eine der beiden Kordeln, die ich mir um die Hüfte gebunden hatte, und reichte sie Faye, die sie an ihrem Gürtel befestigte. Nachdem ich sowohl ihr als auch mein Ende sorgfältig an das Führungsseil geknotet hatte, strich ich kurz über ihren Handrücken.

»Wir können los.«

Ich überprüfte ein letztes Mal die Sicherung, dann setzte ich mich in Bewegung. Faye duckte sich unter dem Seil durch und wechselte die Hand, sodass sie neben statt hinter mir laufen konnte. Bereits nach wenigen Metern konnte ich spüren, dass wir uns der Grenze näherten. Erste fluoreszierende Nebelschwaden schwebten über den Boden auf uns zu, als würden sie sich von uns angezogen fühlen. Beklommenheit stieg in mir empor. War das der Fall? Konnten sie Fayes Anwesenheit wahrnehmen? Konnten sie fühlen, dass zumindest ein Teil von ihr zu ihnen gehörte?

Von meinen Überlegungen abgelenkt bemerkte ich mit Verspätung, dass sich Faye nicht mehr neben mir befand. Alarmiert ging ich einige Schritte zurück und atmete erleichtert auf, als ich fast unmittelbar ihre Hand am Führungsseil spürte.

»Faye.« Wieder strich ich hauchzart über ihren Handrücken. Unter meinen Fingerspitzen konnte ich spüren, wie fest sie ihren Halt umklammerte.

»Ezra.« Ihre Stimme klang dünn und substanzlos in der Nacht. »Ich will nicht.«

Ich brauchte einige Sekunden, um zu verstehen, wovon sie sprach. Dann kam die Erkenntnis – und mit ihr so heftige Sorge, dass mir flau im Magen wurde.

»Das Salz.« Es war eine Aussage, keine Frage, denn es war offensichtlich. Mittlerweile hatte der Geist so viel Macht über sie erlangt, dass die Grenze ein ernst zu nehmendes Problem darstelle. Verdammt, daran hätte ich denken müssen.

»Wie fühlt es sich an?«, erkundigte ich mich, obwohl ich wusste, dass uns die Zeit davonlief. Das tat sie seit der verdammten Mutprobe. »Tut es weh?«

»Nein. Zumindest noch nicht«, fügte sie etwas leiser hinzu. »Es ist mehr eine abgrundtiefe Abscheu. Es schüttelt mich beim Gedanken, mich dem Zeug zu nähern, außerdem habe ich Angst davor, sogar Panik. Als würde etwas Schreckliches geschehen, wenn ich es berühre.«

Ich presste die Lippen aufeinander. Sie fürchtete sich aus gutem Grund; wir beide wussten, was geschah, wenn ein Körper im fortgeschrittenen Stadium einer Besessenheit mit Salz in Kontakt kam.

»Ich werde die Linie unterbrechen«, sagte ich viel optimistischer, als mir eigentlich zumute war. Wenn sie jetzt schon derart außer sich war, wie würde sie sich im Innern der Mine fühlen? Umgeben von Salz? »Du gehst nach draußen, und ich erneuere sie im Anschluss.«

Faye gab ein ersticktes Ächzen von sich. »Und wenn die anderen Geister von mir angezogen werden? Wenn sie bereits außerhalb des Schutzkreises darauf warten, einzudringen? Wenn du ihnen Einlass gewährst und …«

Ich hörte, wie sie die Luft anhielt, weil ihr offensichtlich ebenfalls klar wurde, wie hysterisch sie klang.

»Wir müssen eben schnell sein«, erwiderte ich, obwohl ich exakt dieselben Bedenken hatte wie sie. Eine Seele, die sich unerkannt zwischen den Dorfbewohnern bewegte und ihren Wirt frei wählen konnte, würde ganz Salwood in Gefahr bringen … in noch größere Gefahr, als es ohnehin schon schwebte. Ich wollte lieber nicht darüber nachdenken, welchen Effekt mehrere Seelen haben könnten.

Für einige Sekunden war nichts zu hören außer Fayes zittrigen Atemzügen. Offensichtlich kämpfte sie gegen eine Panikattacke – oder Schlimmeres – an, und ich hatte keine Ahnung, wie ich sie unterstützen konnte. Wieder kamen mir Millards Worte in den Sinn und damit verbunden die Warnungen, die er ausgesprochen hatte. Schon jetzt befanden wir uns in einer äußerst heiklen Situation, und das, obwohl wir nicht einmal den Schutzkreis verlassen hatten.

»Die Linie befindet sich nur wenige Meter vor uns«, durchbrach ich schließlich die angespannte Stille. »Zähl bis zehn, dann renne am Seil entlang an mir vorbei. Nicht nachdenken. Der Angst keinen Raum lassen. Okay?«

»Okay.« Fayes Stimme klang so brüchig, dass ich sie am liebsten in meine Arme gezogen hätte. Ich verzichtete darauf, weil ich wusste, dass sich dann jegliche Absicht, die sichere Zone zu verlassen, verabschieden würde.

»Wir sehen uns draußen.« Ich drückte kurz ihre Hand, dann ging ich den Salzpfad entlang. Kein Zögern, keine Unentschlossenheit. Faye würde mir folgen und sich darauf verlassen, dass ich die Linie unterbrochen hatte.

Bereits nach wenigen Schritten spürte ich den dicken Knoten im Führungsseil, mit dem das Ende des geschützten Bereiches markiert war. Die Grenze lag direkt vor meinen Füßen. Ich rief mir den Ratschlag, den ich Faye eben gegeben hatte, ins Gedächtnis. Handeln. Nicht nachdenken. Der Angst keinen Raum lassen.

Im nächsten Moment spürte ich einen Luftzug und Faye sprang neben mir mit einem großen Satz über die etwa einen Fuß breite Salzlinie mitten in die wirbelnden Nebelschwaden hinein.

»Faye!«, brüllte ich, während ich den Kreis ebenfalls verließ und in den Nebel trat, der mich von allen Seiten umfing und die Welt in kränklich schimmerndem Dunst verschwinden ließ.

Nach nur zwei Schritten traf ich auf Faye, die wieder die Hand um das Seil geschlossen hatte und auf mich wartete. Dem Himmel sei Dank.

»Alles in Ordnung?«

Es war ein ekelhaftes Gefühl, aus voller Kehle zu schreien und letztendlich bloß ein heiseres Flüstern hervorzubringen.

»Alles bestens«, erwiderte Faye, und ihre Stimme durchdrang den Nebel so mühelos, so klar und akzentuiert, als existiere er gar nicht. »Es war unangenehm und hat einige Überwindung gekostet, aber dafür geht es mir jetzt umso besser.«

Ich biss mir auf die Lippen, während sich das ungute Gefühl in meinem Innern verstärkte. Gerade eben war sie ebenso besorgt und unruhig gewesen wie ich selbst, doch jetzt wirkte sie, als würde sie von dem uns umgebenden Schleier nicht im Geringsten beeinträchtigt. Schlimmer noch, sie wirkte, als fühle sie sich wohl.

»Dann los«, brüllte ich gegen die erstickende Decke an, woraufhin wir uns beide in Bewegung setzten. Wir kamen nur langsam voran, denn der Salzpfad war durchbrochen von Bäumen und Pfosten, die uns zwangen, die Kordeln vom Seil zu lösen, uns um das Hindernis herumzutasten und anschließend erneut zu sichern. Obwohl es schien, als hätte Faye nicht die geringsten Schwierigkeiten mit der Orientierung, wollte ich mich nicht auf sie verlassen. Ich wusste nicht, wie viel Kontrolle sie noch über ihren Körper hatte, doch ich befürchtete das Schlimmste. Gut möglich, dass der Nebel den Geist so kraftvoll gemacht hatte, dass dieser sie nun komplett erfüllte. Verflucht. Millard hatte recht gehabt. Sie mitzunehmen war einfach nur dämlich gewesen. Jetzt blieb mir nichts anderes übrig, als darauf zu hoffen, dass der Parasit in Fayes Körper nicht auf die Idee kam, irgendwelche Alleingänge zu starten – oder dass sie stark genug war, um ihm zu widerstehen.

Eine Weile lang gingen wir schweigend den Salzpfad entlang, und gerade als ich zu hoffen begann, dass wir bis zur Mine unbehelligt bleiben würden, spürte ich eine Veränderung in meiner Wahrnehmung. Verdammt. Sie kamen deutlich später als erwartet, aber dennoch viel zu früh.

Zuerst war es nur der Hauch von vergorenem Obst,

der mir in die Nase stieg, so flüchtig, dass es auch Einbildung sein könnte. Es folgten der gewohnte Temperaturabfall und das hochfrequente Sirren, das ich am meisten hasste.

Bewusst beschleunigte ich meine Schritte, achtete jedoch darauf, ebenso vorsichtig zu sein wie zuvor. Der bisher ebene Untergrund war in eine leichte Steigung übergegangen, die die Fortbewegung zunehmend anstrengend machte. Immer wieder vergewisserte ich mich davon, dass sich Fayes Finger knapp neben meinen befanden, und versuchte vergeblich, das zunehmend aggressive Kreischen der Geister auszublenden, das aus allen Richtungen zugleich kam. Am liebsten würde ich nach Fayes Hand greifen, doch ich befürchtete, dass der Kontakt mit mir unangenehm, vermutlich sogar schmerzhaft für sie sein würde, immerhin hatte ich noch vor einer knappen Viertelstunde Salzkörner aus dem Beutel geklaubt.

Es dauerte eine scheinbare Ewigkeit, bis ich unter meinen Fingerspitzen die drei Knoten erspürte, die das baldige Ende des Salzpfades signalisierten. Die Mine befand sich in unmittelbarer Nähe, und es würde nicht mehr lange dauern, bis wir den Eingang erreichten.

Der weiche Waldboden war mittlerweile komplett von Stein und Geröll abgelöst worden, sodass ich noch mehr darauf achten musste, wohin ich meine Füße setzte. Nicht nur einmal rutschte ich weg und verlor für einige Sekunden das Gleichgewicht, was mir jedes Mal einen Adrenalinschub versetzte.

Als sich der Nebel endlich lichtete, atmete ich vor Erleichterung tief durch – ein Fehler, denn meine Wahrnehmung wurde umgehend von dem typischen Gestank nach Fäulnis, gemischt mit einer scharfen, metallischen Note, erfüllt. Ich zog angewidert die Schultern hoch, dann überwand ich die letzten Meter zum Mineneingang und drehte mich um.

Faye war verschwunden.

Okay. Jetzt nicht die Nerven verlieren. Vermutlich war sie ein wenig zurückgefallen und würde gleich aus dem Nebel heraustreten. Wie lange war sie schon nicht mehr neben mir?

Mit brennenden Augen starrte ich in den schimmernden Dunst, dessen Fäden sich begierig in meine Richtung streckten, jedoch durch das allgegenwärtige Salz in der Mine aufgehalten wurde.

Das Salz.

Eiskalte Beklommenheit machte sich in mir breit. War die Seele in Fayes Bewusstsein bereits so stark, dass sie sich gegen das Betreten der Mine zur Wehr setzen konnte? Irrte sie orientierungslos durch den Nebel? Hatte es überhaupt noch einen Sinn, die Mine zu durchsuchen? Gott, wie konnte ich nur so nachlässig sein und nicht darauf achten, ob sie sich noch hinter mir befand?

Bevor ich mich weiter in Selbstvorwürfen ergehen konnte, löste sich eine Gestalt aus dem Nebel, und ich wurde unsanft zu Boden gerissen. Obwohl ich mit der Hüfte schmerzhaft auf einem Stein landete, war es, als würde sich eine schwere Last von meinen Schultern heben. Faye. Sie war hier. Ich hatte sie nicht verloren.

Spontan streckte ich eine Hand nach ihr aus und legte sie auf ihre Wange, verharrte jedoch nur kurz in der Berührung, weil ich fürchtete, dass sie ihr wehtun könnte.

»Alles in Ordnung?«, fragte ich, während ich einen letzten Blick in die wirbelnden Schwaden hinter uns warf, als würde ich damit rechnen, dass sich plötzlich eine Horde Geister aus dem Dunst schälen und uns angreifen würde.

»Ja«, erwiderte Faye so zögerlich, dass ich innehielt.

»Ich fühle mich unwohl«, gestand sie nach einer kurzen Pause und rieb sich über die Arme. »Als würden Ameisen unter meiner Haut herumkrabbeln.«

»Möchtest du …«, fing ich an, doch sie unterbrach mich direkt.

»Ich habe dich bis hierher begleitet, ich werde auch weiterhin mitkommen. Je schneller wir den Markierungen auf den Grund gehen, desto schneller können wir die verdammte Salzmine wieder verlassen.«

Ich ignorierte den für sie ungewöhnlichen Fluch, drehte mich um und schob die maroden Bretter zur Seite, die in früheren Zeiten den Mineneingang verschlossen hatten. Obwohl ich wusste, dass Faye meine Einschätzung nicht teilte, war es eine Erleichterung, dem Ansturm der Geister nicht mehr ausgesetzt zu sein. Das Heulen der aufgebrachten Seelen verebbte und ließ eine tiefe Stille zurück, in der unsere Schritte auf dem Stein ohrenbetäubend laut wirkten. Nachdem wir den Stollen betreten hatten, kniete ich mich hin, um die Laterne zu entzünden. Ich war nicht zum ersten Mal in der Mine, doch das änderte nichts an der Beklemmung, die von mir Besitz ergriff. Wir waren erst wenige Meter in den Berg vorgedrungen. Wie viele Kilo Fels befanden sich bereits über unseren Köpfen? Wie mussten sich die Minenarbeiter damals gefühlt haben, als sie realisierten, dass der Rückweg versperrt war und sie früher oder später unter Gesteinsmassen begraben werden würden?

Verbissen schob ich die aufkeimende Angst zur Seite, zog stattdessen die Skizze aus meiner Tasche und vertiefte mich in den Lageplan der Mine, wobei mir Faye über die Schulter sah. Die Lampe malte zuckende Schatten an die Wände, und von irgendwo aus der Ferne drang das Geräusch tropfenden Wassers an mein Ohr. Es dauerte einige Minuten, bis ich mir die Lage der ersten Markierung eingeprägt hatte, sodass ich die Karte zusammenfalten und wieder verstauen konnte. Bei dem instabilen, vielleicht sogar rutschigen Untergrund in Kombination mit den engen Stollen war es besser, die Hände frei zu haben.

»Wann warst du zuletzt hier?«, fragte Faye, während wir uns durch den steil abfallenden Gang tasteten, ich mit der Lampe vorne, sie direkt hinter mir.

»Länger her«, entgegnete ich, während ich mit den Fingerspitzen über die klamme Wand zu meiner Rechten strich. »Eigentlich habe ich hier nichts zu suchen. Es war reine Neugier, die mich hergetrieben hat. In den Erzählungen der Salzträger wirkte die Mine so mystisch und brandgefährlich, dass ich wissen wollte, was es damit auf sich hat. Ehrlich gesagt war ich ziemlich enttäuscht, als ich realisieren musste, dass der Salzpfad den riskantesten Teil darstellte.«

»Das Salz hält die Geister vom Inneren der Mine fern«, sagte Faye, und ihre Stimme hallte hohl vom Fels wider. »Ich kann es spüren. Es ist überall um uns herum …« Sie schauderte, und ich bemerkte erst jetzt, dass sie es vollkommen vermied, sich irgendwo festzuhalten. Im Gegensatz zu mir, der immer wieder Kontakt zu den Seiten suchte, lief Faye so mittig wie möglich.

»Bei der nächsten Biegung rechts, dann dürften wir einen der ehemaligen Lagerräume erreichen«, sagte ich, statt erneut zu formulieren, dass ihre Anwesenheit hier keine gute Idee gewesen war.

»Okay«, sagte Faye knapp, woraufhin wir schweigend die letzten Meter zurücklegten.

Nach der Kurve waren es nur noch wenige Schritte, bis sich der Stollen zu einem länglichen Raum verbreiterte. Ich hob die Lampe ein wenig, um die Schatten zu vertreiben, wobei mir die rußgeschwärzten Wände ins Auge fielen. Offensichtlich hatte sich hier einer der Hauptbrandherde befunden – nicht verwunderlich bei den Mengen an Lampenöl, die hier aufbewahrt worden waren.

»Ob das Feuer an diesem Ort seinen Ursprung hatte?«,

überlegte Faye, während sie die Seiten einer genauen Musterung unterzog. »Aber wie kann es sich von einer Position durch die gesamte Mine verbreitet und den Bergleuten alle Ausgänge versperrt haben? Gibt es so viel Brennbares? Und so viel Sauerstoff? Hätten die Flammen nicht ersticken müssen? Und weshalb wurde gerade die Brandstelle markiert?«

Ich runzelte die Stirn, während ich Fayes Fragen in Gedanken hin und her schob. Sie waren berechtigt, kein Zweifel, und es war seltsam, dass sie bisher von niemandem gestellt worden waren – oder dass sich zumindest nichts Entsprechendes in den Aufzeichnungen befand.

»Der Aufenthalt in der Mine wird so kurz wie möglich gestaltet«, überlegte ich. »Die Salzträger betreten die Stollen und kehren schnellstmöglich zurück. Ich glaube nicht, dass sich jemand die Zeit genommen hat, den Zustand der Mine nach dem Vorfall zu untersuchen. Die Bedrohung durch die Geister hat sämtliche Aufmerksamkeit gekostet. Bis die Lage in Salwood unter Kontrolle war, ist der Auslöser des Minenunglücks in Vergessenheit geraten.«

»Wie praktisch«, konstatierte Faye, und ich drehte mich irritiert zur ihr um. Bevor ich die entsprechende Nachfrage stellen konnte, verstand ich die Bedeutung ihrer Anspielung.

»Wie praktisch für einen etwaigen Brandstifter«, murmelte ich, während sich in meinem Kopf alles zu einem Ganzen fügte. Zu einem beunruhigenden Ganzen.

»Zeig mir noch mal die Karte«, bat mich Faye, woraufhin ich das Pergament erneut aus der Tasche zog und entfaltete.

Statt sich in den Lageplan zu vertiefen, warf sie lediglich einen Blick darauf, nahm mir die Lampe aus der Hand und ging dann zielstrebig zu der gegenüberliegenden Seite.

Ich beobachtete stumm, wie sie die Wand mit der Laterne ableuchtete und dabei keinen Zentimeter ausließ.

»Dort, wo sich auf der Skizze die Markierung befindet, ist der Stein deutlich geschwärzter«, sagte sie schließlich, und machte damit meinen bösen Verdacht zur Gewissheit.

»Lass uns zur Sicherheit noch einige der anderen Positionen überprüfen«, schlug ich dennoch vor, woraufhin Faye nickte.

Nachdem wir auf der Karte das nächstgelegene Kreuz gefunden hatten, setzten wir unseren Weg durch die engen Stollen der Mine fort. Immer wieder ließ ich das Licht der Laterne über die Felswände wandern, um etwaige Besonderheiten zu erkennen, doch bis auf die allmählich verblassenden Spuren des vergangenen Feuers war nichts zu sehen.

Kurz bevor wir unser Ziel erreicht hatten, hielt Faye inne.

»Siehst du das?« Sie fuhr mit den Fingerspitzen über den Stein, zog schmerzerfüllt die Luft ein und zog die Hand zurück. »Der Fels ist an dieser Stelle fast komplett geschwärzt, obwohl auf dem Weg hierher kaum Brandspuren zu finden waren.« Sie drehte sich um, und ihre Augen funkelten im Schein der Lampe. »Kein Feuer bricht an mehreren Stellen gleichzeitig aus. Es sei denn, jemand hilft nach.«

»Es war kein Unglück«, zog ich die logische Konsequenz. »Irgendjemand hat bewusst Feuer gelegt und die Bergarbeiter bei lebendigem Leib verbrennen lassen.«

»Deshalb sind sie noch hier«, flüsterte Faye tonlos, was mir einen eisigen Schauer über den Rücken jagte. »Sie sind an diesen Ort gebunden.«

Sie hatte recht. Das war der Grund, aus welchem Salwood seit Jahrzehnten unter der Nebeldecke begraben lag und von den Geistern heimgesucht wurde. Sie fanden keine Ruhe, und ich konnte mir in etwa vorstellen, was diese Erkenntnis in Faye auslösen würde. Ich steckte in verfluchten Schwierigkeiten.

18 – FAYE

Finsteres Grab

Der Geist in mir tobte. Ich konnte Wut spüren, Frustration, aber auch grimmige Befriedigung, weil ich endlich verstanden hatte. Zum ersten Mal konnte ich nachvollziehen, was die Präsenzen antrieb. Es war der Wunsch nach Rache und nach Vergeltung, der sie an Salwood band. Trotzdem konnte ich nicht erfassen, weshalb ihre Anwesenheit all die Jahre überdauert hatte. Selbst wenn es sich bei dem Unglück in Wirklichkeit um Mord gehandelt hatte, war der Schuldige lange tot. Warum also waren sie trotzdem nicht frei?

»Denkst du, es ist nötig, die anderen Markierungen ebenfalls zu überprüfen?«, wandte ich mich an Ezra in der Hoffnung, zeitnah die Mine verlassen zu können. Mit jeder Sekunde, die ich hier verbrachte, wurde mir das uns umgebende Salz bewusster, und das Kribbeln unter meiner Haut hatte sich mittlerweile zu einem unterschwelligen Brennen gesteigert. Es würde nicht mehr lange dauern, bis ich es nicht mehr ertragen konnte.

»Nein. Zumindest nicht alle.« Ezra schüttelte den Kopf, woraufhin mich Erleichterung erfüllte. Ich konnte es kaum erwarten, endlich wieder den Nebel zu betreten, um frei atmen zu können. »Unser Plan war es, hinter die Bedeutung der Kreuze zu kommen, und das ist uns gelungen. Die jeweilige Position in Kombination mit der Rußentwicklung sind eindeutig. Ich denke nicht, dass wir mehr finden werden, wenn wir willkürlich Teile der Mine durchsuchen. Insbesondere nicht mit nur einer Lampe.« Er warf einen Blick auf die Karte und deutete dann auf den Nachbargang. »Wir können einen anderen Stollen nach draußen nehmen und so zur Sicherheit eine weitere Markierung überprüfen. Es ist kein großer Umweg. Lass uns hier verschwinden.«

Nur zu gerne kam ich seiner Aufforderung nach, sodass wir uns erneut hintereinander durch die klammen Stollen tasteten. Es war ein unangenehmes Gefühl, ringsum von Stein und Salz umgeben zu sein, erdrückend und schwer. Der Geist in mir wurde zunehmend ungeduldig, zog und zerrte an mir, was einen Großteil meiner Konzentration in Anspruch nahm. Abgelenkt von dem Kampf in meinem Innern achtete ich nicht darauf, wohin ich meine Füße setzte, sodass es mich gnadenlos überraschte, als ich plötzlich ins Leere trat. Ich taumelte zur Seite, streckte blind die Arme aus. Ich hatte keine Ahnung, ob sich neben mir eine kleine Spalte oder ein gähnender Abgrund befand, und ich wollte es nicht herausfinden. Meine Fingerspitzen glitten über rauen

Stoff, doch bevor ich mich an Ezras Hemd festkrallen konnte, rutschte auch mein anderer Fuß ab, und ich verlor endgültig das Gleichgewicht. Meine Hüfte schrammte schmerzhaft über den Stein, meine Fingernägel versuchten vergeblich, Halt zu finden und den unabwendbaren Fall irgendwie zu verhindern.

Dann spürte ich, wie sich Ezras Finger fest um mein Handgelenk schlossen, nur Sekunden bevor mich die Tiefe verschlingen konnte. Er warf die Laterne zur Seite und packte auch meine andere Hand, sodass ich mit ausgestreckten Armen an der Kante hing. Mein Atem ging in schnellen, unregelmäßigen Stößen. Der Geist in mir verstärkte die Empfindungen zusätzlich, sodass ich nichts wahrnehmen konnte außer grenzenloser Angst.

Sein Griff brannte wie Feuer, meine Schultergelenke schmerzten und das Herz raste in meiner Brust. Mein ganzer Körper tat durch den Kontakt mit dem salzhaltigen Stein weh, doch ich war am Leben. Noch.

»Stütz dich mit den Füßen an der Wand ab«, brachte Ezra hervor, während er meine Handgelenke weiterhin fest umschlossen hielt. Meine Fußspitzen kratzten über den Fels, während der Schmerz in meinen überdehnten Armen immer weiter zunahm. Ich konnte spüren, wie meine Handflächen vor Panik und vor Anstrengung feucht wurden; es war nur eine Frage der Zeit, bis ich abrutschen würde. Verzweifelt zog ich ein Bein an, ignorierte das Brennen in meinem Knie und fand Sekunden später tatsächlich eine kleine Vertiefung, in der ich mich abstützen konnte. Mit letzter Kraft drückte ich mich ab, obwohl meine Muskeln zitterten und gegen die ungewohnte Belastung heftig protestierten. Mit Ezras Hilfe kämpfte ich mich zentimeterweise nach oben, bis ich schließlich schwer atmend am Boden lag, das Gesicht gegen den Stein gepresst, der sich gleichzeitig kühl und glühend heiß anfühlte. Mein Körper schien in Flammen zu stehen, und das ungute Gefühl, welches das mich umgebende Salz ausgelöst hatte, war mittlerweile zu einem fast unerträglichen Widerwillen geworden. Es war, als würden Tausende von Nadeln immer und immer wieder auf mich einstechen, ich fühlte mich wund und aufgerieben, auch an Stellen, die ich mir nicht aufgeschürft hatte.

Ich musste dringend hier raus.

Entschlossen biss ich die Zähne zusammen und stand auf. »Ezra. Das Salz …«, stieß ich hervor, und zu meinem Glück verstand er sofort.

Innerhalb weniger Sekunden war er auf den Beinen, griff nach der Öllaterne, die den Sturz glücklicherweise unbeschadet überstanden hatte, und verflocht seine Finger mit meinen. Obwohl mir der Kontakt unangenehm war – mittlerweile konnte ich nicht nur die reine Essenz des Talismans, sondern auch das in seinem Blut zirkulierende Salz spüren –, ließ ich mich von ihm mitziehen.

Begleitet von dem Geräusch unseres Atems und dem Widerhall unserer Schritte erreichten wir die Markierung. Ezra warf einen Blick auf die Karte und hob die Lampe ein wenig höher, sodass der Schein über die Wände geisterte, die nur wenige Meter weiter rußgeschwärzt waren.

»Kein Zweifel.« Ezra strich mit den Fingerkuppen über die Wand. »Irgendjemand hat diese Positionen sorgfältig ausgewählt und so sichergestellt, dass ein Entkommen unmöglich wurde. Sämtliche Fluchtwege sind abgeschnitten; die Bergleute hatten keine Chance, die Ausgänge zu erreichen.«

»Aber warum?« Meine Stimme war nicht mehr als ein Flüstern. »Warum sollte jemand so etwas tun?«

Ezra faltete die Karte zusammen und verstaute sie in seiner Hosentasche. »Keine Ahnung«, erwiderte er schließlich. »Keine Ahnung, warum jemand so etwas Grausames tun sollte.«

Erneut griff er nach meiner Hand, und wir machten uns in düsterem Schweigen auf den Weg nach draußen. Obwohl ich wusste, dass ich nicht mehr lange durchhalten musste, war jeder Schritt eine Qual, und mein Körper vibrierte vor Unbehagen.

»Wir müssen mehr herausfinden«, durchbrach Ezra irgendwann die Stille. »Mehr Wissen ansammeln. Mehr Details.«

Ich warf ihm einen unschlüssigen Blick zu. Wie wollte er das anstellen? Die Zeit lief uns davon, und ich konnte spüren, wie der Geist zunehmend die Kontrolle erlangte. Was vorhin mit Millard geschehen war …

Fröstelnd zog ich die Schultern hoch. Ich hatte ihn nicht nur niedergeschlagen, sondern im Anschluss einfach liegen lassen. Und zu allem Übel hatte ich gegenüber Ezra keinen Ton darüber verloren.

»Ich muss dir …«, fing ich an, während Ezra im gleichen Moment zum Sprechen ansetzte.

»Wir müssen die Chronik prüfen.«

Bei seinen Worten flatterten meine Gedanken auf wie ein Schwarm wilder Schmetterlinge. Es war unmöglich, mich länger auf Millard und die Beichte zu konzentrieren, die ich eben noch ablegen wollte.

»Die Chronik?«, wiederholte ich, woraufhin Ezra so entschlossen nickte, dass ich es trotz des schummrigen Scheins der Lampe erkennen konnte.

»Großvater hat sie in seinem Schreibtisch eingeschlossen. Entweder klaue ich ihm den Schlüssel, oder wir brechen die Schublade auf.«

»Denkst du, wir finden etwas?«

Ezra seufzte. »Es ist die einzige Möglichkeit, mehr über das Minenunglück zu erfahren. Den Inhalt der Bücher kenne ich schon, lediglich die Chronik hat Großvater immer vor mir verborgen gehalten.«

»Ich frage mich, weshalb«, murmelte ich, eher zu mir selbst als zu Ezra. Das Verhältnis zwischen den beiden erschien ziemlich gut, und es wunderte mich, dass der alte Blackmore in dieser Hinsicht so streng war.

»Weil es nur dem Hüter der Chronik erlaubt ist, hineinzusehen«, erwiderte Ezra mit einem Hauch Schärfe in der Stimme, als hätte er das Bedürfnis, seinen Großvater vor mir in Schutz zu nehmen.

»Okay«, sagte ich besänftigend. »Und weshalb glaubst du, dass uns die Chronik weiterhelfen könnte?«

»Sie beinhaltet eine Übersicht und eine genaue Auflistung aller Ereignisse im Dorf inklusive der Lebensdaten aller Bewohner Salwoods. Wir können so genau nachvollziehen, wer damals dem Unglück zum Opfer gefallen ist. Vielleicht bietet das einen Anhaltspunkt.«

»Denkst du, es liegt an den Leichen?«, fragte ich unvermittelt, woraufhin Ezra ruckartig stehen blieb, die Lampe hob und mir damit ins Gesicht leuchtete.

»Wie meinst du das?«, hakte er nach und musterte mich so alarmiert, als würde er jederzeit mit einem weiteren Ausbruch des Geistes rechnen. Wahrscheinlich war seine Befürchtung gar nicht so weit hergeholt.

»Die Leichen der Bergleute wurden nicht beerdigt.« Noch während ich den Satz aussprach, durchlief mich ein Schauer aus Frustration und gleißender Wut. »Dieses feige Arschloch hat nicht nur dafür gesorgt, dass sie elendig krepieren, sondern auch dafür, dass ihre Körper nicht beigesetzt wurden. Bestimmt sind einige von ihnen verbrannt. Aber was ist mit denen, die nicht vom Feuer verschlungen wurden? Die in dem finsteren Grab verrottet sind? Ohne Segnung? Ohne die Sterbesakramente? Würde es dich wundern, wenn die Seelen keine Ruhe fänden, nachdem man ihnen die letzte Ölung verwehrt hat?«

Ich biss mir auf die Innenseiten meiner Wangen und grub die Fingernägel in meine aufgeschürften Handflächen, während ich um Selbstbeherrschung rang. Diese Wut kam nicht von mir selbst; das war mir klar, und trotzdem war es unglaublich schwer, mich ihr nicht vollends hinzugeben. Der Geist in mir war rasend vor Zorn und suchte nach einem Ventil. Ezra schwebte in Lebensgefahr und ahnte es nicht einmal.

»Raus«, brachte ich hervor. »Ich muss hier raus.«

Ohne Umschweife rannte ich los, wobei ich immer wieder gegen Vorsprünge stieß oder über morsche Bretter stolperte. Glücklicherweise war der Ausgang nicht weit entfernt, sodass mich die Mine kurz darauf freigeben musste. Ich wartete nicht, bis Ezra ebenfalls nach draußen trat. Stattdessen lief ich in den Nebel hinein, sog die klamme Luft begierig in meine Lungen und breitete die Arme aus. Es war wie eine Heimkehr. Der Dunst umfing mich, legte sich wie ein schützender Schleier um mich, füllte meine Wahrnehmung mit Ruhe. Endlich konnte ich wieder unbeschwert atmen, musste nicht gegen den allgegenwärtigen Druck des Salzes ankämpfen.

Für einige Minuten stand ich reglos inmitten der Schwaden, die mich streichelten und um mich herumwirbelten, als wollten sie mich zum Tanz auffordern. Ich fühlte mich wundervoll, so schwerelos und leicht, dass ich am liebsten für immer hierbleiben würde. Hier war ich sicher, hier war ich willkommen.

Doch inmitten der Euphorie saß eine weitere Empfindung, dunkel und quälend wie ein Stachel. Etwas zog mich zum Dorf zurück. Nicht der Wunsch nach Schutz oder Geborgenheit, sondern das unstillbare Bedürfnis nach Rache. Ich wusste nicht, was diesen Drang nach Vergeltung in mir weckte, doch es befand sich im Innern des Salzkreises.

»Faye!«

Ich blinzelte, hatte Mühe, die Stimme zuzuordnen. Es war keiner von uns, der mich rief.

Wieder erklang mein Name, dieses Mal so eindringlich, dass ich aus meinem Rausch gerissen wurde und mich sofort in die entsprechende Richtung wandte. Mühelos fand ich den Weg zum Salzpfad, wo eine Gestalt stand, die Hand fest um das Führungsseil geschlossen.

Ezra.

Er wartete auf mich, um gemeinsam mit mir zum Dorf zurückzukehren. An den Ort jenseits der Salzlinie. An den Ort, an den ich gehörte.

Ich blendete die Sehnsucht nach dem Nebel aus und ging ohne Hast auf ihn zu. Die Seelen würden mir nichts tun. Ich war eine von ihnen.

Mit unfokussiertem Blick tastete sich Ezra langsam am Seil entlang, während ich entspannt an seiner Seite blieb. Ebenso wie auf dem Hinweg war meine Sicht tadellos. Ezras abgehackte Atemzüge, das Knirschen der Tannennadeln unter unseren Sohlen, das leise Rauschen der Blätter, das Ächzen der Bäume – alles drang klar an mein

Ohr. Wurden meine Sinne früher durch den Schleier beeinträchtigt, waren sie jetzt messerscharf.

Irgendwann veränderte sich die Atmosphäre zuerst unmerklich, dann zunehmend deutlich. Die Leichtigkeit nahm ab und wurde von einer eisigen Beklommenheit ersetzt, in die sich stechender Zorn mischte. Wir näherten uns der Salzlinie, und für einige Sekunden empfand ich so heftigen Widerwillen, dass ich um ein Haar in den Nebel geflüchtet wäre. Lediglich der Anblick Ezras, der in diesem Moment in meine Richtung sah, hielt mich davon ab.

Ich schluckte, atmete noch einmal tief den erfrischendkühlen Dunst ein, dann hielt ich die Luft an und sprang. Ein gleißender Schmerz durchzuckte mich, mein Körper kribbelte und brannte, mein Blut schien zu kochen. Dann kam ich so hart auf dem Boden auf, dass meine Beine unter mir nachgaben. Von der heiteren Gelassenheit und der Zuversicht, die ich im Nebel empfunden hatte, war nichts mehr übrig.

Sofort war Ezra an meiner Seite und strich mir beruhigend über den Rücken. Ich versteifte mich unter seiner Berührung, ließ sie aber geschehen.

»Bist du okay?«

Ich nickte wortlos, während ich noch immer dabei war, meine wild kreisenden Gedanken zu beruhigen. Der Aufenthalt im Nebel zeigte mehr als alles andere, wie nah ich an der Schwelle zur kompletten Übernahme stand. Ich wusste nicht, wie lange ich dem Geist in mir noch etwas entgegensetzen konnte. Ich war okay. Ich musste okay sein.

Ezra sank neben mir auf die Knie und stellte die Laterne ab. Im Gegensatz zu vorher konnte ich nur wenig von der Umgebung ausmachen, und auch mein Gehör schien nachgelassen zu haben.

»Er hat schon viel zu viel Kontrolle über mich«, flüsterte ich schließlich. »In den Kreis zurückzukehren, war das Ekelhafteste, was ich in meinem Leben tun musste. Ich konnte mich vollkommen frei im Nebel bewegen, habe alles fast überdeutlich wahrgenommen, konnte problemlos sehen und hören … als wäre es ein klarer Sommermorgen.«

»Ist mir aufgefallen«, entgegnete Ezra nur, während er mich weiterhin besorgt musterte. Er zog die Unterlippe zwischen die Zähne, als wolle er etwas hinzufügen, dann straffte er die Schultern. »Ich habe über das nachgedacht, was du gesagt hast«, wechselte er das Thema. »Du hast recht. Irgendetwas bindet die Seelen noch an das irdische Dasein, und es ist gut möglich, dass es an den fehlenden Sterbesakramenten liegt.«

Mein Herz schien einen Schlag auszusetzen, während verzweifelte Hoffnung in mir aufkeimte. Konnte die Lösung wirklich so einfach sein?

»Du willst meinen Vater bitten, zur Mine zu gehen und diese zu segnen?«, vergewisserte ich mich.

»Genau.« Ezra stand in einer fließenden Bewegung auf und begann damit, den Knoten zu lösen, der seine Kordel mit dem Führungsseil verband. »Aber erst morgen früh. Denn vorher sollten wir einen Blick in die Chronik werfen, solange Großvater schläft.«

Ich richtete mich ebenfalls auf und klopfte mir den Schmutz von den Kleidern. Während ein Teil von neuer Zuversicht erfüllt wurde, wand sich der andere vor Widerstreben. Die innerliche Zerrissenheit war zermürbend.

»Faye.« Ezra legte eine Hand auf meinen Oberarm, und es gelang mir, nicht zurückzuzucken. »Ich weiß, dass es keine Garantie auf Erfolg gibt, aber es ist eine Chance und damit mehr als alles, was wir zuvor hatten.«

Er hatte recht. Es war eine Chance, und ich würde ihn nach Kräften unterstützen. Zumindest für den Moment hatte ich die Kontrolle, und ich war nicht gewillt, sie dem Geist kampflos zu überlassen.

19 – EZRA

Hass und Rachegefühle

Ich war nass geschwitzt vor Anstrengung, und gleichzeitig steckte mir noch immer die klamme Kälte des Nebels in den Knochen. Der Weg entlang des Salzpfads war einer Zerreißprobe für meine Nerven gleichgekommen, denn natürlich hatte ich bemerkt, wie sehr mir Faye entglitten war. Nur zu gut erinnerte ich mich an unseren ersten gemeinsamen Gang durch den Nebel, an die Angst in ihren Augen, die Art, wie sie sich Schutz suchend an mich geklammert hatte. Von dem scheuen und unsicheren Mädchen war wenig übrig, und ich wusste nicht, wie viel dieser Entwicklung auf den Geist und wie viel auf sie selbst zurückzuführen war. Natürlich waren die Ereignisse nicht spurlos an ihr vorbeigezogen, an keinem von uns. Wir hatten uns beide verändert – uns war keine Wahl geblieben.

Die vergangenen Stunden schienen einem Albtraum entsprungen zu sein. Die erstickende Präsenz des Nebels, Fayes unberechenbares Verhalten, ihr Fast-Sturz in die

Dunkelheit, ihre heitere Gelassenheit inmitten der tobenden Geister … Ich konnte nicht sagen, wie froh ich war, den Seelen erneut entkommen zu sein – obwohl ich nach wie vor eine von ihnen an meiner Seite hatte. Das durfte ich für keine Sekunde vergessen.

Schweigend liefen wir zwischen den Bäumen hindurch, wobei wir uns absichtlich jenseits der Pfade hielten, um unentdeckt zu bleiben. Ich hatte es oft als praktisch empfunden, dass die Hütte ein wenig außerhalb und nur wenige Meter vom Waldrand entfernt war, doch noch nie war ich so froh darüber gewesen wie in diesem Moment. Ich wollte ganz sicher nicht erklären, weshalb ich um diese Uhrzeit mit der Tochter des Reverends durch die Nacht schlich.

Je näher wir Salwood kamen, desto angespannter wurde ich. Irgendwie musste ich es schaffen, den Schreibtisch zu öffnen, ohne meinen Großvater zu wecken. Anders als die meisten Häuser des Dorfes hatte unseres kein Obergeschoss, weshalb sich unsere beiden Räume auf der gleichen Ebene wie das Archiv befanden. Wir mussten leise sein, und ich hoffte, dass es Faye gelingen würde, die Kontrolle zu behalten. Großvater hatte einen leichten Schlaf, und ich ging davon aus, dass er bei einem ungewöhn-lichen Geräusch sofort aufwachen würde.

Ich hatte keine Ahnung, wie er auf Fayes Anwesenheit und deren mittlerweile offensichtliche Besessenheit reagieren würde, aber ich ging vom Schlimmsten aus. Ebenso wie Millard würde er alles tun, um mich zu schützen und zusätzlich verdammt böse sein, weil ich mich derart in Gefahr brachte.

Meine Entscheidung, für Faye zu kämpfen, war dennoch unumstößlich gewesen – und sie war es noch.

Bevor wir die Deckung der Bäume verließen, löschte ich die Laterne, sodass wir kurz darauf im Stockdunkeln die Hütte betraten. Auf leisen Sohlen durchquerten wir den Wohnraum und zogen die Tür zum Arbeitszimmer hinter uns zu. Ich entzündete die Laterne erneut und positionierte sie auf dem Schreibtisch, bevor ich mich an der Schublade zu schaffen machte, in der Großvater die Chronik aufbewahrte. Es gab wenig Schlösser in Salwood, die größtenteils aus der Zeit stammten, in der das Dorf noch nicht abgeriegelt gewesen war, und die wenigsten waren gut erhalten. Großvaters Modell stellte eine Ausnahme dar, denn es schien nicht nur das Ergebnis hochwertiger Arbeit zu sein, sondern zusätzlich regelmäßig gepflegt zu werden. Anscheinend war es ihm enorm wichtig, dass er allein Zugriff auf die Chronik hatte.

Ich frage mich, weshalb.

Vorhin hatte ich mich über Fayes Worte geärgert, mich sogar angegriffen gefühlt. Jetzt wurde mir klar, dass ich dieselben Zweifel hegte. Wir hatten schon immer ein gutes Verhältnis, das nach dem Tod meiner Mutter noch enger geworden war, und Großvater stand mir in jeder Lebenslage mit seinem Rat zur Seite. Lediglich die Chronik war ein rotes Tuch, und er blockte sämtliche Gespräche ab, die in diese Richtung liefen. Was würden wir darin finden?

Nachdem ich mit den Fingerspitzen die Front der Schublade abgetastet und testweise daran gezogen hatte, begann ich, mit einem schmalen Messer die Fugen nachzufahren.

»Ich nehme an, du weißt nicht, wo er den Schlüssel aufbewahrt?«, vergewisserte sich Faye, die mein Tun aufmerksam verfolgt hatte.

»An derselben Kette um seinen Hals, an der auch sein Talisman hängt«, erwiderte ich knapp, woraufhin sie frustriert seufzte. »Unmöglich, da heranzukommen. Er hütet sie wie seinen Augapfel.«

»Das macht die Chronik nur noch interessanter«, murmelte Faye, bevor sie sich neben mich stellte und ebenfalls die Finger über das spröde Holz gleiten ließ. Im Gegensatz zu mir waren ihre Bewegungen rastlos, fast ungeduldig, und erfüllt von fiebriger Energie. Der Geist war nah an der Oberfläche.

In der nächsten Sekunde bestätigte sich mein Verdacht. Bevor ich reagieren konnte, trat Faye kraftvoll gegen die Unterseite der Schublade. Das Holz ächzte und splitterte, füllte die Stube mit ohrenbetäubendem Lärm.

»Faye«, zischte ich. »Bist du wahnsinnig? Das ist zu laut! Und wie soll ich ihm das morgen erkl…«

Statt innezuhalten und sich zu versichern, dass mein Großvater weiterhin schlief, versetzte Faye dem Schreibtisch die nächsten Tritte. Dieses Mal konnte das alte

Holz nicht standhalten. Die Schublade barst und gab ihren Inhalt frei.

Während ich fassungslos versuchte, die blinde Zerstörungswut mit der sensiblen und friedfertigen Faye in Einklang zu bringen, griff diese bereits in die Überreste der Schublade und holte die Chronik heraus. Ein Blick reichte aus, um Ehrfurcht in mir aufsteigen zu lassen. Dieses Buch war etwas Besonderes. Es war komplett in dunkles Leder gefasst, deutlich größer und dicker als alle anderen Bücher, und der Einband bedeckte auch den Buchschnitt, um den Inhalt bestmöglich vor Staub und Sonnenlicht zu schützen.

»Dann los«, sagte Faye so ungerührt, als hätte sie die Chronik eben aus einem Regal gezogen und nicht den Schreibtisch meines Großvaters in Schutt und Asche gelegt.

Nachdem ich für einige Sekunden gelauscht hatte, trat ich neben Faye, die anscheinend keinen Gedanken an die Gefahr, entdeckt zu werden, verschwendete. Noch immer schien sie nicht die vollständige Kontrolle über sich zu haben. Ich erinnerte mich daran, wie sie bei unserer Recherche am Nachmittag mit den Büchern umgegangen war. Voller Sorgfalt und Respekt. Davon war jetzt wenig zu erkennen.

Faye knallte die Chronik so fest auf die Tischplatte, dass sowohl der Einband als auch ich selbst ein gequältes Ächzen von sich gab. Sie blätterte rücksichtslos durch die Seiten und ignorierte dabei vollständig, dass das alte und rissige Papier ihrer Wut nicht standhalten konnte.

»Faye«, sagte ich scharf. »Stopp.«

Sie hielt inne und drehte den Kopf abrupt in meine Richtung. In ihren Augen lag ein dunkles Funkeln, das mir ein eisiges Prickeln über den Rücken schickte. Verflucht, ich verlor sie Stück für Stück.

Gleichzeitig wurde mir klar, dass es unklug wäre, sie jetzt zu kritisieren. Der Geist war aggressiv und ungeduldig; wenn ich eine endgültige Eskalation vermeiden wollte, durfte ich ihn nicht gänzlich hervorlocken.

»Lass mich mit reinschauen«, bat ich also nur und verkniff mir sämtliche Vorwürfe, die mir auf der Zunge lagen. Ihr Umgang mit dem wertvollsten Buch des Dorfes bereitete mir körperliches Unbehagen, aber das durfte jetzt keine Rolle spielen.

Faye musterte mich schweigend, dann rückte sie ab, sodass ich neben sie treten konnte.

Während wir Seite um Seite umblätterten, um uns einen Überblick zu verschaffen, konnte ich spüren, wie ihre Getriebenheit ein wenig abnahm.

»Irgendwie hatte ich mit dramatischeren Erkenntnissen gerechnet«, durchbrach sie schließlich die Stille, und der humorvolle Tonfall, der eindeutig von ihr, nicht von dem Geist stammte, verwunderte und freute mich zugleich. »Aber die Chronik ist tatsächlich nur eine Chronik.«

Obwohl ihre Stimme völlig normal klang, ahnte ich, dass die Präsenz in ihrem Innern bloß kurzzeitig schwieg und bald einen neuen Versuch unternehmen würde, die Kontrolle an sich zu reißen.

»Das erste Datum liegt über dreihundert Jahre zurück. Mit dieser Schrift wurde also weit vor dem Minenunglück begonnen«, fuhr sie fort, ohne meine Beklommenheit zu registrieren.

Kannst du dir vorstellen, wie es sich anfühlt, dieses … dieses Ding in sich zu haben und nicht mehr unterscheiden zu können, was echt ist und was eingegeben?

Nur zu gut erinnerte ich mich an ihre Worte nach dem Vorfall in der Scheune. Das Unvermögen, zu erkennen, welche Gefühle von ihr kamen, war vermutlich das Schlimmste an der ganzen Sache.

»Alle Bewohner Salwoods sowie ihr momentanes Alter und ihre Berufe werden zu Beginn aufgeführt. Danach folgen die wichtigsten Ereignisse. Geburten. Hochzeiten. Todesfälle. Die Aufnahme neuer Tätigkeiten und Berufe. Anscheinend gab es früher sogar Jäger in Salwood.«

Ich nickte. »Salwood war ein Dorf wie jedes andere. Eine Menge Höfe lagen außerhalb, die Handwerker gingen auf Wanderschaft, und man betrieb Handel mit anderen Ortschaften.«

Faye beugte sich ein wenig nach vorne, um im flackernden Schein der Lampe bessere Sicht zu haben.

»*Geburt von Agnes Milltrout, Tochter von Frederick Milltrout und Heather Milltrout*«, las sie vor, während sie die Seiten umschlug. Dieses Mal wiesen ihre Bewegungen die gewohnte Sorgfalt auf, was mich mit Erleichterung erfüllte. »*Jeremiah Fletcher beendet erfolgreich seine Ausbildung zum Zimmermann und lässt sich wieder in Salwood nieder. Brody Monterey löst seinen Vater, Gunther Monterey, auf der Monterey Farm ab.*«

Ich rückte etwas näher an sie heran und ließ meine Blicke ebenfalls über die vielen verschiedenen Handschriften wandern, die die Seiten bedeckten. Anscheinend war die Chronik damals von mehreren Personen zugleich geführt worden.

»Sämtliche Priester des Dorfes trugen den Namen Rutherford«, stellte sie fest und ließ die Fingerspitze über dem entsprechenden Eintrag schweben. »Die Blackmores hingegen hatten unterschiedliche Aufgaben.« Sie verstummte und biss sich auf die Unterlippe. »Elijah Blackmore«, murmelte sie nach einer kurzen Pause. »Einer deiner Vorfahren war Bergarbeiter zur Zeit des Unglücks.«

»Wirklich?« Ich beugte mich vor, um bessere Sicht auf das eng beschriebene Papier zu haben. »Großvater hat das nie erwähnt.«

Faye blätterte weiter bis zu einer Liste von Namen, die mit schwarzen Kreuzen gekennzeichnet waren.

»Hier ist der Tag des Minenunglücks. *Mortimer Hadley. Peter Townsend. Richard Wright. Ein dichter Nebelschleier legt sich über das Dorf.* Wir hatten recht. Es gibt einen direkten Zusammenhang. Jetzt haben wir die Bestätigung: Salwood ist seit über zweihundert Jahren innerhalb des Salzkreises gefangen.«

»Zweihundert Jahre«, wiederholte ich nachdenklich. »Faszinierend, dass es sich bei der Chronik immer noch um das Original handelt. Im Gegensatz zu den anderen Büchern wurde sie nie übertragen, sondern immer weiter ergänzt. Hinten wurden sogar Seiten eingeleimt, um ausreichend Platz zu schaffen.«

Ich konnte nicht leugnen, dass mich die Chronik und die Vielzahl an Schicksalen, die sie beinhaltete, beeindruckte. Über Fayes Schulter hinweg betrachtete ich die geschwungenen, leicht nach rechts gewandten Buchstaben, denen anzusehen war, dass sie von einem geübten Schreiber stammten. Der letzte Eintrag war erst wenige Tage alt.

Isaac Fletcher stirbt beim Exorzismus.

»Geh noch mal zurück zum Minenunglück«, forderte ich Faye auf, um sie abzulenken, bevor sie von negativen Emotionen überwältigt wurde. »Wenn wir deinem Vater die Liste der Opfer geben und er sie mit ihren Namen ansprechen kann, ist das Begräbnis wirkungsvoller.«

Faye befolgte meine Bitte umgehend, hielt jedoch nach einigen Seiten inne.

»Eric Blackmore stirbt beim Exorzismus«, flüsterte sie, und ich spürte, wie sich eine eiserne Hand um mein Herz krampfte. »Dein Vater, Ezra.«

Ich streckte den Arm aus und strich mit den Fingerspitzen über seinen Namen. Natürlich hatte ich gewusst, was mit ihm geschehen war, dass er – ebenso wie es mir um ein Haar passiert wäre – bei einer Erkundungstour von einem Geist in Besitz genommen worden war.

Meine Augen glitten über die Seite auf der Suche nach einem ganz bestimmten Eintrag.

Sarah Blackmore verschwindet im Nebel.

Da war er, nur wenige Zeilen unterhalb des Todestags meines Vaters. Ich schluckte gegen den Kloß in meiner Kehle an, während ich mich zum wiederholten Mal fragte, weshalb sie mich allein gelassen hatte. Verdammt, ich war erst neun Jahre alt gewesen. Wieso war sie einfach gegangen? Ja, ich hatte Großvater, der immer für mich da war, trotzdem stach es, dass sich zumindest meine Mutter bewusst dafür entschieden hatte, mich zu verlassen.

»Lass uns das Minenunglück prüfen«, schlug ich nochmals vor, um mich irgendwie von den düsteren Gedanken zu lösen, die uns zumindest für den Moment nicht weiterbrachten.

Faye blätterte zur entsprechenden Seite, und wir steckten die Köpfe zusammen. Konzentriert zählte ich die Namen der verunglückten Bergleute, suchte jedoch vergeblich nach einer Erwähnung meines Vorfahren. Es machte den Anschein, als sei ausgerechnet er dem Tod in der Dunkelheit entkommen. Irritiert kniff ich die Augen zusammen und ging die Liste erneut durch.

»Er fehlt«, formulierte Faye schließlich das, was auch ich herausgefunden hatte. »Elijah Blackmore war nicht unter den Toten.«

Während ich über die verschiedenen Schlüsse nachdachte, die unsere Entdeckung nach sich zog, blätterte sie wenige Seiten nach vorne und deutete auf einen Vermerk.

Elijah Blackwood nimmt seine Arbeit in der Salzmine auf.

»Dreiunddreißig Opfer«, murmelte ich, »aber Elijah war keines von ihnen.«

Faye antwortete nicht und vertiefte sich stattdessen wieder in die Chronik, woraufhin ich leise zur Tür ging und nach draußen lauschte. Weiterhin war von Großvater nichts zu hören. Es schien, als sei das Schicksal in dieser Nacht auf unserer Seite.

»Vierunddreißig«, durchbrach Faye nach einigen Minuten so überraschend die Stille, dass ich zusammenzuckte. »Es waren vierunddreißig Bergleute. Dein Vorfahre war der Einzige, der das angebliche *Unglück* überlebt hat.«

Ich konnte den unterschwelligen Vorwurf in ihrer Stimme hören, und natürlich war mir klar, woher er stammte. Faye hatte denselben Schluss gezogen wie ich selbst und schien nur allzu bereit, Elijah als Schuldigen zu akzeptieren.

»Vielleicht hatte er einfach Glück?«, mutmaßte ich, obwohl ich selbst nicht daran glaubte. Ich trat neben Faye und zog die Chronik zu mir, um nach Elijah Blackmores Todesdatum zu suchen. Dabei löste sich vom hinteren Einband ein dicht beschriebenes Pergament, das sich offensichtlich in der Chronik befunden hatte. Waren es Notizen, die Großvater noch nicht übertragen hatte? Das war seltsam, denn ich wusste, dass er die Chronik gewissenhaft pflegte, zudem handelte es sich offensichtlich um einen zusammenhängenden Text.

Schnell warf ich einen Blick auf die Überschrift – *Der Teufel in Salwood* –, dann schob ich das Pergament unter mein Hemd, um es mir später in Ruhe anzuschauen. Das Fehlen der Chronik würde Großvater auffallen, doch bei einem losen Blatt sah es womöglich anders aus. Wer wusste schon, wie viel Zeit uns noch blieb, nachdem Faye den Schreibtisch in seine Einzelteile zerlegt hatte?

Nachdem ich den Bogen sicher verstaut hatte, wandte ich meine Aufmerksamkeit wieder dem Schicksal Elijah Blackmores zu.

»Er ist zwölf Jahre später gestorben«, murmelte ich kurz darauf. »Vielleicht war er am Tag der Katastrophe krank oder hat sich aus anderen Gründen nicht in der Mine aufgehalten?«

»Glück?«, wiederholte Faye und richtete sich ruckartig auf. »Du denkst ernsthaft, er hätte nichts damit zu tun? Nachdem wir eindeutige Hinweise auf einen geplanten Massenmord gefunden haben, bei dem er der einzige Überlebende war, willst du behaupten, er hätte *Glück* gehabt?«

Mit jedem Wort wurde ihre Stimme lauter und schriller, sodass ich besänftigend die Hände hob.

»Ich behaupte gar nichts«, sagte ich, während Entsetzen in mir emporkroch. Ein Fehler. Das hier war ein

Fehler. »Ich wollte lediglich keine voreiligen Schlüsse ziehen.«

»Voreilige Schlüsse?« Faye stieß ein ungläubiges Kichern aus. Verdammt, sie klang vollkommen hysterisch. Mit Verspätung wurde mir klar, wie dumm ich mich gerade verhalten hatte. Ich hatte den Geist gereizt, und nun stand die Situation kurz davor zu eskalieren.

»Nimm ihn nicht in Schutz, deinen verdammten Urahn!« Mit einem Knall schloss Faye die Chronik und trat einen Schritt nach hinten. »Elijah Blackmore! Er war es! Er hat es initiiert. Deine Scheiß-Familie ist schuld daran, dass so viele Menschen ums Leben gekommen sind! Dein Urahn ist ein verdammter Mörder!«

Sie ballte die Hände zu Fäusten und öffnete sie wieder, während sie mich feindselig anstarrte. Ihre sonst so sanften Augen glitzerten dunkel und waren weit aufgerissen, und sie hatte die Oberlippe leicht hochgezogen, als wolle sie die Zähne blecken. Wenig an ihr erinnerte an das Mädchen, das ich so gerne hatte. Sie wirkte völlig außer sich, und das machte mir riesige Angst.

Langsam wich ich zurück und bemühte mich um eine entspannte Körperhaltung, damit sie nicht bemerkte, dass ich mit einem Angriff rechnete.

»Ich wollte nur …«, startete ich einen Versuch, die Spannung zu entschärfen, doch sie ließ mich nicht zu Wort kommen.

»Du wolltest nur? Du hast Partei für diese Arschlöcher ergriffen, die du Familie schimpfst! Du bist so verdammt scheinheilig, Ezra! Gibst vor, herausfinden zu wollen, was wirklich geschehen ist, und jetzt ziehst du den Schwanz ein, weil es dir nicht passt, dass du mit drinhängst.«

»Faye«, sagte ich beschwörend. »Ich bin auf deiner Seite. Daran hat sich nichts geändert. Bitte. Beruhige dich.«

»Einen Scheiß werde ich!« Sie redete sich immer weiter in Rage, und ich konnte nichts dagegen tun. Gegen die Wut, die von ihr Besitz ergriff, war ich machtlos. Der Geist hatte die Kontrolle übernommen, und er hasste Elijah Blackmore aus tiefster Seele – und seine Nachfahren ebenso.

»Dein Urahn hat dreiunddreißig Menschenleben auf dem Gewissen, und du rätst mir, mich zu beruhigen? Bist du bescheuert? Du bist ein erbärmlicher Feigling, Ezra. Du bist genauso falsch wie Elijah, der seine Freunde verraten hat!«

Sie kam auf mich zu, und mit jedem Schritt veränderte sich ihre Körperhaltung. Sie lief mit federnden Knien und leicht geduckt, lauernd, wie ein Raubtier auf Beutezug. Ihre Lippen waren mittlerweile zu farblosen Strichen zusammengepresst, und ihre Hände zu Klauen geformt.

»Faye«, fing ich erneut an. »Ich bin deiner Meinung. Du hast recht. Es ist unverzeihlich, was er getan hat! Aber er ist seit fast zweihundert Jahren tot! Es nutzt nichts, das in die Gegenwart zu übertragen. Wir bitten deinen Vater um die Segnung der Mine und die Bestattung der Opfer. Die Chancen stehen gut, dass die Geister dann Ruhe finden.«

»Wen interessiert Ruhe?« Faye trat unbeherrscht gegen den bereits in Mitleidenschaft gezogenen Schreibtisch, sodass eines der Tischbeine mit einem lauten Krachen zu Bruch ging. Zu laut. Wir waren viel zu laut – und das nicht erst seit gerade eben. Warum war Großvater noch nicht hier? Er konnte das unmöglich überhören. »Die Geister wollen Rache für das begangene Unrecht und keine leeren Worte eines Reverends. Er hat sie damals nicht gerettet, er wird es heute auch nicht schaffen.«

Gehetzt blickte ich im Raum umher auf der Suche nach einem Fluchtweg. Ich wusste, dass Faye nicht sie selbst war, und ebenso war mir klar, dass sie viel schneller und vor allem viel stärker als ich war – eine Kostprobe davon hatte ich bereits erhalten, und noch immer waren die Würgemale nicht vollständig verblasst. Sie kannte keine Grenzen. Nicht mehr.

»Willst du abhauen, feiger Schwächling?«, höhnte sie, während sie mich voller Feindseligkeit musterte. Keine Spur der Zuneigung, die sie zuvor für mich empfunden hatte, lediglich Hass und Abscheu. Sie war nur noch ein Gefäß, gelenkt durch den Willen eines Geistes, der mich verabscheute, und ich hatte keine Ahnung, ob sie den Rückweg finden würde.

»Ich mache zuerst dich fertig und dann deinen verdammten Großvater. Ich tilge die Familie Blackmore vom

Erdboden. Endgültig«, zischte sie und überwand die letzten Meter zwischen uns. Ich sah den Schlag nicht kommen, doch Sekunden später explodierte in meiner Seite ein heftiger Schmerz, sodass ich mich mit einem Ächzen nach vorne krümmte. Sie hatte mit dem Ellbogen auf meine Niere gezielt und punktgenau getroffen. Gott, es tat so weh.

Noch während ich gegen die plötzliche Übelkeit ankämpfte, spürte ich, wie sich ihre Finger in mein Haar krallten. Sie riss meinen Kopf nach oben und knallte ihn mit voller Kraft an die hinter mir liegende Wand.

Ein stechender Schmerz durchzuckte mich, vor meinen Augen flackerten Blitze, und ich spürte, wie warmes Blut aus der Wunde an meinem Hinterkopf austrat. Ein weiterer Angriff dieser Art, und ich würde das Bewusstsein verlieren und nicht mehr aufwachen.

»Faye«, flehte ich. »Bitte. Ich bin nicht dein Feind. Ich kämpfe für dich. Ich kämpfe mit dir.«

Sie blinzelte, und kurzzeitig schöpfte ich neue Hoffnung. Dann erlosch der warme Glanz in ihren Augen, ihre Iriden verdunkelten und der Griff in meinem Haar festigte sich. Das war's. Mit ihrem nächsten Angriff würde sie meinen Schädel zertrümmern. Ich hatte mich gründlich verschätzt, und nun würde ich die Konsequenzen für meinen Fehler tragen müssen. Fayes wutverzerrtes Gesicht sollte nicht der letzte Anblick meines Lebens sein, deshalb schloss ich die Lider – und riss sie Sekunden später wieder auf.

Die Tür wurde aufgestoßen und prallte mit einem Krachen an die dahinterliegende Wand. Stimmengewirr erfüllte den Raum, und ich konnte sowohl die akzentuierte Sprechweise des Reverends als auch den tiefen Bariton meines Großvaters ausmachen. Im nächsten Moment begann Faye zu schreien, schrill und voller Qual, wie ein verendendes Tier. Nichts an diesem Laut war menschlich.

Sie löste ihren Griff, wurde zurückgezerrt, und ich sah, wie ihr Vater mit einem faustgroßen Salzkristall hinter ihr stand und diesen an ihren Hals drückte. Obwohl ich nur um Haaresbreite dem Tod entronnen war, konnte ich nicht wegsehen. Er bändigte seine tobende und kreischende Tochter durch die vermutlich unerträgliche Berührung des Salzes, hielt sie erbarmungslos in Schach, doch auf seinen Zügen zeichnete sich tiefer Schmerz ab. Vielleicht mochte er abgeklärt und kalt wirken, doch er liebte Faye aufrichtig.

Umso beeindruckender war es, wie souverän er agierte, ihr die Arme auf den Rücken drehte und dabei Schritt für Schritt zur Tür zurückwich.

Reflexartig streckte ich den Arm nach ihr aus, als wollte ich sie zurückhalten. Mir war klar, dass ich sie gerade zum letzten Mal sah, dass zum letzten Mal die Chance bestand, zu ihr durchzudringen. Wenn der Reverend den Exorzismus durchgeführt hatte, würde nichts mehr von ihr übrig sein.

So konnte es nicht enden. So *durfte* es nicht enden.

»Faye«, sagte ich so verzweifelt, dass der Reverend innehielt und mir einen Blick zuwarf, in dem ich die gleiche Qual erkannte, die ich selbst empfand. All die Mühen, all die Risiken, all die Anstrengungen umsonst. Wir würden sie verlieren.

Zum ersten Mal schienen Rutherford und ich auf der gleichen Seite zu stehen, zum ersten Mal gab es eine stille Übereinkunft zwischen uns. Er erkannte an, was ich für Faye empfand, und doch würde er tun, was nötig war, um das Dorf zu schützen. Er klammerte sich nicht an unsinnige Hoffnung. Er würde seine Tochter für das Gemeinwohl opfern und sich nicht von seinen Emotionen leiten lassen. Er war stärker als ich. Viel stärker.

Ich ballte die Hände zu Fäusten, presste die Zähne zusammen und sah dabei zu, wie der Reverend Faye aus unserem Haus führte. Es fühlte sich an, als würde er einen Teil von mir mitnehmen, und ich kämpfte gegen Tränen der Frustration und der Verzweiflung an. Umsonst. Alles umsonst. Es war zu spät.

»Ezra.«

Eine Berührung am Oberarm riss mich aus der Starre. Millard stand neben mir, die Nase schief und geschwollen, das Gesicht blutverschmiert und mit violetten Schatten unter den Augen. Er wirkte, als könne er sich gerade so aufrecht halten. Zumindest das hatten wir gemeinsam.

»Du hast richtig reagiert, Junge.« Großvater legte ihm für einige Sekunden die Hand auf die Schulter, dann ging er zum Schreibtisch hinüber und hob die Chronik vorsichtig empor, als wolle er sich von ihrer Unversehrtheit überzeugen. »Mein Enkel scheint von seinen Gefühlen beeinträchtigt zu sein und sämtlichen Verstand in den Wind geschossen zu haben.«

Ich senkte den Blick. Er hatte recht. Natürlich hatte er das. Mein Wunsch, Faye zu schützen, hätte mich fast umgebracht. *Sie* hätte mich fast umgebracht, und es war ein Wunder, dass ich erneut davongekommen war. Und wieder hatte ich es meinem besten Freund zu verdanken. Nichtsdestotrotz war mir mein eigener Zustand vollkommen egal. Ich konnte nur daran denken, dass der Reverend Faye gerade in den Keller der Kapelle brachte, um dort den Exorzismus durchzuführen. Ich war mir sicher, dass er keine Zeit verlieren würde, sie war zu stark, um weitere Risiken einzugehen.

»Sie hat mich niedergeschlagen, bevor ihr euch auf den Weg zur Mine gemacht habt«, unterbrach Millard meine Gedanken, und ich biss mir auf die Unterlippe, so fest, dass ich Blut schmeckte. Sie hatte ihn niedergeschlagen, in desolatem Zustand zurückgelassen und mir nichts davon erzählt. Verdammt, ich war ein solcher Idiot, dass ich noch immer daran geglaubt hatte, sie retten zu können. »Deshalb habe ich den Reverend aufgesucht, sobald ich wieder in der Lage war, zu laufen. Glücklicherweise hat man mir sofort Glauben geschenkt.«

»Danke, Mil«, murmelte ich, während ich vorsichtig über die pochende Stelle an meinem Hinterkopf fuhr.

Für einige Sekunden musterte er mich schweigend.

»Es tut mir leid, Ez«, sagte er dann. »Ich hatte mir gewünscht, dass es anders endet.«

Ich nickte und schluckte gegen den Kloß in meiner Kehle an. All die Bemühungen der letzten Wochen waren vergeblich. Schon in wenigen Stunden würde von der warmherzigen und liebenswerten Faye nicht mehr übrig sein als eine leere Hülle – wenn sie den Exorzismus überlebte.

»Ich bezweifle, dass sie eine Chance hat«, sagte Großvater, als hätte er meine Gedanken gelesen. »Die Präsenz in ihr ist unglaublich stark. Es ist ein Wunder, dass es euch so lange gelungen ist, sie vor uns zu verbergen ...«

Millard drückte erneut mitfühlend meinen Arm, dann verabschiedete er sich und verließ das Haus, um sich um seine Verletzungen zu kümmern und seinen Eltern die Vorgänge der vergangenen Nacht zu schildern. Spätestens wenn Rutherford mit dem Exorzismus anfing, würde sich im Dorf ohnehin in Windeseile herumsprechen, was geschehen war.

Während Großvater ein wenig aufräumte, ging ich in die Küche, um die Wunde an meinem Hinterkopf mit klarem Wasser zu säubern, und kehrte anschließend in sein Arbeitszimmer zurück.

Er stand an der Wand neben dem Schreibtisch und musterte mich scharf. Bevor ich realisieren konnte, was geschah, war er einen Schritt auf mich zugetreten und hatte mir eine heftige Ohrfeige verpasst, die blitzende Funken vor meinen Augen tanzen ließ.

»Wie konntest du nur so dumm sein, Ezra«, herrschte er mich an, und nicht zum ersten Mal wurde mir klar, wie gut er sich verstellen konnte und wie wandelbar er war. Eben, als sich Millard, Rutherford und Faye noch bei uns befunden hatten, war er voller gelassenem Optimismus aufgetreten. Davon war nichts mehr übrig.

»Ich hätte dich für weniger einfältig gehalten«, fuhr er aufgebracht fort. »Genau die Präsenzen, die dir deinen Vater und deine Mutter genommen haben, hast du gedeckt. Du weißt um die Gefahren! Du kennst jede einzelne davon! Trotzdem lässt du zu, dass ein Geist unerkannt im Dorf herumstreicht. Wir können von Glück reden, wenn es keine weiteren Verletzten gibt. Diese Eskalation hätte vermieden werden könne, wenn du früher den Mund aufgemacht hättest. Die gesamte Situation ist entsetzlich.«

»Aber Faye ist nicht entsetzlich«, widersprach ich leise. Meine Wange schmerzte von seinem Schlag.

»Ezra.« Großvater seufzte. »Das ist nicht mehr Faye. Sie ist lediglich eine Hülle für Hass und Rachegefühle, die nach Vergeltung dürstet. Sie hätte dich, ohne mit der Wimper zu zucken, getötet. Wären wir nur eine halbe Minute später gekommen, hätte sie dir den Schädel an der Wand zertrümmert. Denkst du, das habe ich nicht gesehen? Wie kannst du das einfach ignorieren?«

Irgendetwas an seinen Worten irritierte mich, und ich brauchte einige Sekunden, um es einzuordnen.

»Aus Rachegefühlen«, murmelte ich. »Du sagtest gerade, sie bestünden aus Rachegefühlen und dem Wunsch nach Vergeltung. Woher weißt du das? Der Unfall, damals, im Stollen …«

Großvaters Miene verdunkelte sich, und ich fragte mich, ob Faye und ich womöglich nicht die Einzigen waren, die die richtigen Schlüsse gezogen hatten. Doch wenn Großvater ebenfalls Bescheid wusste oder zumindest einen Anhaltspunkt hatte – weshalb hatte er die Erkenntnisse nicht geteilt? Weshalb hatte er den Reverend noch nicht um eine Segnung der Mine gebeten?

»Lass uns später darüber reden«, wehrte er ab, während er nach der Chronik griff und sich diese unter den Arm klemmte. »Ich werde sehen, ob ich die Stimmung im Dorf etwas beruhigen kann. Mittlerweile dürfte ganz Salwood auf den Beinen sein.«

»Ich …«

»Du bleibst hier«, unterbrach er mich schroff. »Du hast in den letzten Wochen genug angerichtet. Mir ist nicht wohl dabei, dass du dich frei im Dorf bewegst, solange sich die Sache mit Faye noch nicht erledigt hat. Du bist so ein impulsiver und uneinsichtiger Sturkopf, Ezra, dass es mich nicht wundern würde, wenn du dich auch noch in den Exorzismus einmischst.«

Ohne mir die Gelegenheit zu einer Erwiderung zu geben, schritt er durch das Arbeitszimmer, warf die Tür hinter sich zu und schob den Riegel vor. Ich hörte, wie er durch die Stube ging und das Haus verließ. Wenige Minuten später wurde der Fensterladen hinter mir mit einem Knall geschlossen. Die Flamme der Öllampe flackerte und ließ dunkle Schatten über die Wände tanzen.

Sofort machte ich mich daran, meine Chancen auf Entkommen zu prüfen, denn natürlich hatte Großvater mit seiner Einschätzung richtiggelegen. Nach allem, was ich getan hatte, um Faye zu retten, würde ich sie jetzt nicht kampflos aufgeben.

Leider blieb mir keine Wahl, denn weder Tür noch Fenster gaben unter meinem Ansturm nach, sodass ich mich schließlich mit dem Rücken gegen die Wand gelehnt hinsetzte. Ich starrte blicklos ins Dämmerlicht, während ich registrierte, dass die Wunde an meinem Kopf erneut zu bluten begonnen hatte. Es schien Großvater wirklich ernst zu sein mit dem Verhindern meiner Einmischung, wenn er nicht einmal dafür Sorge trug, dass meine Verletzung entsprechend versorgt war.

Was nun?

Sämtliche Bücher in diesem Raum kannte ich, sie würden keine neuen Informationen mehr bringen, und alles Hilfreiche hatte Großvater mitgenommen. Nein. Nicht alles. Unter meinem Hemd befand sich weiterhin das dicht beschriebene Pergament, das ich vorhin in der Chronik gefunden hatte. Vielleicht barg es die letzten Verbindungsteile, die nötig waren, um die gesamte Geschichte zu verstehen. Die Chance war gering, doch sie war das Einzige, was mir blieb.

20 – FAYE

Bereit

Ich bestand nur noch aus Wut. Sie benebelte meine Sinne, brachte mein Blut zum Kochen, meine Gedanken zum Rasen. Ich hasste Ezra und seinen Großvater. Ich hasste jeden einzelnen Abkömmling der verdammten Blackmore-Sippschaft, und ich wusste nicht einmal, weshalb. Ezras schmerzerfülltes Aufkeuchen, als ich seine Niere getroffen hatte, war wie Musik in meinen Ohren gewesen, und ich wusste, dass der Moment, in dem sein Schädel an der Wand geborsten wäre, mich in noch höhere Sphären katapultiert hätte. Leider war sein Arschloch von Großvater rechtzeitig zur Stelle gewesen – und mit ihm mein Vater.

Diese Erkenntnis hatte meinen Zorn für einige Sekunden gedämpft; Zeit genug, um ihm die Möglichkeit zu geben, mich zu überwältigen.

»Nein!«, brüllte ich, während ich mich mit aller Kraft gegen seinen Griff zur Wehr setzte. »Lass mich los! Lass mich, verdammt noch mal, los!«

Mein Brüllen steigerte sich zu einem schrillen Kreischen, als mir mein Vater erneut etwas an den Hals drückte, was unmittelbar meinen gesamten Körper zum Toben brachte. Salz. Er ging mit einem verfluchten Salzkristall auf mich los.

Ich schrie so unbeherrscht, dass meine Stimmbänder schmerzten, gab kehlige Laute von mir, knurrte und fletschte die Zähne. Es war mir unmöglich, mich zu artikulieren, sodass lediglich unverständliche Silben über meine Lippen kamen. Ich verabscheute ihn dafür, dass er mir das antat, aber noch mehr verabscheute ich den verdammten Blackmore. Seine Anwesenheit machte mich krank, seine Nähe war unerträglich. Noch nie hatte ich derart reinen und unverfälschten Hass empfunden. Ich wollte ihn nicht nur töten, nein, ich wollte ihn leiden lassen, ihm bei lebendigem Leib die Haut abziehen, die Gliedmaßen ausreißen …

Wieder war es die reine Qual, die mich aus meinen Fantasien holte. Mein Vater zerrte mich durch die dunklen Gassen Salwoods, wobei er mich mit dem Salzkristall gnadenlos in Schacht hielt. Mittlerweile schrie ich nicht mehr, ich weinte, heulte und flehte.

»Bitte. Bitte nimm ihn weg.« Tränen flossen über meine Wangen, während ich hilflos den Kopf hin und her drehte. »Es tut so weh. Bitte, Vater.«

Er zeigte kein Mitleid, kannte keine Barmherzigkeit. Inmitten des lodernden Schmerzes führte er mich in die Kapelle, durch den Altarraum und hinunter in den Keller.

In sein Arbeitszimmer. Ich wusste, was dort geschehen würde, sodass ich mich nur noch heftiger zur Wehr setzte. Ich tobte, geiferte, spuckte, doch Vater zeigte sich unbeeindruckt. Er lockerte seinen Griff kein einziges Mal, brachte mich unbeirrt zu dem massiven Holztisch, neben dem vor wenigen Tagen Isaac Fletcher gestorben war.

Kurz lockerte er seinen Griff, und wieder bäumte ich mich auf. Im nächsten Moment bohrten sich tausende Nadelspitzen in meine Haut. Ich heulte auf, riss an meiner Kleidung, die Vater mit Salzwasser benetzt hatte, wand mich vor Agonie. Ich hatte keine Chance. Vater war so erfahren, erbarmungslos und effizient, dass ich mich Sekunden später rücklings auf dem Tisch wiederfand, während er im Begriff war, meine Gelenke mit den Ledermanschetten zu fixieren, die Isaac in Zaum gehalten hatten. Am Rande nahm ich das mahlende Knirschen eines Mörsers wahr, doch die andauernden Qualen trieben das letzte bisschen Verstand aus mir heraus, ließen mich als wimmerndes Häufchen, als Schatten meiner selbst zurück. Ich konnte nicht mehr. Ich war am Ende, hatte keine Kontrolle mehr über meinen Körper und meine Emotionen. Lediglich einzelne Gedankenfetzen gehörten noch mir, alles andere hatte der Geist an sich gerissen. Er war an die Oberfläche gelangt und hatte mich unterworfen, als Ezra seinen Urahn in Schutz genommen hatte. Dieser verdammte Feigling schien nicht willens, die Schuld seiner Vorfahren zu akzeptieren, und das machte den Geist – und somit mich – rasend.

»Die Blackmores«, würgte ich heiser hervor, das erste artikulierte Wort seit Langem. »Die verdammten Blackmores.«

Das Geräusch des Mörsers erstarb, und für einige Sekunden waren nur meine rasselnden Atemzüge zu hören.

»Die Blackmores?« Er warf mir über die Schulter einen argwöhnischen Blick zu, und ich bemerkte irritiert, dass die Rage des Geistes etwas nachzulassen schien; mehr noch, ich empfand eine seltsame Art der Erleichterung, weil ihm zum ersten Mal Gehör geschenkt wurde. Für einige Sekunden genoss ich die schwindende Wut, die meine Sinne und meine Gedanken Schritt für Schritt freigab. Ohne die erstickenden Emotionen spürte ich, wie die Angst vor Folter und Tod rasant anstieg. Ich musste die unverhoffte Chance nutzen, die sich mir bot.

»Das alles steht im Zusammenhang mit der Familie Blackmore«, fing ich an und achtete dabei auf einen neutralen Stimmklang, um Vater zu signalisieren, dass ich bei klarem Verstand war.

Er zog sich langsam seine dunkle Kutte über und musterte mich dabei schweigend, anscheinend unsicher, ob es sich bei meiner plötzlichen Ruhe um eine Täuschung handelte.

»Ich bin ich selbst« beteuerte ich, obwohl ich mir dessen alles andere als sicher war. »Vielleicht hat sich der Geist ein wenig zurückgezogen, um mir Raum zum Denken zu geben. Ezra und ich waren in der Mine, und wir haben die Chronik gelesen.«

»Die Chronik.« Vaters Gesicht wurde blass. Er schluckte mehrfach, dann hatte er sich wieder unter Kontrolle.

»Ich habe auch gelesen, dass du den Exorzismus an Eric Blackmore durchgeführt hast.«

Vater nickte. »Er ist dabei gestorben. Das geschieht meistens.«

»Deshalb hasst dich Ezras Großvater.«

»Nein. Er hasst mich, weil ich zu viel weiß oder zumindest zu viel ahne.«

Hitze durchzuckte mich, als würde eine Welle Strom durch meinen Körper jagen.

»Was meinst du damit? Welche Rolle spielst du in dieser Geschichte, Vater?«

Ich konnte die Unentschlossenheit in seinem Blick erkennen, die sich mit verzweifelter Hoffnung verband. Mein Vater war ein kühler und beherrschter Mensch, der sich stets bemühte, das Richtige zu tun und die eigenen Interessen hintanzustellen. Nun ließ er mich zum ersten Mal hinter seine Fassade sehen. Ich war ihm wichtig, und egal, wie nüchtern und abgeklärt er wirkte; diese Situation war sein persönlicher Albtraum. Immer hatte er auf mich aufgepasst, hatte mich vor allen Gefahren abgeschirmt, und ich hatte alles zunichtegemacht, indem ich gedankenlos in den Nebel gegangen war und die Risiken komplett unterschätzt hatte.

»Es tut mir so leid«, stieß ich unvermittelt hervor und drehte den Kopf, sodass ich Vater ins Gesicht sehen konnte. »Ich hätte niemals die sichere Zone verlassen dürfen. Es tut mir alles so leid.«

Seine Miene veränderte sich nicht, doch der Ausdruck in seinen Augen wurde weicher.

»Mir tut es leid, Faye«, erwiderte er fast sanft. »Vielleicht war ich zu streng und unnachgiebig. Aber nur, weil du mir so wichtig bist.«

»Das weiß ich.«

Für einige Sekunden herrschte Stille, während ich weiter in mich hineinlauschte. Sobald die Blackmores zum Thema geworden waren, hatte sich der Geist beruhigt, und ich verstand nicht, weshalb. Noch immer tat mein gesamter Körper weh, und die Teile, die mit dem Salz direkt in Kontakt gekommen waren, brannten wie Feuer.

Vaters entmutigtes Seufzen holte mich in die Realität zurück.

»Faye«, setzte er an, und bevor er weitersprach, wusste ich, was er sagen würde.

»Du musst es tun.«

Er nickte, sein Gesicht voller Bedauern und Schmerz. »Du bist unberechenbar. Es ist ein Wunder, dass uns noch ein paar klare Momente geschenkt wurden, aber sie sind begrenzt. In Kürze wird er komplett über dich verfügen, und ich kann das Risiko nicht eingehen, so lange zu warten. Es geht um die Sicherheit des gesamten Dorfes, und für dich …«

Er verstummte und sah zu Boden. Zum ersten Mal,

seit ich mich erinnern konnte, senkte mein Vater den Blick.

»Für mich gibt es sowieso keine Hoffnung«, beendete ich leise seinen Satz und nahm meinen Mut zusammen. »Es ist in Ordnung, Vater. Ich weiß, dass du es tun musst. Ich … bin bereit.«

Lieber Gott, das war ich nicht. Niemals könnte ich bereit sein für das, was mir bevorstand. Bis vor wenigen Tagen waren die Schreie der Besessenen mein einziger Berührungspunkt zum Exorzismus gewesen, doch seit Isaac hatte ich eine genaue Vorstellung von dem, was auf mich zukam. Ich hatte Angst, überwältigende, lähmende Angst, und ich war mir sicher, dass diese Emotion in erster Linie von mir, nicht von dem Geist in meinem Innern stammte.

Bemüht atmete ich mehrere Male tief durch und versuchte, mich mit dem Unausweichlichen zu arrangieren, doch statt nach seinen Werkzeugen zu greifen, lehnte sich Vater mit verschränkten Armen gegen das Regal. Es war eine skurrile Situation; ich festgezurrt auf dem Holztisch und er in dieser fast entspannten Haltung.

»Ich habe deine Mutter immer geliebt«, sagte er unvermittelt, und ich blinzelte irritiert. »Aber es gab eine Frau, die ich nie aus meinem Herzen verbannen konnte. Sarah Blackmore. Ezras Mutter. Sie hat sich damals für Eric entschieden, und ich war verrückt vor Eifersucht, habe beide richtiggehend gehasst, sie beneidet, um das, was sie hatten. Sie lebten ihr Leben, heirateten, bekamen Ezra, und ich bemühte mich, meinen Groll beiseite zu legen, immerhin hatte ich deine Mutter, die mir mit dir das kostbarste Geschenk der Welt gemacht hat. Und dann wurde Eric bei einer seiner Erkundungstouren als zukünftiger Hüter der Chronik zum Gefäß. Es ging alles unglaublich schnell, kaum ein Tag lag zwischen der Inbesitznahme und dem Exorzismus.« Er seufzte erneut und rieb sich über die Schläfen. »Mir blieb keine Wahl, schließlich war ich der Reverend des Dorfes, mein Vater war schon Jahre zuvor gestorben. Und ich habe keinen Hauch Befriedigung empfunden, nur tiefes Bedauern, weil ich wusste, dass es Sarah das Herz gebrochen hat.«

»Kurz darauf ist sie in den Nebel gegangen.«

»Zumindest ist das die Version, die Blackmore präsentiert hat«, murmelte Vater fast unhörbar, und ich hob eine Augenbraue.

»Trifft sie denn nicht zu?«

Vater zuckte mit den Schultern, dann schüttelte er den Kopf. »Nein«, sagte er nach einer kurzen Pause. »Das tut sie nicht. Einige Tage nach dem gescheiterten Exorzismus stand Sarah plötzlich vor unserer Tür. Zuerst dachte ich, sie sei gekommen, um mir Vorwürfe zu machen, mir zu unterstellen, ich hätte nicht mein Bestes gegeben, um Eric zu retten. Aber dann äußerte sie eine Vermutung, die mir den Boden unter den Füßen wegzog.«

Ich biss mir angespannt auf die Lippen, obwohl zumindest ein Teil von mir eine grauenvolle Vorahnung hatte.

»Sie äußerte die Vermutung, Everett Blackmore habe den Talisman Erics ausgetauscht, sodass er den Kreis ohne die schützende Salzessenz verlassen hat.«

Seinen Worten folgte dröhnendes Schweigen, während ich versuchte, das Gehörte zu verarbeiten. Der Geist in meinem Innern stieß ein zorniges Brüllen aus, und erneut wurde mir klar, dass wir uns einem Geheimnis näherten, von dessen Existenz ich nichts geahnt hatte.

»Ezras Großvater hat seinen Sohn absichtlich den Geistern überlassen?«, vergewisserte ich mich ungläubig.

»Nicht nur das.« Vaters Gesicht verdüsterte sich weiter. »Ich denke, dass er auch für Sarahs Verschwinden die Verantwortung trägt. Everett Blackmore hat sich sowohl Erics als auch Sarahs entledigt, da bin ich sicher. Eric hatte etwas herausgefunden und seine Frau eingeweiht, deshalb mussten beide sterben. Verstehst du jetzt, weshalb ich jeglichen Kontakt von dir zu den Blackmores unterbinden wollte?«

Er wollte mich schützen. Natürlich wollte er das, daran hatte ich nie gezweifelt.

»Everett Blackmore hat etwas zu verbergen«, fuhr er fort. »Etwas, das so heikel ist, dass er dafür sogar seinen eigenen Sohn opferte.«

»Irgendwie hängt alles mit den Geschehnissen von damals zusammen. Die Wut und der Rachedurst der Geister. Ihre Rastlosigkeit. Als befänden sie sich auf der Suche nach etwas. Ezra hat gemutmaßt, dass ihnen ein ordentliches Begräbnis Ruhe bringen könnte. Vielleicht könntest du …«

»Was habt ihr in der Mine herausgefunden?«, unterbrach mich Vater.

»Das Unglück war kein Unfall, sondern ein geplanter Mord«, eröffnete ich und spürte umgehend, wie der Zorn glühend heiß durch meine Adern schoss. Die Lösung war zum Greifen nahe, doch noch immer konnte ich sie nicht erfassen. »Irgendein verfluchtes Arschloch hat Feuer an mehreren Stellen gelegt, sodass den Minenarbeitern sämtliche Fluchtwege abgeschnitten worden waren. Sie sind elendiglich krepiert. Dieses Schwein hat dafür gesorgt, dass …«

»Faye!«, zischte Vater scharf. »Beruhige dich. Wir können es gemeinsam schaffen, etwas herauszufinden. Wenn du dich jetzt der Wut und den Rachegefühlen hingibst, vertust du unsere letzte Chance.«

Sofort verringerte sich meine Aggressivität, sodass ich wieder klarer denken konnte. Der Geist erkannte, dass wir auf der richtigen Spur waren und überließ mir deshalb zumindest einen Bruchteil der Kontrolle.

»Elijah Blackmore«, sagte ich, nachdem ich mir sicher war, dass mir meine Stimme wieder gehorchte. »Ezras Urahn. Er war's. Er hat das Feuer gelegt. Er hat dreiunddreißig Leben auf dem Gewissen.«

»Aber weshalb gibt sich Everett so viel Mühe, das zu verschleiern?« Vater runzelte die Stirn. »Ihr seid die einzigen Bewohner Salwoods, die einen Blick in die Chronik geworfen haben, Faye. Erinnere dich. Gab es einen Anhaltspunkt? Irgendeinen Hinweis darauf, was Blackmore verborgen hält?«

Ich rief mir die verschiedenen Einträge ins Gedächtnis, Geburten, Todesfälle, besondere Meilensteine in der Geschichte Salwoods, beschwor vor meinem inneren Auge die akribisch beschrifteten Seiten mit den nach rechts geneigten Buchstaben. Mit den immer nach rechts geneigten Buchstaben.

»Die Handschrift«, brachte ich hervor, unfähig, das Ergebnis, das sich aus der Summe der fehlenden Teile zusammengesetzt hatte, in Worte zu fassen. »Sie hat sich nicht verändert. Es ist dieselbe Handschrift wie vor zweihundert Jahren.«

DER TEUFEL IN SALWOOD

Auf den ersten Blick könnte man meinen, dass Salwood ein Dörfchen wie jedes andere war. Erst bei genauerem Hinsehen war für den aufmerksamen Beobachter zu erkennen, dass es sich hierbei um ein ganz besonderes Fleckchen Erde handelte.

Die Dorfbewohner hatten die seltene Gabe der Zufriedenheit. Sie waren zufrieden mit sich selbst, mit ihrem Leben, mit dem, was Gott ihnen geschenkt hatte, und vielleicht unterschied sie das von vielen anderen kleinen Dörfern auf dieser Welt. Die Weiden rings um Salwood waren von einem saftigen Grün, die Bäume in den angrenzenden Wäldern dicht belaubt, gesund und hochgewachsen. Das Wasser des Baches, der in den Wiesensee mündete, sprudelte hell und klar, und das Salz aus der Mine, der Salwood seinen Namen verdankte, war weit über die Grenzen hinaus bekannt. Reisende aus aller Welt besuchten den kleinen Ort und wurden herzlich empfangen, und manch einer verweilte deutlich länger, als er es ursprünglich vorgehabt hatte. Die Salwooder liebten ihre Heimat, und kaum einer, der hier aufgewachsen war, kehrte nach den Jahren der Wanderschaft nicht zurück.

Eines Tages kam der Teufel nach Salwood. Er befand sich auf einem seiner Streifzüge durch die Welt, um Zwietracht und Hass zu säen, und ihm missfiel das bescheidene und gottesfürchtige Leben, das die Dorfbewohner führten. Ihr Glück und ihr Frohmut waren ihm ein Dorn im Auge, sodass er beschloss, den Frieden zu zerstören.

Zuerst suchte er den Vertreter Gottes auf, Reverend Fynneas Rutherford, der aufopferungsvoll und aufmerksam für seine Gemeinde sorgte.

»Du bist ein vernünftiger und vorausschauender Mann«, sagte er zu ihm. »Noch stehst du in der Blüte deines Lebens, bist gesund und kräftig. Aber bald hast du deine besten Tage hinter dir. Du wirst alt und gebrechlich sein und deinen Mitmenschen zur Last fallen. Und irgendwann wirst du sterben.«

»Gott hat mir mein Leben gegeben, Gott wird es nehmen«, entgegnete der Reverend.

»Bist du des Lebens so überdrüssig?«, fragte der Teufel. »Willst du nicht darum kämpfen, deiner Gemeinde weiterhin zu dienen? Du bist ihnen wertvoll und teuer. Sie sollten nicht auf dich verzichten müssen. Ich biete dir ein langes Leben, viel länger als die wenigen Jahre, die dir noch bleiben, und ich fordere nur einen geringen Preis.«

»Versuche mich nicht, Satan«, entgegnete der Reverend. »Ich kenne deinesgleichen. Dein Preis ist zu hoch. Das weiß ich, ohne ihn zu kennen.«

Der Teufel brannte vor Zorn ob seiner Niederlage. Er schwor, Salwood nicht eher zu verlassen, bis das Schicksal des Dorfes besiegelt war.

In den folgenden Tagen blieb er ein stiller Gast, verbarg sich im Schatten von Gassen und Häusern, und die Salwooder vergaßen seine Anwesenheit. Sie führten ihr beschauliches Leben, verschlossen die Augen vor der Gefahr und sahen nicht den Wolf, der in ihrer Mitte wartete und geduldig beobachtete.

Es war einer der Minenarbeiter, der seine Aufmerksamkeit erregte und den er als Nächstes auserkor. Elijah Blackmore war im Dorf hochgeschätzt und hatte ein einnehmendes Wesen, doch der Teufel erkannte die Dunkelheit, die gut verborgen in seinem Blick lauerte.

»Ich biete dir ein langes Leben, viel länger als die wenigen Jahre, die dir noch bleiben«, sagte der Teufel, »und ich fordere nur einen geringen Preis.«

Blackmores Verstand war scharf wie eine Klinge.

Er war fest entschlossen, sich nicht betrügen zu lassen. »Was verlangst du im Gegenzug?«, wollte er wissen.

»Ich verlängere dein Dasein um so viele Lebensspannen, wie du mir Seelen darbietest«, sagte der Teufel. »So viele Opfer du bringst, so oft wirst du in den Körper eines erstgeborenen Nachfahren übersiedeln können. Du wirst länger auf dieser Erde verweilen als jeder andere, und wenn du schließlich sterben musst, wirst du es als glücklicher und des Lebens gesättigter Mensch tun.«

Elijah Blackmore war weniger rechtschaffen als der Reverend, der dem Teufel sofort die Tür gezeigt hatte, doch er war auch gerissener und abgeklärter. Er forderte Bedenkzeit, hielt den Teufel hin, prüfte und wog alles genauestens gegeneinander ab und suchte nach Lücken, die ihm einen Vorteil bei den Verhandlungen verschaffen würden.

Der Teufel aber, verärgert durch Blackmores Hochmut, beschloss, es ihm heimzuzahlen und ersann eine List, ganz wie es seine Art war.

Bevor Blackmore seine Seele verkaufte, ersuchte er seinen besten Freund, den Reverend, um Rat. Dieser riet ihm, den Pakt nicht einzugehen. Er beschwor seine Barmherzigkeit, seinen Gerechtigkeitssinn, seine Treue, doch Blackmores Treue galt nur ihm selbst. Seine Entscheidung war längst gefallen.

»Ich werde es nicht tun«, sagte er zum Reverend. Es war eine Lüge von vielen. »Ich werde dem Teufel ebenso widerstehen, wie du es getan hast. Ich werde deinem Vorbild folgen, mein Freund.«

In derselben Nacht besiegelte er den Pakt mit seinem Blut.

Der Teufel frohlockte und zog sich in die Schatten zurück, um auf die Erfüllung seiner Forderung zu warten, die einen weiteren Sieg des Bösen über das Gute bedeuten würde.

Es war ein sonniger Frühlingstag, an dem Blackmore seinen Teil des Abkommens beglich. Mit dem Erwachen des Morgens machten sich seine Kumpel auf den Weg in die Mine, doch er selbst blieb zurück und täuschte plötzliches Unwohlsein vor.

Nachdem man ohne ihn aufgebrochen war, stahl er sich aus dem Dorf, schlich durch den Wald bis zum Schacht. Während die Bergleute ihrer Arbeit unter Tage nachgingen, besuchte Blackmore die vorbereiteten Stellen und entzündete tödliche Feuer, die sich in Windeseile durch den Berg fraßen, sämtliche Stollen mit Rauch füllten, alles Leben erstickten und schließlich im ewigen schwarzen Stein begruben.

Dreiunddreißig Menschen starben an diesem Tag.

Dreiunddreißig Leben wurden ausgelöscht.

Dreiunddreißig Seelen brachte Elijah Blackmore dem Teufel dar.

»Ich habe getan, was du mir aufgetragen hast«, sagte Blackmore nach seiner schändlichen Tat.

»Das hast du. Und dafür werde ich meinen Teil des Abkommens erfüllen.«

Der Teufel hielt Wort, und doch hatte er gelogen, wie er es immer tat. Lug und Betrug gehörten zu seiner Natur.

Er erfüllte seinen Teil des Pakts, und Blackmore war von nun an in der Lage, sein Leben im Körper eines jeweils erstgeborenen Blutsverwandten weiterzuführen. Jedoch verzichtete der Teufel auf seinen Lohn. Stattdessen beließ er die Seelen in der Schwebe zwischen Diesseits und Jenseits und nährte sich von ihrer Verzweiflung, ihrer Bitterkeit und ihrem Hass, die einzig Elijah Blackmore, dem Verräter, galten.

Das Salz in der Mine hatte sie umgeben, als sie gewaltsam zu Tode gekommen waren, und das Salz war fortan die einzige Möglichkeit, sie zu binden.

»Du wirst deinen Lohn erhalten«, sagte der Teufel zu Blackmore. »Du wirst dein Leben immer und immer wieder verlängern. Doch ebenso wirst du bis in alle Ewigkeit an Salwood gebunden sein, festgesetzt inmitten einer Meute rachsüchtiger Geister, die durch den Wunsch nach Vergeltung an dich gefesselt sind und nicht eher ruhen, bis der Gerechtigkeit genüge getan wurde.«

Er überreichte Blackmore einen Beutel gefüllt mit reinem Salz. Bei seinem Anblick kreischten die Geister auf und stoben davon, gerade weit genug, um die unerträgliche Nähe der Kristalle nicht ertragen zu müssen. Aus sicherer Entfernung beobachteten sie den betrogenen Blackmore, der seine ewige Seele und das Leben von dreiunddreißig Männern gegen ein Dasein in Gefangenschaft eingetauscht hatte.

»Das Salz wird dich schützen.«

Der Teufel schmunzelte, ging davon und ließ das einst so einladende Dörfchen in einem dichten Nebelschleier zurück.

Elijah Blackmore würde seine dreiunddreißig gestohlenen Leben führen, doch er würde niemals frei sein.

So lachte sich der Teufel doch noch ins Fäustchen, und Blackmore musste am eigenen Leib spüren, dass es klüger war, den Vater der Lügen nicht an der Nase herumzuführen.

21 – EZRA

Keine Skrupel

Ich konnte nicht sagen, wie lange ich letztendlich am Boden saß und auf das Pergament zwischen meinen Fingern starrte. Diese Schrift zerschmetterte alles, woran ich je geglaubt hatte, zog mir den Boden unter den Füßen weg und sorgte dafür, dass ich mich vollkommen verlassen fühlte. Mein Großvater, der nach dem Tod meiner Eltern für mich da gewesen war, sollte einen Pakt mit dem Teufel geschlossen haben und nun die Übernahme meines Körpers planen? Konnte das wirklich sein? Oder war es bloß ein Hirngespinst, eine nette Geschichte für kalte Winterabende, um den Nebel und die Anwesenheit der Geister zu erklären?

Fröstelnd zog ich die Schultern hoch. Ich wusste nicht, wer diesen Text verfasst hatte, aber das spielte keine Rolle. Alles passte zusammen, füllte die verbliebenen Lücken. Der Mann, den ich für meinen Großvater gehalten hatte, war in Wirklichkeit Elijah Blackmore. Und das bedeutete, dass nicht nur Faye, sondern auch ich selbst in Lebensgefahr schwebte.

Vermutlich sollte ich Entsetzen, Angst oder zumindest Beklommenheit empfinden, doch zumindest für den Augenblick spürte ich lediglich Enttäuschung. Mehr noch, ich fühlte mich verraten von dem einzigen Familienmitglied, das mir geblieben war. Hatte er deshalb so sorgsam auf mich aufgepasst? Nicht, weil ich ihm wichtig war, sondern weil mein Körper die kostbare Hülle bot, in die er beizeiten wechseln würde? War das der wahre Grund dafür, dass er mich immer ermahnt hatte, insbesondere bei den Salzwenden vorsichtig zu sein und nichts zu überstürzen? Aber weshalb hatte er dann nichts gegen meine Touren in den Nebel gehabt? Übelkeit stieg in mir empor, und ich musste gegen die Tränen anblinzeln, die mir im Verlauf der letzten Tage viel zu häufig in die Augen gestiegen waren.

Irgendwann stand ich auf, faltete das Pergament zusammen und steckte es in meine Hosentasche. Dann machte ich mich daran, ein weiteres Mal die Verriegelung von Tür und Fenster zu prüfen – wieder ohne Erfolg. Natürlich hatte Großvater dies ebenso gründlich und gewissenhaft erledigt, wie er es bei allem tat. Und ich Idiot hatte angenommen, es gehe ihm um meinen Schutz und darum, mich vor übereilten Aktionen abzuhalten.

Wie ein Raubtier im Käfig begann ich damit, im Arbeitszimmer auf und ab zu tigern, um irgendwie die rastlose Energie loszuwerden, die mein Inneres erfüllte. Leider ohne Erfolg. Mit jeder Sekunde, die verging, wurde ich unruhiger, und nach und nach gesellte sich auch die zuvor vermisste Angst zu dem Chaos in meinem Innern. Ich hatte Angst vor dem, was geschehen würde, wenn Großvater hier erneut auftauchte. Ich hatte Angst vor dem, was er sagen würde, denn obwohl die Geschichte eindeutig war, hielt ich mich nach wie vor an der Hoffnung fest, dass es eine harmlose Erklärung gab. Ich hatte Angst vor dem, was er mit mir tun würde. Und mehr als alles andere hatte ich Angst um Faye.

Die erzwungene Untätigkeit machte mich schier verrückt, und als schließlich noch die Öllaterne erlosch, die beeindruckend lange durchgehalten hatte, und ich in der tintenschwarzen Dunkelheit saß, war ich kurz davor, mit den bloßen Fäusten gegen Tür oder Fensterläden zu trommeln.

Bevor ich jedoch tätig werden konnte, erklang das Geräusch der Haustür, woraufhin sich meinem Gefängnis Schritte näherten. Großvater. Er kam zurück, um mich zu holen.

Spontan richtete ich mich auf und positionierte mich an der Wand neben der Tür. Diese ging nach innen auf, und es war finster im Raum, sodass ich eine realistische Chance hatte, Großvater zu überwältigen und zu entkommen.

Die Sekunden, die er brauchte, um zu seinem Arbeitszimmer zu laufen und den schweren Riegel zurückzuschieben, dehnten sich zu einer Ewigkeit. Mein Körper war gespannt wie eine Sprungfeder, das Blut rauschte mir in den Ohren, und meine Muskeln schmerzten vor Anspannung.

Dann war es so weit.

Die Tür wurde langsam aufgeschoben, und ich duckte mich unwillkürlich. Großvater betrat den Raum. In einer Hand hielt er eine Laterne, in deren Schein ich seine Silhouette erkennen konnte, die andere hatte er zur Faust geballt, und von dem Stab, auf den er sich für gewöhnlich stützte, fehlte jede Spur. Noch schützte mich der Schatten der Tür, und er schien nicht zu wissen, wo ich mich befand.

Da war er; der Moment, in dem ich hochschnellen und ihn anspringen, ihn überwältigen konnte, um die Flucht zu ergreifen. Ich konnte ihm das Knie in den Magen rammen und den Überraschungseffekt nutzen, um mich an ihm vorbeizuwinden.

Es gelang mir nicht. Ich schaffte es nicht. Trotz allem, was ich in den vergangenen Stunden über ihn erfahren hatte, war er noch mein Großvater. Das einzige lebende Familienmitglied, das mir geblieben war. Solange ich nicht zu hundert Prozent sagen konnte, dass von ihm eine Gefahr ausging, war es unmöglich, ihn anzugreifen.

Großvater entdeckte mich nur Sekunden später, und im Gegensatz zu mir hatte er keine Skrupel.

Er hob den Arm und öffnete die Faust direkt vor meinem Gesicht. Bevor ich wegzucken konnte, blies er über seine Handfläche, von der ein gräuliches Pulver hochstob, das mir sofort in Mund, Nase und Augen drang.

Ich begann zu husten und schnappte reflexartig nach Luft, was dazu führte, dass ich noch mehr davon einatmete. Es schien sich um eine Art Nervengift zu handeln, denn mit einem Mal fühlten sich meine Glieder schwer an, und ich hatte Mühe, meine Bewegungen zu kontrollieren. Das Taubheitsgefühl ergriff Stück für Stück von mir Besitz, lähmte meine Motorik, während meine Gedanken rasten. Ich war gefangen, meinem Großvater hilflos ausgeliefert. Mein Körper war nicht länger meinem Willen unterworfen, er reagierte nicht, obwohl meine Angst immer weiter zunahm. Ich hätte fliehen müssen. Ich hätte handeln müssen, als ich noch die Chance dazu gehabt hatte. Stattdessen hatte ich gezögert, hatte mich von meinen Gefühlen ablenken lassen, und das würde mich nun vermutlich das Leben kosten.

Ich machte einen schwankenden Schritt nach vorne, blieb mit der Schulter am Türrahmen hängen und verlor das Gleichgewicht. Bevor ich zu Boden ging, schloss sich Großvaters Hand um meinen Arm und drückte mit erstaunlicher Kraft zu. Er war alt, fast gebrechlich, und bisher hatte ich nie daran gezweifelt, dass er schwächer war als ich. Dessen war ich plötzlich nicht mehr so sicher. Mit festem Griff zerrte er mich durch die Stube und aus dem Haus, dann versetzte er mir einen Schubs. Ich stolperte nach vorne und landete hart auf den Knien. Der scharfe Schmerz in Kombination mit der frischen Nachtluft sorgte dafür, dass ich zumindest einen Teil der Kontrolle zurückerlangte. Sekunden später realisierte ich, dass auch dies ein Teil von Großvaters Plan gewesen war, denn ich spürte unvermittelt die Spitze einer Klinge zwischen meinen Schulterblättern.

»Hoch mit dir«, sagte er nüchtern. »Lauf los. Ich hoffe, dass du nicht stolperst.«

»Hoffst du es für mich«, fragte ich herausfordernd, während ich mich in den Stand kämpfte, »oder doch für dich selbst?«

Obwohl sich Großvater nach wie vor hinter mir befand, konnte ich spüren, wie er kurzzeitig erstarrte, jedoch nicht weiter auf meine Provokation einging. Warum auch? Er hatte mich vollkommen in der Hand, und wenn es wirklich zutraf, was ich da gelesen hatte, waren sämtliche Erklärungen überflüssig.

Für eine Weile liefen wir schweigend durch die Nacht, traten in den Westwald hinein, der hinter unserem Haus begann, und wanden uns zwischen Bäumen und Sträuchern hindurch.

Ich hatte keine Ahnung, was unser Ziel war, bis ich das leise Plätschern des Baches hörte und fast zeitgleich die Umrisse einer prägnanten Felsgruppe erkannte. Wenig später erreichten wir die alte Hütte, an der ich in den letzten Jahren häufig vorbeigekommen war.

»Schauen wir nach deinem Pilz- und Kräutervorrat?«, stichelte ich, in der Hoffnung, ihn so aus der Reserve locken zu können, doch auch dieses Mal blieb er mir eine Antwort schuldig. Stattdessen verstärkte er den Druck des Messers, sodass die Spitze unangenehm zwischen meine Schulterblätter stach. Gott, er meinte es wirklich ernst, und ich war ein Idiot, dass ich das angezweifelt und meine letzte Chance auf Flucht nicht genutzt hatte.

»Du solltest aufpassen, dass du deinen neuen Körper nicht beschädigst, Elijah«, fuhr ich fort, während die Hoffnung ein letztes Mal in mir emporloderte. Gleich würde er mich fragen, wovon ich sprach. Er würde irritiert eine Braue heben und das Messer wegstecken. Es würde geschehen, wenn ich nur fest genug daran glaubte.

Großvater stieß ein gereiztes Knurren aus. »Spar dir die Sprüche, Ezra«, wies er mich kühl zurecht und versetzte mir einen Stoß mit dem Ellbogen, sodass ich nach vorne in die Hütte taumelte. Noch immer war ich zwar in der Lage, mich aus eigener Kraft fortzubewegen und vermutlich auch zu rennen, aber meinem Gehirn schien die Verbindung zu meinem Körper zu fehlen, als wäre mein Geist losgelöst.

Im Licht der Öllampe, die Großvater gerade an einem Haken aufhängte, erkannte ich die Umrisse eines Drudenfußes, der mit Kohle auf die ausgetretenen Bretter gezeichnet worden war. In den fünf Spitzen befand sich jeweils eine kleine Kerze. Ich hatte nicht einmal geahnt, dass Großvater so viele davon besaß.

Es dauerte einige Sekunden, bis ich die Bedeutung des Zeichens erfassen konnte, und als es so weit war, stieg Beklommenheit in mir auf. Der fünfzackige Stern, der auf der Spitze stand. Das Symbol des Teufels. Es entsprach alles der Wahrheit.

»Du hast das wirklich getan«, murmelte ich. »Du hast dreiunddreißig Leben geopfert, um dein eigenes zu verlängern. Du bist einen Pakt mit dem Teufel eingegangen.«

Großvater umschloss meine Handgelenke und zerrte sie nach oben. Ich wollte mich wehren, mich seinem Griff entziehen, doch mein Körper gehorchte mir nicht. Mir blieb nichts anderes übrig, als zuzulassen, dass er meine Arme über dem Kopf an einem Balken fixierte, sodass ich im Zentrum des Drudenfußes stand.

»Weshalb hast du mich immer wieder in den Nebel gehen lassen? Ist mein Körper nicht zu wertvoll für dieses Risiko?«, fragte ich. Irgendwie musste ich auf Zeit spielen, obwohl ich keine Ahnung hatte, ob das etwas nutzen würde. Faye war die Einzige, die zumindest ansatzweise die richten Schlüsse ziehen konnte. Ich schloss die Augen. Oh Gott. Faye.

Großvaters Miene verdunkelte sich. »Denkst du, es ist angenehm, in diesem verdammten Dorf gefangen zu sein? Sich Jahr um Jahr mit denselben Idioten zu umgeben, deren Nachfahren ebenso einfältig sind wie sie selbst? Dieselben Sträucher, Bäume und Weiden zu sehen? Dieselben Bücher zu lesen? Immer wieder die gleichen Ereignisse in die Chronik einzutragen? Das Leben hier ist so vorhersehbar, Ezra.« Kurz bildete ich mir ein, Resignation in seiner Stimme zu hören, doch der Eindruck verschwand so schnell, wie er gekommen war.

»Jedenfalls habe ich die Hoffnung noch nicht aufgegeben«, schloss er hart. »Einer meiner Nachfahren wird den Weg aus dem Nebel finden. Dann bin ich frei.«

»Warum einer deiner Nachfahren? Warum überträgst du diese Aufgabe nicht an die Salzträger? Du bist der Hüter der Chronik und Mitglied des Ältestenrats. Dein Wort ...«

»Das wirft zu viele Fragen auf«, unterbrach mich Großvater ungeduldig. »Ich musste wertvolle Freunde beseitigen, die eigentlich nützlich waren. Nur meinem eigen Fleisch und Blut kann ich vertrauen.«

»Und jetzt wirst du es wieder tun?«, fragte ich, nachdem ich einige Male tief durchgeamtet und die aufkeimende Panik zurückgekämpft hatte. »Dein eigen Fleisch und Blut töten, bloß um dich krampfhaft an dein Leben zu klammern?«

»Nicht nur deshalb«, erwiderte Großvater kalt. »Deinen Vater habe ich umgebracht, ohne dass mir sein Körper genutzt hätte. Es war zu früh für den Wechsel, aber es wurde zu gefährlich für mich. Er war genauso neugierig wie du, hat seine Nase in Dinge gesteckt, die ihn nichts angehen – und deine Mutter ebenfalls.«

»Sie haben die gleichen Schlüsse gezogen wie wir«, sagte ich, während ich mich gleichzeitig fragte, welche Substanz er mir verabreicht hatte. Mein Körper fühlte sich nach wie vor leicht betäubt an, doch meine Empfindungen wirkten noch deutlicher und klarer als sonst – und das war bei den Emotionen, welche die Erkenntnisse in mir weckten, die Hölle.

»Sie standen kurz davor, die gleichen Schlüsse zu ziehen«, korrigierte mich Großvater und lächelte düster. »So weit habe ich es nicht kommen lassen. Um ein Haar hätte dein Vater den Bericht seines Vorfahren gefunden, den du unter deinem Hemd mit dir herumträgst. Fynneas hatte alles so hübsch in dieser kleinen Geschichte zusammengefasst, dass ich mich nicht davon trennen konnte.« Er hob die Schultern. »Schade, dass dein Vater vor der Zeit abtreten musste, aber ich wollte kein Risiko eingehen. Glücklicherweise warst du bereits auf der Welt, sodass ich die freie Wahl hatte. Erstgeborener Sohn oder erstgeborener Enkel – es spielt keine Rolle. Meine Nachfahren waren allesamt so verantwortungs- und pflichtbewusst, dass ich mühelos den Überblick behalten konnte. Gute Erbanlagen.«

»Faye …«, begann ich, doch er stoppte mich mit einem scharfen Zischen.

»Fang nicht wieder an von der kleinen Rutherford. Der Reverend hat ihren Verstand zu Kleinholz verarbeitet … oder sie ist bereits tot. So oder so, sie wird garantiert nicht diejenige sein, die mir beizeiten einen Sohn schenkt. Es ist meine Wahl, und sie wird nicht auf sie fallen. Es gibt so viele hübsche Mädchen im Dorf, da muss das Blut der Blackmores nicht ausgerechnet mit dem der Rutherfords verunreinigt werden.«

In aller Seelenruhe widmete er sich den weiteren Vorbereitungen, und ich konnte lediglich hilflos dabei zusehen. Ich schluckte. Die Hoffnung, ihn durch ein Gespräch von seinem Tun abzubringen, war vergeblich. Was genau auf mich zukam, konnte ich nicht sagen, doch über den Zweck war ich mir vollkommen bewusst. Großvater würde in Kürze den Übergang vollziehen, den er sich mit dem Pakt erkauft hatte. Der wievielte Körper war es, den er in Besitz nahm? Die wievielte Seele opferte er dem Teufel?

Nachdem er sich von der Unversehrtheit des Drudenfußes überzeugt und die einzelnen Linien mit Kohle nachgezogen hatte, stellte sich Großvater vor mich. Er verteilte etwas von dem fein gemahlenen Pulver auf seiner Handfläche, das dieses Mal einen eher rötlichen Farbton aufwies, dann blies er es mir unvermittelt ins Gesicht. Ich versuchte, die Luft anzuhalten, doch erneut gehorchte mein Körper meinem Willen nur zögerlich, sodass ich die süßlich riechende Mischung aus Sporen und Kräutern einatmete.

Großvater trat einen Schritt zurück und musterte mich aufmerksam, als wollte er herausfinden, ob sein Angriff die gewünschte Wirkung zeigte. Er streckte eine Hand aus, und obwohl alles in mir danach schrie, zurückzuweichen, konnte ich es nicht. Während er fast liebevoll über meine Wange strich, blieb ich reglos. In seinen Augen blitzte etwas auf, doch es war verschwunden, bevor ich es identifiziert hatte. Mitleid? Bedauern? Ich wusste es nicht, denn innerhalb von Sekunden wandelte es sich in Entschlossenheit.

Was würde er nun mit mir machen? Was würde er

mir antun? Da er sich meines Leibs bemächtigen wollte, ging ich nicht davon aus, dass er mich verletzen würde – nicht im körperlichen Sinne zumindest, und das machte mir höllische Angst. Seelische Qualen waren eindeutig die schlimmeren.

Wieder ließ er das Pulver aufstieben und verabreichte mir eine weitere Ladung. Die Welt begann sich zu drehen, rückte in den Hintergrund, und meine Lider schlossen sich wie von selbst, fernab jeglicher Kontrolle.

Für eine scheinbare Ewigkeit hielt mich die Dunkelheit gefangen, und als es mir gelang, die Lider wieder zu öffnen, hatte sich meine Situation grundlegend verändert. Von Großvater fehlte jede Spur, die Kerzen um mich herum sowie der Drudenfuß waren verschwunden und ebenso meine Fesselung. Ich war frei, und ich hatte keine Ahnung, weshalb.

Nachdenklich strich ich über die wunden Stellen, welche die Fesseln an meinen Handgelenken hinterlassen hatten, dann durchquerte ich zögerlich den Raum. Was war geschehen? Wo war Großvater? Weshalb hatte er das Ritual abgebrochen? Unruhig ließ ich den Blick durch die kleine Hütte wandern, die von dem Schein einer einzelnen Öllampe spärlich erhellt wurde, jederzeit damit rechnend, erneut Opfer eines Angriffs zu werden. Nichts geschah.

Verzweifelte Hoffnung wallte in mir empor. Aus irgendwelchen Gründen hatte mich Großvater verschont, war verschwunden und hatte mich zurückgelassen. Ob ihn jemand bei seinem Ritual gestört hatte? Ich musste die Chance nutzen, die sich mir bot. Zwar hatte ich keine Ahnung, wie viel Zeit vergangen war, doch vielleicht war es noch nicht zu spät. Vielleicht gab es eine Möglichkeit, Faye zu retten.

Schnellen Schrittes wollte ich die Hütte verlassen, doch stattdessen drehte ich mich zur Seite, wo ich im Dämmerlicht einen Schatten am Boden erkennen konnte. Die Umrisse eines Körpers. War das …

In mir stieg eine böse Vorahnung hoch. Obwohl alles in mir danach schrie, sofort zu fliehen und kein Risiko einzugehen, ging ich zu ihm hinüber.

Großvater lag so entspannt am Boden, als würde er schlafen, doch die weit aufgerissenen Augen, die blicklos an die Decke starrten, zeigten deutlich, dass er nicht mehr aufwachen würde. Was, um Himmels willen, war passiert? Wie konnte sich die Situation innerhalb eines Wimpernschlags so verändern?

Ich atmete einmal bewusst durch. Die Zeit lief mir davon. Es war am besten, meine Fragen auf später zu verschieben und endlich zu handeln. Ich kniete mich neben Großvater, streckte die Hand aus, um seine Lider zu schließen und mich im Anschluss auf den Weg zu Faye zu machen, doch stattdessen umfasste ich seinen Oberarm und zerrte ihn in die Höhe. Es war schwierig, sein durch die fehlende Muskelspannung totes Gewicht auszubalancieren, doch irgendwie gelang es mir, ihn durch den Innenraum nach draußen zu schleifen. Verdammt, ich hatte keinen blassen Schimmer, was ich mit ihm vorhatte, aber trotzdem schleppte ich ihn zielstrebig durch den Wald, wobei ich sorgfältig darauf achtete, dass er weder schmutzig wurde noch Kratzer oder andere Verletzungen davontrug.

Schließlich erreichte ich mit dem unversehrten Körper unser Zuhause, wo ich ihn auf sein Bett wuchtete, Hose und Hemd in Schlafkleidung tauschte und im Anschluss die Decke über ihn zog.

Statt sofort zu Faye zu eilen, hatte ich meinen toten Großvater durch den Wald getragen, und ich wusste nicht, weshalb. Irritiert lauschte ich in mich hinein, doch ich fand keine Erklärung. Es war, als hätte mein Körper ohne mein Zutun gehandelt.

Während ich voller Unbehagen den Leichnam betrachtete, stieg ein grauenhafter Verdacht in mir auf. Bevor ich ihn jedoch in letzter Konsequenz durchdenken konnte, hörte ich ein Geräusch von der Eingangstür.

Im nächsten Moment hielt ich ein Messer mit langer Klinge in der Hand, welches ich aus Großvaters Nachttisch geholt hatte, ohne zu wissen, dass es sich dort befunden hatte.

Ohne Hast drehte ich mich um, verließ Großvaters kleines Zimmer und betrat die Stube im selben Augenblick, in dem Millard über die Schwelle trat.

»Ez«, sagte er mit einem schwachen Lächeln. »Alles okay bei dir? Ich wollte noch mal nach dir sehen …«

Ich schlenderte mit unbekümmerter Miene auf ihn zu, während sich meine Finger etwas fester um den kühlen Griff des Messers schlossen. Mit jedem Schritt, den ich mich ihm näherte, wurde mir klarer, was gleich geschehen würde.

Geh weg!, wollte ich rufen. *Irgendetwas stimmt nicht. Ich bin nicht ich selbst.*

»Hey«, kam stattdessen über meine Lippen, und meinem Tonfall war nichts von der eisigen Kälte zu erkennen, die von meinem Inneren Besitz ergriffen hatte. Millard schwebte in Lebensgefahr, und ich konnte nichts dagegen tun. »Nett, dass du nach mir schaust. Ich bin okay.«

»Bist du sicher?« Millard musterte mich mit gerunzelter Stirn. »Der Exorzismus … Fayes Schreie …« Er biss sich auf die Lippe und schluckte mehrfach, während ich realisierte, wie viel kostbare Zeit ich verloren hatte. War es für Faye bereits zu spät? Waren ihre Schreie durch das Dorf gehallt? War der Exorzismus beendet? War sie zur Verblassten geworden?

»Ich wollte einfach für dich da sein«, sagte er schließlich mit einem fast entschuldigenden Schulterzucken, weil ich noch immer nicht geantwortet hatte. Verflucht, er sollte zusehen, dass er schnellstmöglich das Weite suchte. Mir war nicht zu trauen.

»Ich muss raus hier«, murmelte ich, während ich mich so an ihm vorbeidrängte, dass das Messer in meiner Hand von meinem Körper verborgen wurde. »Weg von der Grausamkeit des Reverends. Weg von den Schreien. Begleitest du mich ein Stück?«

Weg von der Grausamkeit des Reverends?

Verdammt, er musste doch an meinem Ausdruck bemerken, dass etwas nicht stimmte.

»Sicher.« Millard neigte den Kopf und folgte mir bereitwillig, sodass wir wenig später den angrenzenden Wald betraten. Bei jedem Schritt, den wir zurücklegten, kämpfte ich darum, die Kontrolle über mein Handeln zu erlangen – vergeblich.

»Noch weiter?« Millard sah sich um. »Wir stehen fast am Seeufer.«

»Das reicht aus«, erwiderte ich, während ich wie zufällig das Messer ein wenig hob, als wolle ich die Klinge näher betrachten.

»Was hast du damit vor?«

In Millards Augen blitzte ein Hauch von Sorge auf, die sich Sekunden später zu Betroffenheit wandelte. Er schien zu begreifen, dass er mir ins Netz gegangen war, dass ich ihn absichtlich weggelockt hatte, dass sein bester Freund im Begriff war, ihn zu verraten, schlimmer noch, ihn zu töten. Zu spät. Viel zu spät.

Noch während er mit der Erkenntnis rang, stieß ich zu. Das Messer drang in seinen Brustkorb ein, so gezielt, als hätte ich es schon Dutzende Male getan. Widerstandslos glitt es zwischen seinen Rippen hindurch und bohrte sich in seinen Herzmuskel.

Der Anblick von Millards Gesichtsausdruck brannte

sich tief in mein Gedächtnis. Seine Augen waren weit aufgerissen, und in ihnen konnte ich neben Schmerz und Fassungslosigkeit vor allem Enttäuschung sehen.

»Warum?«, formte er tonlos mit den Lippen, woraufhin ich das Messer einmal mit voller Kraft drehte und es mit einem Ruck zurückzog.

»Weil du zu viel weißt«, gab ich unbeeindruckt zurück.

Millards Beine gaben nach, er kippte zur Seite, wobei ein dumpfes Röcheln aus seiner Kehle drang. Zu mehr war er nicht mehr in der Lage.

Ich wischte das Messer an seinem Hemd ab, dann zerrte ich seinen leblosen Körper hinter mir her, schleifte ihn durchs Unterholz bis zu der Stelle, an der die Bäume bis an den Wiesensee heranreichten. Ich ließ Millard fallen, stopfte ein paar Steine in seine Taschen und beförderte ihn mit gezielten Tritten über die Böschung, die an dieser Stelle steil abfiel. Mit einem lauten Platschen durchbrach er die Wasseroberfläche und versank in der Tiefe. Es war die Hölle, die Leiche meines besten Freundes auf diese Weise zu entsorgen, doch noch schlimmer war die gleichgültige und kaltschnäuzige Art, mit der ich sie zuvor behandelt hatte. Würde ich Trauer simulieren, wenn sein aufgeschwemmter Leichnam entdeckt wurde? Welche Lüge würde ich präsentieren?

Millard war immer für mich da gewesen, hatte alles getan, um mich zu schützen, und hatte dies letztendlich mit seinem Leben bezahlt. Erneut durchlief mich eine

Welle des Schmerzes, so heftig, dass meine Wahrnehmung kurzzeitig verschwamm.

Während ich mich auf den Rückweg ins Dorf machte, realisierte ich in ganzer Härte, was geschehen war. Das Ritual der Inbesitznahme stand nicht mehr bevor; es war bereits abgeschlossen. Großvater hatte mich nicht freigegeben. Im Gegenteil. Er hatte die komplette Kontrolle über meinen Körper übernommen und meinen Geist eingeschlossen. Unfähig, sich Gehör zu verschaffen, unfähig zu handeln. Ich hatte nicht damit gerechnet, alles zu spüren, was er spürte, alles mitzuerleben, aber zum Zusehen verdammt zu sein. War es meinen Vorfahren ebenso ergangen? Von Elijah Blackmore in eine winzige Bewusstseinsnische gedrängt, dazu gezwungen, sein Treiben mitzuverfolgen, bis er wieder den Körper wechselte?

Leise schlich ich durch die nächtlichen Straßen, wobei ich mich im Schatten der Häuser hielt, vermutlich, damit niemand das Blut auf meinen Kleidern und das Messer entdeckte, das ich noch immer in der Hand hielt. Ich hatte eine ungefähre Vorstellung von dem, was ich damit plante, und mit jedem Schritt stieg mein Unbehagen, bis es schließlich zu blankem Entsetzen wurde – in dem Moment, in dem ich die Kapelle betrat und den Mittelgang durchquerte. Jeder Schritt kostete mehr Überwindung und erfüllte mich mit größerer Abscheu als der vorige, und mir wurde klar, dass es an dem geweihten Boden lag, über den ich mich bewegte.

Mehrere gequälte Schreie durchschnitten die dumpfe Stille. Wie Millard angedeutet hatte, war der Exorzismus in vollem Gange. Mein Gott. Was würde geschehen, wenn ich Faye und ihren Vater erreicht hatte? Was würde ich tun?

Für einige Sekunden waren Widerwille und Panik so stark, dass ich fast damit rechnete, mein Tempo zu verringern. Ich tat es nicht.

Stattdessen stieg ich die Stufen hinab und lief den Gang entlang bis zum Arbeitszimmer des Reverends. Obwohl ich selbst noch nie hier unten gewesen war, bewegte ich mich mit einer Sicherheit, die zeigte, dass sich mein Puppenspieler auskannte. Je näher ich dem Ende des Flures kam, desto mehr Laute drangen an mein Ohr; Geräusche, die meine Seele vor Qual vibrieren ließen. Lieber Gott, Faye. Was tat er da mit ihr? Und was würde ich mit ihr tun?

Ich hielt inne und lauschte dem atemlosen Schluchzen, dann legte ich die Hand gegen das raue Holz und drückte die Tür langsam auf. Es wunderte mich, dass der Reverend sie nicht verriegelt hatte, doch bevor ich darüber nachdenken konnte, fiel mein Blick auf Faye, und etwas in mir zerbrach.

Sie lag auf dem Tisch, das Gesicht tränenüberströmt, ihre Kleider zerrissen, die Haut lediglich eine wunde und aufgeschürfte Fläche. Sie musste höllische Schmerzen haben.

Bei meinem Eintreten drehte sie den Kopf in meine

Richtung, und für einige Sekunden bildete ich mir ein, Hoffnung darin aufblitzen zu sehen.

»Ezra.« Rutherford klang erschöpft, trotzdem zuckte der Anflug eines Lächelns um seine Mundwinkel. »Wir haben es geschafft. Ich konnte den Geist vertreiben. Faye … sie ist kein Gefäß mehr. Wir haben sie nicht verloren.«

Der Funken Erleichterung, den seine Worte in mir gezündet hatten, erlosch, als er den Salzbeutel und das Messer, die er eben noch in der Hand gehalten hatte, zur Seite legte. Er gab seinen einzigen Schutz auf, und ich konnte ihn weder davon abhalten noch warnen.

Es war sein letzter Fehler. Im selben Moment, in dem seine Waffe klirrend auf dem Regal auftraf, sprang ich nach vorne, den Arm mit dem Messer lang ausgestreckt. Von meinem Angriff völlig überrascht drehte er sich zur Seite, und ich riss die Klinge hoch, sodass sie quer über seine Kehle fuhr.

Sein Gesicht war eine Maske des Entsetzens. Er schwankte, dann sank er blutüberströmt zu Boden, während sich seine gurgelnden Laute mit dem verzweifelten Weinen Fayes mischten. Spätestens jetzt erkannte ich, dass er die Wahrheit gesagt hatte. Sie war in einem desolaten Zustand, ihr Körper eine einzige große Wunde, doch sie war sie selbst. Ihr Vater hatte sie gerettet. Der Geist hatte sie freigegeben.

»Vater. Nein.« Die Worte kamen als unterdrückter Schrei aus ihrer Kehle, und sie kämpfte mit aller Macht gegen ihre Fesselung an, bäumte sich immer wieder auf, doch gegen die Ledermanschetten hatte sie keine Chance – und ebenso wenig gegen mich.

»Warum hast du das getan?« Ihre Stimme war wenig mehr als ein heiseres Flüstern, und sie holte zittrig Luft. In ihren Augen stand die pure Qual.

»Ezra«, setzte sie nach, und meinen Namen mit diesem gebrochenen Unterton von ihr zu hören, zerriss mir das Herz. Dennoch konnte ich sie weder trösten noch etwas erklären. Ich konnte mich nicht verteidigen, ihr nicht mitteilen, dass nicht ich es gewesen war, der ihren Vater in ihrem Beisein ermordet hatte.

»Warum?«, wiederholte sie, den Blick fest auf mich gerichtet, als könnte sie in meiner Miene eine Antwort finden.

»Er hat sich in Dinge eingemischt, die ihn nicht zu interessieren haben«, erwiderte ich kalt, ein herber Kontrast zu dem zerstörerischen Sturm in meinem Innern. »Ebenso wie du, Faye.«

Ich schlenderte zu ihr, stellte mich neben sie und ließ die Klinge spielerisch über ihren Oberkörper tanzen.

»Das ist das Problem der gesamten Familie Rutherford. Dieses lächerliche Bedürfnis, das Richtige zu tun und für das Gute zu kämpfen, obwohl ihr ein ums andere Mal versagt.« Ich stieß abfällig die Luft durch die Nase aus, während ich das Messer zwischen ihren Brüsten bis zu ihrem Bauch führte. Nur ein wenig mehr Druck … oh Gott. Bitte. Bitte nicht. Ich war von meinem Großvater verraten worden und hatte meinen besten Freund verloren. Wenn nun auch noch Faye vor meinen Augen und durch meine Hand sterben würde … ich wusste nicht, wie viel ein Mensch ertragen konnte. Ich wusste nicht, wie viel *ich* ertragen konnte.

»Ezra, bitte.« Fayes Stimme bebte vor Angst und Schmerz. »Mach mich los. Bitte. Kämpf dagegen an. Du musst das nicht tun.«

»Ich muss es nicht«, sagte ich und verstärkte den Druck auf die Klinge, sodass sie leicht in ihre Haut eindrang. »Aber ich *will* es.«

Fayes gequältes Stöhnen hallte wie ein Donnerschlag durch meine Eingeweide und hinterließ eine Schneise blanker Verzweiflung. Es war die effizienteste Art der Folter, die ich mir vorstellen konnte. Es tat so unglaublich weh, ausgerechnet sie leiden zu sehen und zusätzlich schuld an ihrem Schmerz zu sein.

»Ezra.« Ein tonloses Flüstern, das in ein heiseres Aufkeuchen mündete. »Bitte nicht. Ich … du bist mir so wichtig. Du hast so viel mit mir durchgestanden. Du hast mich beschützt, hast dich nie von mir abgewandt, bist so viele Risiken eingegangen. Für mich.«

Langsam, fast genüsslich ließ ich die Klinge tiefer in sie eindringen. Faye musste unerträgliche Qualen erleiden.

Mein Gott, Faye. Es tut mir so leid. Es tut mir so unendlich leid. Ich kann nicht anders. Er ist es, der meine Hand führt. Er ist es, der mich lenkt. Nicht ich. Meine Gefühle für dich sind echt und aufrichtig. Du bist mir so wichtig, Faye. Verzeih mir. Bitte verzeih mir.

Ich verstärkte den Druck, versenkte das Messer tief in ihrer Brust, durchdrang ihr Herz und dadurch ebenso mein eigenes. Der Mensch, in den ich mich verliebt und für den ich alles getan hatte, fand durch meine Hand den Tod. Es war das Schlimmste, was ich je erlebt hatte. Am liebsten würde ich wegrennen und alles zurücklassen.

Dann gib auf.

Fayes Seufzen war mittlerweile zu einem erstickten Röcheln geworden. Der Schmerz und die unaufhörlich aus ihr fließende Kraft raubten ihr den Atem, und ich wusste, dass die letzten Sekunden ihres Lebens gekommen waren.

Ich konnte das nicht.

Gib auf, Ezra. Überlasse dich der Dunkelheit.

Ich konnte es nicht länger ertragen.

Dann gib deinen Körper frei. Klammere dich nicht an diese irdische Hülle. Hier wartet nur Schmerz und Qual. Löse dich und werde frei.

Ich konnte es nicht mit ansehen.

Das musst du auch nicht. Befreie dich von der Agonie. Lass die Dunkelheit zurück und gehe ins Licht.

»Ezra.«

Ein letzter Hauch, der ihre Lippen verließ. Ein letztes Ausatmen, bevor ihr Herz aufhörte zu schlagen. Mein Name.

Die Empfindungen, die mich durchfluteten, waren unerträglich, zu viel, um standzuhalten. Mein Geist war zerrüttet und zerfressen von all den Qualen und der Folter, die ihm zugefügt worden war. Ich war am Ende angelangt. Ich würde aufgeben, würde meinen Körper freigeben, würde Ruhe finden.

»Ezra.«

Wieder drang Fayes Stimme an mein Ohr und ließ mich innerlich aufschluchzen. Ein Trugbild. Es war unmöglich, dass sie noch mit mir sprach, und insbesondere nicht so kräftig. Ich hatte gesehen, wie ihr Blick brach, hatte gespürt, wie sich die Klinge tief in ihr Herz gebohrt hatte. Und doch …

»Ezra, wach auf.«

Mein Gesichtsfeld verschwamm an den Seiten, und ich blinzelte mehrfach, schaffte es aber nicht, mich zu fokussieren. Im Gegenteil – ein trüber Schleier legte sich über meinen Verstand, über meine Wahrnehmung, über meine Sinne und erstickte alle Emotionen, alles Leiden, alle Qual, die ich empfunden hatte.

22 – FAYE

Getriebene Seelen

»Ezra.«

Ich hatte keine Ahnung, was sein Großvater mit ihm gemacht hatte, aber ein Blick auf seine krampfhaft zusammengekniffenen Augen und seine schmerzverzerrte Miene machte deutlich, dass er in einem besorgniserregenden Zustand war. Noch nie hatte ich Ezra so am Boden gesehen, so niedergeschlagen und hoffnungslos. Tränenspuren zogen sich über seine Wangen, und seine Lippen waren blutig gebissen.

Mit wenigen Schritten war ich bei ihm und löste seine Fesseln, während ich mit halbem Ohr der Auseinandersetzung zwischen meinem Vater und Everett … Elijah Blackmore lauschte.

»Ezra«, unternahm ich einen neuerlichen Versuch, zu ihm durchzudringen. »Wach auf.«

Er riss die Lider auf und schloss sie sofort wieder, während er sich Schutz suchend mit dem Rücken gegen die Wand presste. Noch immer war er nicht bei klarem

Verstand und schien zu fantasieren. Die Zeit lief uns davon, denn ich wusste nicht, wie lange mein Vater Blackmore noch hinhalten konnte.

Kurz entschlossen streckte ich den Arm aus und legte meine Hand an seine Wange. Obwohl meine Fingerspitzen kühl waren, fühlte sich seine Haut noch kälter an. Lieber Gott, was hatte er mit ihm gemacht? War es zu spät? Hatten Vater und ich zu lange gebraucht, um die einzelnen Puzzleteile zusammenzusetzen? Hatte es zu lange gedauert, die von Millard beschriebene Hütte zu finden? War er zu lange den Kräutern ausgesetzt gewesen, mit denen Blackmore seine Atemluft vergiftet hatte?

Ezras Lider flatterten, und er wimmerte unterdrückt.

»Faye!«, stieß er hervor. »Du lebst. Du …« Er fuhr sich mit der Hand übers Gesicht, dann machte er einen zögerlichen Schritt nach vorne und legte die Arme um mich, so behutsam und vorsichtig, als könne ich jeden Moment wieder verschwinden oder unter seiner Berührung zu Staub zerfallen.

Der Geist in mir ließ mir keine Gelegenheit, Ezras Nähe zu genießen. Sobald er realisierte, dass ich im Begriff war, Ezras Sicherheit vor die Entlarvung Blackmores zu stellen, durchzuckte mich eine heftige Welle an Wut, die meine kompletten Nervenbahnen in Brand steckte. Mein gesamter Körper bestand aus brodelnder Lava, und ich war mir nicht sicher, wie lange ich durchhalten würde, ohne den Verstand zu verlieren. Hatte ich in den vergangenen Minuten eine Gnadenfrist erhalten, so spürte ich jetzt das Salz erneut, das sich wie Säure in meine Haut gebrannt und den Geist in meinem Innern in tobende Raserei versetzt hatte. Er bemühte sich um Zurückhaltung, ließ mir meinen Freiraum, weil er wusste, dass ich verstanden hatte. Er arbeitete mit mir zusammen, um Blackmore endlich seiner gerechten Strafe zuzuführen

»Eine Vision«, murmelte Ezra. »Es war nur eine verdammte Vision, der ich mich fast ergeben hätte. Ein wenig später, und ich hätte ihm bereitwillig meinen Körper überlassen.« Mit jedem Wort festigte sich seine Stimme, ich konnte spüren, wie sein Wille zu kämpfen und seine Entschlossenheit zurückkamen.

Sanft löste er sich aus meiner Umarmung und machte einige Schritte in den Raum hinein, zuerst zögerlich, dann mit zunehmender Sicherheit.

»Wir müssen ihn mit seinen Taten konfrontieren«, sagte er, und der Geist in mir stimmte ihm mit einem Brüllen zu. Statt etwas zu erwidern, packte ich Ezras Handgelenk und zerrte ihn grob hinter mir her ins Freie, wo sich Blackmore und mein Vater mit finsteren Mienen gegenüberstanden.

»Du lässt sie frei herumlaufen, obwohl sie besessen ist?« Blackmores Stimme troff vor Missfallen. »Du bist ein solcher Schwachkopf, Byron. Du bist blind, ignorierst die Gefahr, vernachlässigst deine Pflicht als Reverend, die dir aufträgt, das Dorf zu schützen. Das tust du nur, weil sie deine Tochter ist.«

»Nicht deshalb«, widersprach Vater, »sondern weil sich die Seele in ihrem Innern kooperativ zeigt.«

»Kooperativ«, höhnte Blackmore. »Die Geister sind nicht kooperativ. Sie sind abscheuliche, vom Blutdurst getriebene Wesenheiten, nicht besser als Tiere und geleitet von ihren Instinkten. Es wäre dumm und naiv, sich etwas anderes zu erhoffen. Je früher du es einsiehst, desto besser. Das dort ist nicht mehr deine Tochter.«

Vater drehte den Kopf, und für einige Sekunden trafen sich unsere Blicke. Ich erkannte verzweifelte Hoffnung, aber ebenso die nagende Unsicherheit.

Bevor ich mich verteidigen konnte, trat Ezra vor mich, als wolle er mich mit seinem Körper abschirmen, und in einem Teil meines Bewusstseins flackerte ein warmer Funke auf.

»Er trägt die Verantwortung für das gesamte Unglück.« Er deutete auf Blackmore, der ihn feindselig ansah. »Er ist schuld am Nebel, denn seine Anwesenheit bindet die Geister an diesen Ort, macht sie zu getriebenen Seelen, die keine Ruhe finden. Er hält sich hier seit über zweihundert Jahren versteckt. Er hat sich mit dem Teufel eingelassen und alle beseitigt, die ihm auf die Spur kamen. Er hat den Körper von Everett Blackmore in Besitz genommen, aber er ist nicht mein Großvater. Das ist Elijah Blackmore.«

In diesem Augenblick ging eine Wandlung mit Blackmore vor, als würde auch der letzte Teil seiner Verkleidung von ihm abfallen. Das Schauspiel war vorbei, er gab sich keine Mühe mehr, meinen Vater zu überzeugen. Ihm war klar, dass nun er es war, der im Kreuzfeuer stand, nicht ich. Sein größtes Geheimnis war enthüllt, alles lag offen.

Vater reagierte sofort und machte einen Schritt auf ihn zu. Was er bezweckte, lag auf der Hand. Elijah Blackmore musste in den Nebel gehen, um den Geistern ihre Rache zu geben. Es war die einzige Möglichkeit, Salwood zu retten und die Geister zu befreien.

Natürlich wartete Blackmore nicht, bis ihn mein Vater erreicht hatte. Ebenso wie ich wusste er, dass er als Reverend alles tun würde, um sein Dorf zu schützen. Bevor Vater nach ihm greifen konnte, hatte er sich umgedreht und verschwand in der Dunkelheit. In mir explodierte ein gleißender Ball aus Zorn und Entrüstung, und ich warf mich nach vorne, um die Jagd aufzunehmen. Nur am Rande registrierte ich, dass auch Ezra losrannte, dicht gefolgt von meinem Vater.

Blackmore hatte keine Chance zu entkommen, das musste ihm klar sein. Selbst wenn es ihm jetzt gelingen würde, uns abzuhängen – wohin sollte er sich wenden? Er war im Salzkreis gefangen, mehr noch als jeder andere Bewohner Salwoods. Es gab für ihn keine Möglichkeit zu entrinnen. Früher oder später würde er gefunden werden – von uns oder von den Seelen.

Mit jedem Meter spürte ich, wie der Geist in mir mehr die Kontrolle übernahm. Seine Geduld war erschöpft, sein Wille zur Kooperation erloschen. Der Hass auf

Blackmore ergriff immer weiter von mir Besitz, bis ich vollkommen in weißglühenden Flammen stand.

Ich beschleunigte meine Schritte, folgte wie ein Bluthund dem geduckten Schatten, der sich bemühte, im Schutz der Bäume zu bleiben und mit der Dunkelheit zu verschmelzen. Für sein Alter war Blackmore recht gut in Form – auch darin hatte er uns getäuscht –, aber das änderte nichts daran, dass er die Fünfzig lange überschritten hatte. Tja, sein Pech, dass es ihm nicht gelungen war, in Ezras starken und gesunden Körper überzusiedeln.

Geschmeidig bewegte ich mich zwischen den Stämmen hindurch und konnte schon wenig später Blackmores abgehacktes Schnaufen hören. Das Arschloch sollte seine letzten Atemzüge besser genießen, denn schon in Kürze würde sein Leben ein grausames Ende finden. Er würde sterben. Durch meine Hand und unter furchtbaren Schmerzen. Ja, ich würde dafür sorgen, dass sein Tod alles andere als eine Erlösung war, und ich würde es genießen.

Als hätte er meine wachsende Vorfreude gespürt, schlug Blackmore einen Haken, doch ein Teil von mir wusste trotz mangelnder Sicht genau, wo er sich befand. Ich kannte seine Aura und durchschaute mühelos jeden seiner stümperhaften Fluchtversuche.

Kurz bevor ich ihn erreicht hatte, überlief mich ein unangenehmer Schauder, der rasch zu heftiger Abscheu wurde. Verdammt. Dieser Bastard hatte sich der Salzlinie genähert und bewegte sich nun parallel dazu – mit voller Absicht, wie ich annahm. Mein gesamter Körper schrie auf, doch ich folgte ihm hartnäckig, schloss immer weiter zu ihm auf. Die Verbrennungen, die mir Vater auf dem Weg zur Kapelle zugefügt hatte, meldeten sich erneut mit voller Intensität, und der Schmerz trieb mir die Tränen in die Augen. Es war mir egal. Elijahs Qual würde unerträglich sein. Er würde büßen für seinen Verrat, für das, was er uns angetan hatte.

Ich sprang nach vorne, und Sekunden später gruben sich meine Fingerspitzen in den groben Stoff seiner Jacke. Blackmore strauchelte und ging mit einem erstickten Ächzen zu Boden.

»Verfluchter Verräter!« Mit einem Knurren stürzte ich mich auf ihn, die Hände zu Klauen geformt, während ich auf sein Gesicht zielte. Im nächsten Moment stieß ich einen gequälten Schrei aus, der schrill zwischen den Bäumen widerhallte. Salz. Er hatte Salz dabei. Natürlich hatte er das. Und nicht nur in dem kleinen Talisman, den er an einer Kette um den Hals trug, sondern überall an seinem Körper. Vermutlich hatte er sogar stark salzhaltig gegessen oder sich damit eingerieben, denn seine bloße Nähe bereitete mir Übelkeit. Trotzdem hielt ich meine Berührung aufrecht. Es tat so weh, dass ich kurz davor war, die Besinnung zu verlieren. Ich weinte, schrie, fluchte, während ich Elijahs Jacke weiterhin mit ganzer Kraft festhielt, jedoch nicht in der Lage war, ihn wirklich zu verletzen. Ich hasste ihn so sehr.

»Faye!« Ezra griff nach meiner Schulter und riss mich zurück. Mein Körper tobte vor Schmerzen, und der Geist tobte vor ohnmächtigem Zorn. »Zurück.«

»Feigling!«, brüllte ich, während sich meine Finger von Elijahs Hemd lösten und ich nach hinten stolperte. Ezra nutzte die Gelegenheit und schob sich vor mich, sodass ich den verdammten Bastard nicht mehr erreichen konnte.

»Elender Verräter! Verachtenswerter Abschaum!« Ich grollte, fauchte, schlug blindlings um mich. Ezra würde mich nicht davon abhalten, Elijah seinem wohlverdienten Schicksal zuzuführen. In direkter Nähe spürte ich die Präsenzen meiner Brüder, die jenseits der Salzlinie darauf warteten, den Verräter in ihre Gewalt zu bringen. Ich war die einzige Präsenz im Innern, die einzige Hoffnung auf Gerechtigkeit.

Unvermittelt trat ich zu und registrierte mit grimmiger Befriedigung, dass ich Ezras Knie erwischt hatte. Ein unterdrückter Laut kam über seine Lippen, was ihn jedoch nicht davon abhielt, mir weiterhin den Weg zu versperren.

Vollkommen außer mir setzte ich erneut zum Sprung an und warf mich nach vorne. Ezra würde dafür bezahlen, sich für die falsche Seite entschieden zu haben.

Wieder prallte mein Körper gegen seinen, mit der ganzen verzweifelten Wut, die in mir war. Dieses Mal hatte er keine Chance.

Mit einem schmerzerfülltem Stöhnen brach er zur

Seite aus und taumelte über die Salzlinie, wo meine Brüder begierig lauerten. Ich konnte spüren, wie ein Ruck durch die Menge der Geister ging, als würden sie erwartungsvoll einatmen. Vielleicht war es nicht Elijah Blackmore, aber es war sein Nachfahre, sein Blut. Der Körper, den er sich aneignen wollte. Der Körper, der seine letzte Möglichkeit darstellte. Der Körper, den sie ihm jetzt nehmen würden. Sie würden ihn zerreißen, zerlegen, zerstören.

Und ich würde ihnen dabei helfen.

23 – EZRA

Verräter

Ich konnte sie spüren, die eiskalten Präsenzen der Geister, die hinter dem Schutzkreis lauerten und darauf warteten, zuzuschlagen. Ich konnte selbst nicht genau sagen, weshalb ich mich zwischen Faye und Elijah geworfen hatte; vermutlich aus dem Wunsch heraus, die endgültige Eskalation zu vermeiden. Ich wollte verhindern, dass sie wie das blutrünstige und triebgesteuerte Tier handelte, als das sie von Elijah beschrieben worden war.

Ein böser Fehler, denn nun hatte mich Faye aus der Sicherheit des Salzkreises gestoßen und damit mein Schicksal besiegelt. So würde es für mich enden. Eingeschlossen im Nebel. Zerfetzt von rachsüchtigen Seelen.

Sofort umfingen mich die metallische Note und der süßliche Fäulnisgeruch, den die Geister verströmten. Ihre hochfrequenten Schreie schrillten mir in den Ohren, zerrten an meinem Verstand. Fahrig hob ich die Hand zu meiner Kehle und tastete nach der Kette mit dem Talisman, doch meine Finger griffen ins Leere. Entweder hatte ich sie verloren oder Großvater hatte sie mir abgenommen – es spielte keine Rolle. Ich war schutzlos inmitten der Geister, die mich von allen Seiten umwogten und um mich herumstrichen, als wollten sie mit mir spielen. Was sie letztendlich mit mir tun würden, war alles andere als ein Spiel. Sie würden ihre Wut über Elijahs Verrat und seine Feigheit an mir auslassen. Sie würden mich bei lebendigem Leib zerreißen und so dafür sorgen, dass der ewige Albtraum erlosch. Der letzte lebende Nachfahre Elijah Blackmores, der letzte Körper, der ihm zur Verfügung stand. Mein Tod würde das Ende der Gefangenschaft Salwoods einleiten, und mit Elijahs Tod in ein paar Jahren würde das Dorf frei sein. War mein Leben kein geringer Preis dafür?

Wie spinnenartige Finger glitt die eiskalte Berührung der Geister über mich, sie zogen an meiner Kleidung, rissen an meinem Haar. Unwillkürlich wanderten meine Gedanken zu Hana, die mit einem stummen Schrei auf den Lippen erstickt war. Dieses Schicksal würde ich nicht teilen. Was auf mich wartete, war ungleich schmerzhafter. Die Luft war schwer von Rachedurst und dem Wunsch nach Vergeltung. Ich konnte es fühlen, spürte es in jedem fauligen Hauch, in jedem aufgebrachten Zischen.

Trotzdem griffen sie nicht an. Es war, als wäre die Zeit stehen geblieben, atemlos und zähflüssig, als würden die Geister auf eine Aufforderung warten, auf eine Bewegung, die den seltsamen Zustand des Innehaltens beendete. Der wabernde Dunst war überall um mich herum, dämpfte meine Sinne, raubte mir die Luft zum Atmen. Waren sie das? Meine letzten Momente?

Ich zwang mich dazu, die Augen weit offen zu lassen und in die Richtung der Grenze zu sehen, wo die Öllampe des Reverends die Umgebung in schummriges Licht tauchte. Ich war wenige Schritte von der sicheren Zone entfernt, nahe genug, dass sich der Nebel noch nicht als undurchdringliche Hülle um mich geschlossen hatte, doch zu weit, um auch nur den Hauch einer Chance zu haben.

Durch das fahle Schwefelgelb des Schleiers konnte ich sehen, wie sich Faye aufrichtete und in meine Richtung sah, während mein Großvater – oder der Mann, den ich dafür gehalten hatte – die Gelegenheit nutzte, um erneut die Flucht zu ergreifen.

Die Geister umtosten mich, und ihr stummes Kreischen ließ meine Knochen vibrieren. Angst, Verzweiflung und Entsetzen durchfluteten mich, doch nichts hatte Bestand. Das Einzige, was blieb, war das Wissen, dass es nicht umsonst war. Ich würde nicht sinnlos sterben. Mein Tod würde Salwood befreien. Nicht sofort, aber in ein paar Jahren.

Während ich weiterhin reglos blieb und mich für den Angriff wappnete, machte Faye einen Schritt nach vorne. Ihre Bewegungen waren gleichzeitig träge und abgehackt, als würde sie einen inneren Kampf ausfechten, dessen Ausgang im Ungewissen lag. Zentimeterweise näherte sie sich Salzlinie, und obwohl ich wusste, dass sie von den Geistern nichts zu befürchten hatte, schrie alles in mir danach, sie zu schützen.

Intuitiv trat ich einen Schritt auf sie zu und bemerkte einen Bruchteil zu spät meinen Fehler. Mit meiner Initiative hatte ich das fiebrige Abwarten beendet, die gespannte Stille zugrunde gerichtet.

Die Seelen heulten auf, ich spürte, wie sich ihre Griffe festigten, sich in meine Haut gruben und in meine Wangen bohrten. Jetzt. Jetzt war es so weit.

Meine letzten Sekunden nutzte ich, um einen Blick auf Faye zu erhaschen, die in diesem Moment die Grenze erreichte. Ich schaute in ihre Augen, erkannte das schwarze Feuer, das darin brannte, doch sie wandte das Gesicht ab, als könne sie es nicht ertragen, meinen gewaltsamen Tod mit anzusehen.

Dann zerstörte sie den Schutzkreis.

Es war eine knappe, fast nebensächliche Bewegung, mit der die Spitze ihres Schuhs die Salzlinie durchbrach, doch ich wusste, wie viel Überwindung es sie kosten musste. Ihr Schrei zerriss das Brüllen der Geister, doch trotzdem hielt sie stand. Ich konnte die gequälte Abscheu in ihrer Miene und das Zittern ihres Körpers sehen, konnte erkennen, wie sehr sich der Geist gegen den Kontakt zur Wehr setzte, doch sie war stärker. Trotz meiner aussichtslosen Lage erfüllte mich ein Funken Wärme. Sie tat das für mich.

Das Raunen der Geistermeute steigerte sich zu einem

orkanartigen Tosen, über dem ein fast unerträglich hohes Sirren lag. Der zerstörerische Druck nahm ab, die tödlichen Berührungen lösten sich. Die Geister glitten so schnell auf die entstandene Lücke im Salzkreis zu, dass ich durch den Sog förmlich mitgerissen wurde.

Inmitten der brodelnden Seelen wankte ich über die Grenze und brach in die Knie, grub meine Hände in den feuchten Boden. Ich war am Leben, doch der Bann war gebrochen. Salwood war den Geistern schutzlos ausgeliefert.

Bevor ich mich aufrichten konnte, rannte Faye los, vollkommen eingehüllt in den blässlich-gelben Schein des Nebels, der ihrem blonden Haar einen geisterhaften Schimmer verlieh. Die Seele hatte die Kontrolle übernommen und jagte nun gemeinsam mit ihren Brüdern den Menschen, den sie mehr hasste als jeden anderen.

Ächzend stemmte ich mich hoch, mobilisierte meine letzten Kräfte und setzte mich ebenfalls in Bewegung. Ich musste es schaffen. Ich durfte sie nicht allein lassen. Insbesondere nicht jetzt, nachdem sie mich gerettet hatte.

»Ezra. Bist du okay?«

Millard. Obwohl ich mittlerweile verstanden hatte, dass es sich bei seinem Tod lediglich um eine Vision gehandelt hatte, die mir von Elijah eingegeben worden war, um meinen Willen zu brechen, durchflutete mich beim Klang seiner Stimme Erleichterung. Leider fehlte mir die Zeit, um dieser Ausdruck zu verleihen.

»Hinterher«, brachte ich hervor. »Wir müssen hinterher. Ich kann Faye nicht noch einmal verlieren.«

»Dann los«, sagte Millard, während er ebenfalls das Tempo anzog. Leider waren wir nicht ansatzweise so schnell wie sonst, sodass wir uns in Kürze in einem Gewirr aus Rufen und Gesprächsfetzen wiederfanden. Mittlerweile schien das ganze Dorf auf den Beinen zu sein, vermutlich teils alarmiert von Millard und Rutherford, teils aus den Häusern gelockt von dem infernalischen Lärm der Hetzjagd. Ich erkannte die Stimmen von John Mill und Nate Harris, den kratzigen Bariton von Graham Hunt und sogar Amber Jacobs' aufgeregtes Plappern. James Morris bellte Befehle und wies seine Salzträger an, die Verfolgung aufzunehmen. Das fahle Gelb des Geisternebels mischte sich mit dem warmen Schein der Laternen, die sich im Takt der Schritte auf und ab bewegten.

Ein Schrei zerriss die Nacht. Er war so laut, als würde er aus tausend Kehlen stammen, aber ich war sicher, dass es genau dreiunddreißig Stimmen waren, die in diesem Moment erklangen.

Wenige Meter vor uns war das kränkliche Glühen zu einem grellen Leuchten geworden, das in einem unregelmäßigen Rhythmus pulsierte. Elijah stand hoch aufgerichtet da, den Rücken Schutz suchend an einen Baumstamm gepresst, während sich der Ring aus wirbelnden Nebelschwaden, in denen Faye die einzig greifbare Gestalt war, gnadenlos um ihn zusammenzog.

Das erzürnte Brüllen verstummte, und für einige Sekunden herrschte Totenstille. Niemand rührte sich, sogar wir Verfolger waren zur Bewegungslosigkeit erstarrt. Es war dasselbe bange Abwarten wie vor wenigen Minuten außerhalb des Kreises, die Ruhe vor dem Sturm.

Dann warf sich Elijah mit einem verzweifelten Satz nach vorne, und die Geister reagierten sofort. Ohne Umschweife stürzten sie sich auf ihn, während ein aufgebrachtes Wispern erklang, das sich innerhalb eines Wimpernschlags zu einem ohrenbetäubenden Kreischen steigerte.

Verräter. Verräter. Verräter.

Er hatte keine Chance.

Von allen Seiten griffen sie nach ihm, rissen zuerst an seiner Kleidung, dann an seinen Gliedern und an seiner Haut. Obwohl ich mich einige Meter entfernt befand, konnte ich seine markerschütternden Schreie hören. Mit aller Macht strebten sie nach Gerechtigkeit, nach blutiger Vergeltung. Alles, was sie an das Diesseits gebunden hatte, der Grund ihrer ewigen Wache war ihnen nun ausgeliefert – und sie nahmen Rache mit erbarmungsloser Effizienz.

Elijahs Schreie mündeten in ein ersticktes Röcheln, das zu einem feuchten Gurgeln wurde. Einige rasselnde Atemzüge später war es vorbei.

Die Stille, die herrschte, war tief und undurchdringlich, wie in einem Grab. Keiner regte sich, alle waren wie versteinert von dem Ausbruch purer Brutalität, dessen Zeuge wir soeben geworden waren. In einer endlos langsamen Bewegung drehte ich mich zur Seite, um die Gesichter der Dorfbewohner sehen zu können, in die erst allmählich wieder Leben kam. Graham Hunt starrte mit geweiteten Augen in die Dämmerung, während sich Amber mit einem trockenen Würgen abwandte. Der Reverend, der noch immer seine dunkle Exorzismus-Kutte trug, hob eine Hand und bekreuzigte sich, während er gleichzeitig Millard einen Arm um die Schultern legte.

Und Faye …

Faye befand sich noch immer neben dem dunklen Flecken am Boden, das Einzige, was von Elijah Blackmore übrig geblieben war.

Zögerlich ging ich zu ihr, überwand die wenigen Meter zwischen uns, wagte es aber nicht, sie zu berühren. Im gelben Schein des Nebels wirkte ihr Gesicht totenbleich. Ich hatte keine Ahnung, in welcher Verfassung sie war und wie viel der Geist in ihrem Innern zerstört hatte.

Kurz bevor ich sie erreichte, ging ein Zittern durch ihren Körper, und im nächsten Moment gaben ihre Beine unter ihr nach. Ich sprang nach vorne, streckte die Hände nach ihr aus und zog sie in eine enge Umarmung.

»Ezra«, murmelte sie und sah zu mir auf. Ich spürte, wie mir Tränen der Erleichterung in die Augen stiegen. Ich hatte sie nicht verloren. »Es tut mir so leid.«

Sie versteifte sich in meinen Armen, und als sie zurückwich, bemerkte ich das frische Blut, das an meinem

Hemd klebte. Das Blut meines Großvaters. Nein. Das Blut Elijah Blackmores.

Ich presste die Lippen aufeinander und schluckte mehrfach. Nur allmählich realisierte ich, dass ich den einzigen Verwandten verloren hatte, der mir noch geblieben war. Natürlich wusste ich, dass er mich, ohne mit der Wimper zu zucken, für sich geopfert hätte, meine Eltern auf dem Gewissen hatte und in Wirklichkeit ein mehrere Hundert Jahre alter Teufelsbündner war, der jetzt seinem gerechten Schicksal zugeführt worden war. Nichtsdestotrotz war er all die Jahre für mich da gewesen, hatte mich umsorgt, wenn es mir schlecht ging, mich getröstet, wenn ich um meine Eltern weinte, und mich ermutigt, wenn ich zweifelte. Er hatte mich zu dem Menschen gemacht, der ich war, und ich konnte und wollte nicht glauben, dass alles an ihm böse und gefühlskalt gewesen war. Bestimmt hatte er den Tod verdient, aber das änderte nichts daran, dass ich um ihn trauerte.

Eine Berührung riss mich aus der Erinnerung. Der Reverend war neben mich getreten und hatte mir eine Hand auf die Schulter gelegt, eine fast väterliche Geste.

Ohne meine Aufmerksamkeit von Faye zu lösen, die mir noch immer gegenüberstand, holte ich das zusammengefaltete Pergament aus meiner Tasche, das der Reverend wortlos entgegennahm.

Mittlerweile erfüllte das unterdrückte Gemurmel der Dorfbewohner den anbrechenden Morgen, doch meine Sinne waren nach wie vor auf Faye ausgerichtet. Sie wirkte so erschöpft und ausgezehrt, dass sie sich kaum noch auf den Beinen halten konnte.

»Auf den ersten Blick könnte man meinen, dass Salwood ein Dörfchen wie jedes andere war.« Umgehend erstarben die im Flüsterton geführten Gespräche. »Erst bei genauerem Hinsehen war für den aufmerksamen Beobachter zu erkennen, dass es sich hierbei um ein ganz besonderes Fleckchen Erde handelte.«

Der Reverend las ohne jegliche Eile, während die Salwooder aufmerksam der Geschichte ihrer Vergangenheit lauschten. Neben seiner ruhigen Stimme war nur das Rauschen der Bäume, das Plätschern des nahen Baches und die allmählich erwachenden Vögel zu hören.

»Die Geister haben Rache genommen«, beendete er schließlich seinen Vortrag, »und die Schuld eines lange vergangenen Unrechts wurde beglichen.«

Seinen Worten folgte atemloses Schweigen, während die Dorfbewohner die neuen Erkenntnisse verarbeiteten. Die Zeit der Gefangenschaft war vorbei.

Ich griff nach Fayes Hand, verflocht unsere Finger miteinander und strich sanft über ihre Knöchel.

»Der Nebel«, flüsterte sie, und für einige Sekunden versank ich im tiefen Blau ihrer Augen, in dem sich keine Spur von Dunkelheit befand. Ihr Blick war wach und fokussiert und räumte die letzten Zweifel aus dem Weg. Faye war bei klarem Verstand, Salwood war frei, und die Geister hatten Ruhe gefunden. »Er lichtet sich.«

Ich blendete die Geräusche rings um uns herum aus,

legte den Kopf in den Nacken und betrachtete den heller werdenden Himmel, der einen Ton aufwies, den ich noch nie zuvor in meinem Leben gesehen hatte. So klar. So echt. Ein flammendes Rot, vermischt mit Schlieren von Bronze und Bernstein, lediglich durchbrochen von einem schmalen, weißen Streifen, der sich in einer perfekten Geraden über den Horizont zog, seine Spitze inmitten der Farbgewalt silbern glänzend.

»Es ist wunderschön«, sagte Faye andächtig, und ich zog sie etwas dichter zu mir, sodass ich sie von hinten mit den Armen umschlingen konnte. Gemeinsam betrachteten wir das Farbenspiel, dessen sattes Rotgold allmählich zu einem weichen Honiggelb wechselte, spürten das Streicheln der ersten Sonnenstrahlen auf der Haut und ließen uns von Licht und Wärme umhüllen, als sähen und fühlten wir zum ersten Mal.

Salwood war aus einem jahrhundertelangen Schlaf erwacht und bereit, ins Leben zurückzukehren und vom Glück gefunden zu werden. Und wir waren es ebenfalls.

DANKSAGUNG

Auf den ersten Blick könnte man meinen, dass *The Evil of Salwood* als Werk eines Einzelnen entstanden war. Erst bei genauerem Hinsehen war für den aufmerksamen Beobachter zu erkennen, dass es sich hierbei um eine Geschichte handelte, zu der eine Menge wunderbarer Menschen beigetragen hatten.

Herzlichen Dank an die guten Geister in meinem Salzkreis.

Martin | Mayra, Jano und Darian | Meine Eltern | Christine und Peter | Yasmin | Chai | Hilke und Josy | Lucy | Sin | Die Community von RSH | Tobi und Eva | Bernhard | Meine Testleser Chai, Eva und Eva, Hilke, Josy, Milena und Yasmin | Anna Lena | Imke | Felix und Nele | Thomas Montasser | Sandra Rothmund | Timo Kümmel | Zero Werbeagentur | Das Team des Thienemann-Esslinger-Verlags | Die Bookstagram-Familie | Mein Bloggerteam | Die Lieblingsklasse 6c 2021/22 | Das Leibniz-Gymnasium

Mehr Informationen zu meinen Büchern und mir gibt es bei Instagram (@bookcatish) oder auf meiner Homepage (www.akgelder.de).